KB114482

궁녀의
외출

궁녀의 외출 2

초판 1쇄 찍은 날 | 2015년 7월 31일
초판 1쇄 펴낸 날 | 2015년 8월 14일

지은이 | 이 세
펴낸이 | 서경석

편 집 책 임 | 조윤희
편   집 | 이은주
            주은영
디 자 인 | 박보라

펴 낸 곳 | 도서출판 청어람
등록번호 | 제387-1999-000006호
등록일자 | 1999. 5. 31
어람번호 | 제5-0421호

주소 | 경기도 부천시 원미구 부일로 483번길 40 서경B/D 3F
         (우) 420-822
전화 | 032-656-4452 팩스 | 032-656-4453
http://www.chungeoram.com
E-mail | chungeorambook@daum.net

ⓒ 이세, 2015

ISBN 979-11-04-90335-9   04810
ISBN 979-11-04-90333-5   (SET)

궁녀의 외출

이세 장편 소설

2

Chungeoram romance novel

도서출판 청어람

十一章 · 돔생이별

※ 이 이야기는 역사적 사실에 작가의 상상력을 더한 픽션으로 일부 사실과 다를 수 있습니다.

최훈이 금표 구역에서 군사와 자객들의 습격을 받고 고립되어 있다가 겨우 살아났다는 소식을 전해들은 이역은 실패한 자객들이 또다시 대군저를 습격하지 않을까 떨고 있었다. 한 번 실패했던 탓에 거사가 더욱 비밀리에 진행되었기에 이역과 대군저의 식솔들은 상황을 전혀 알지 못했다. 열두 살에 혼인하여 칠 년을 함께 살아온 부인 신씨가 곁에서 손을 잡아주며 따듯하게 위로해 주지 않았다면 이역은 두려움에 떨다 어디론가 숨을 곳을 찾아 나섰을지도 모를 일이었다. 선비가 용호와 함께 무사들을 이끌고 나타나자 이역은 그제야 안도의 한숨을 내쉬었다.

　"어찌 이제야 오는 것인가?"

선비의 얼굴을 보고서야 이역은 미소를 되찾았다.

"이제 곧 대군마님을 모시러 올 것입니다."

해가 지고 주위가 어두워지고 있었다. 거사가 얼마 남지 않았으니 이역도 마음의 준비를 해야 할 것이었다.

"모시러 오다니?"

"이제 힘을 모아 폭군을 몰아내야 할 때입니다. 저와 뜻을 함께하는 중신들은 대군마님을 새로운 임금으로 모시기로 했습니다."

사실 선비에게 박원종을 소개한 것은 성담이었다.

평소 박원종의 집안사람들이 드나드는 암자의 주지였던 성담은 그의 뜻을 알고 은밀하게 선비를 만나게 해주었던 것이었다.

"왕이라니, 그것이 말이 되는가?"

그는 이제껏 형제처럼 지내온 선비가 하는 말이 믿기지 않았다. 언제나 같이 있었고 서로를 잘 알고 있다고 생각했는데 어째서 그동안 이런 일이 있다고 말해주지 않았을까 궁금했다.

"지금 이 나라에서 보위에 오르실 분은 대군마님뿐이십니다."

"자네도 알다시피 나는 한 번도 왕이 되겠다고 생각해 본 적이 없었네."

"하나 이제 피폐한 백성들을 위해서 달라지셔야 합니다. 모두가 대군마님께서 보살펴야 할 이들입니다."

"살아남기도 급급했던 내가 왕이 되어 백성들을 보살펴야 한다니, 두렵네."

언제나 주위의 보호 속에 선비의 뒤에 숨어서 글만 읽던 이역은 갑작스러운 이 상황을 받아들이기조차 힘들었다. 난데없이 왕이 되라니.

"그렇더라도 한 번쯤 용기를 내보십시오. 우선은 대군마님께서 달라지셔야 세상도 바꿀 수 있지 않겠습니까?"

밤이 깊어가고 있었으나 이역을 설득하기란 쉽지 않았다.

"대군마님!"

대문 앞을 지키고 서 있던 용호가 달려와 고하자 선비가 방문을 열고 나갔다.

"무슨 일입니까?"

"반정군들이 대문 앞에 와 있습니다."

"대군마님을 모시기 위해 반정군들이 왔습니다. 어찌 하시겠습니까?"

용호의 말을 들은 선비는 아직도 마음을 정하지 못하고 떨고 있는 이역을 돌아보았다.

"나는 두렵네! 아직 형님이 궁궐에 있을 것인데! 나를 죽이려 하지 않겠는가?"

"대군마님! 심기를 굳건히 하십시오."

"너무 갑작스러운 일이라! 나에게도 생각할 말미를 주게."

이역은 생각을 정리할 시간이 필요하다며 주저앉아 버렸다.

"저는 대군을 믿습니다. 쭉 서책을 보시고 공부하지 않으셨습니까. 여기 최 선비가 대군 곁에 있는데 무슨 걱정이 있겠습니까?"

결국 걱정스럽게 지켜보고 있던 신씨가 나서서 이역을 설득했다.

"내가 왕이 되어도 자네는 내 곁에 있어줄 것이지?"

이역은 뭔가 달라진 듯 보이는 선비를 바라보며 다시 한 번 확인했다.

"하면 제가 나갈 것이니 우선은 이곳에 숨어 계십시오. 상황이 정리되는 대로 뫼시러 올 것입니다."

잠시 망설이던 선비는 고개를 끄덕이며 이역을 마주 보았다. 지금은 자신만을 믿고 있는 이역을 안심시키고 무사히 보위에 오르도록 돕는 것이 이 거사를 성공시키는 길이었다.

"나는 자네만 믿겠네."

그제야 이역은 미소를 지으며 고개를 끄덕였다.

"저도, 선비님을 믿고 기다리겠습니다."

신씨 역시 오늘따라 더욱 믿음직스러워 보이는 선비를 흐뭇한 눈빛으로 지켜보았다.

"하면 조용히 뫼시러 오겠습니다."

결국 선비는 다시 한 번 이역을 대신해 나설 수밖에 없었다.

박원종은 군사들과 함께 대문 밖에 기다리고 서 있다가 시간이 지체되자 안으로 들어갔다. 덕배는 오늘은 때가 때이니만큼 만약의 경우를 대비해 출중한 무술 실력을 지닌 믿을 만한 무사들 몇을 골라 박원종을 밀착 경호하도록 하였다. 그 무사들 속에 류건이 있었다.

류건은 출세의 기회를 잡기 위해 될 수 있는 한 박원종에게 가까이 있으려고 노력하고 있었다.

"아니 어찌 자네가 나오는 것인가?"

기다리다 못해 대군저의 대문으로 들어서던 박원종은 이번에도 선비가 홀로 나오자 의아한 눈빛으로 바라보았다.

"송구합니다. 대군께는 잠시 생각할 말미를 드려야 할 것 같습니다."

"그런가?"

선비의 말에 박원종은 대군의 거처를 물끄러미 바라보았다.

어찌 보면 사사건건 제 주장을 앞세우던 무자비한 폭군보다는 겁 많은 왕이 주무르기에 나을 것이라는 생각이 들었다.

"가시지요."

박원종이 선비를 호위하며 밖으로 나가자 몸을 숨기고 있던 류건이 뒤를 따라 나갔다.

"역시, 저놈은 이역이 아니었군."

대군이라고 하기에는 조선 최고의 살수인 그조차도 상대하기 버거웠던 상대였다. 진성대군을 쫓기 시작하면서 줄곧 궁금했던 의문이 드디어 풀렸다.

❀　　❀　　❀

이용은 사인을 데리러 간 원종혁을 기다리며 <왕세자의 첫

사랑>을 읽고 있었다. 거듭해서 책을 읽는 동안 그의 무의식 어딘가에서 떠돌던 기억의 편린들이 하나둘 그 형체를 드러냈다.

"전하!"

부르지도 않았는데 상선이 급히 뛰어 들어오자 사인이 지은 서책을 읽고 있던 이융은 무언가 변고가 생겼다고 직감했다.

"무슨 일이더냐?"

"대궐 문에 나가 있던 충철위 군사 하나가 달려와서 급히 아 뢸 것이 있다 합니다!"

"들라 하라!"

이역은 사인을 데려오라 보낸 원종혁이 돌아오면 바로 고하라 일러 보낸 자라는 생각에 반갑게 들라 했다.

"전하, 큰일 났사옵니다!"

그러나 절을 하며 들어오는 군사의 얼굴은 초췌해져 있었고 눈빛은 두려움에 떨고 있는 것이 예사롭지 않았다.

"큰일이라니?"

"대궐 근처에 중신들과 군사들이 모여 있다고 하는데 백성들까지 합세하여 수천 명이 넘는다 합니다. 곧 궁궐로 쳐들어 온다는 말이 돌자 문을 지키는 군사들은 물론이고 수문장까지 도망쳐 버렸습니다."

"뭐라? 모두 도망을 쳤다?"

군사의 말을 들은 이융은 화가 났지만 지금 그의 곁에 있는 이는 아무도 없으니 누구를 믿어야 할지 알 수 없었다.

"너는 어찌 알지 못한 것이냐?"

돌아보며 욕을 하려 했지만 상선은 벌써 돌아가는 정세를 파악하려 밖으로 나가고 없었다.

"너는 이 길로 나가 원종혁을 기다리다 그가 오면 안가로 오라고 일러라!"

"예, 전하!"

곁에 있던 충철위 군사에게 명령을 내린 이용은 그제야 원종혁의 말을 들었어야 한다고 후회했지만 소용없는 일이었다.

"전하, 전하!"

얼마간의 시간이 흐르고 상황을 알아보러 나갔던 상선이 숨을 헐떡거리며 돌아왔다. 그는 젊은 내관을 궁궐 밖으로 내보내 저들의 동향을 낱낱이 살피고 돌아오도록 지시했다.

"그래, 어찌 되었느냐?"

이용은 그때까지도 펼쳐 두었던 서책을 덮으며 물었다.

"저들은 궁궐 앞에 진을 쳤는데 사람들이 구름처럼 모여들어 그 규모가 이미 육천은 족히 넘을 것이라 합니다!"

"과인의 앞에서는 모두 성은이 망극하다 외치던 놈들이! 대체 그 많은 것들은 다 어디서 모여든 것인가? 그래, 저들을 선동한 죽일 놈은 누구라더냐?"

이용은 뭔가 이상하다는 듯 고개를 갸웃거렸다.

"박원종, 유순정, 성희안, 신윤무를 비롯해서 전 수원부사 장정, 군기시첨정 박영문, 사복시첨정 홍경주를 비롯한 장군들까지!"

"박원종이?"

이융의 미간이 살짝 찌푸려졌다. 언젠가 이런 날이 오리라 짐작은 하고 있었지만 막상 저들을 주도한 자들의 이름까지 듣고 보니 올 것이 왔다는 느낌이었다.

"우선은 피하는 것이 좋을 듯합니다!"

상선 역시 뭔가 심상치 않은 기운을 느꼈는지 왕에게 피할 것을 권했다.

상선의 권유대로 이융은 그길로 창덕궁을 빠져나왔다. 사냥 갈 때 드나드는 담장의 구멍을 통해 혼자만 빠져나왔기 때문에 궁궐 안 그 누구도 왕이 궁궐을 비우고 도망쳤다는 사실을 알지 못했다.

반정군과 함께 선비가 군사들을 이끌고 창덕궁으로 들어간 것은 새벽녘이었다.

궁궐을 수비하는 군사들은 이미 싸울 의지를 잃고 무기를 버리고 도망쳐 버렸으므로 궁궐 안까지 들어가는 것은 순식간이었다. 결국 그날 새벽에야 궁궐로 들어온 선비와 반정군들은 이융이 궁을 비우고 도망친 것을 알았다.

왕이 모든 것을 버리고 도망쳤다는 소식을 전해들은 궁인들은 대부분 아무런 저항도 없이 투항하였고, 후궁들과 왕자와 공주들은 생포되었다. 다만 장녹수만 마지막까지 살아남아 궁에서 도망쳤다. 그러나 도성의 백성들 모두가 장녹수의 얼굴을 알고 있으니 굳이 추격대를 보내지 않아도 잡히는 것은 시간문제였다.

"폐주가 도망쳤으니 이제 어찌해야 좋겠는가?"

왕이 도망쳐 버렸으니 서둘러 거사를 마무리하기 어렵게 되었다는 생각에 박원종은 난감한 얼굴로 선비를 찾았다.

"우선은 이 사실이 밖으로 새어 나가지 않도록 해야 할 것입니다. 폐주는 제가 찾아보겠습니다."

진성대군을 설득하고 궁궐을 탈환한 선비는 숨 돌릴 틈도 없이 용호와 수하들을 이끌고 또다시 이융을 잡기 위해 추격전에 나섰다.

한시 바삐 사인을 왕에게 데려가기 위해 건강한 말들을 번갈아 갈아타며 쉬지 않고 내달린 원종혁은 도성 근처에 당도해서야 반정이 일어났음을 알았다. 어차피 일어날 일이었으나 이융의 마지막 충신이었던 원종혁이 도성을 비우지만 않았다면 또 어떻게든 막을 수 있었을지도 모를 일이었다. 이융은 사인이라는 궁녀 하나를 잡겠다고 충철위의 수장 원종혁을 떠나보내고 결국에는 나라를 내어준 꼴이 되고 만 것이었다. 이융은 알지 못하였지만 이미 사인이 써서 뿌린 <후궁>이라는 서책에 적힌 장녹수와 이융의 이야기가 민심을 움직이는 단초가되었으니 이 반정은 이래저래 사인이 영향을 미친 것이었다.

그는 왕이 보낸 군사로부터 안가로 오라는 말을 듣고 아침이 되어서야 사인을 데리고 안가에 도착했다.

"전하, 신 원종혁! 분부하신 대로 궁녀 사인을 데려왔습니다!"

"참말인가? 참말 사인을 데려 왔는가?"

안가에 앉아서도 <왕세자의 첫사랑>이라는 서책을 읽고 있던 이융은 사인을 데리고 왔다는 원종혁의 말에 얼굴이 환해졌다. 원종혁의 뒤로 하얀 버선을 신은 그녀의 발이 보이자 이융의 심장은 멎어버리는 것 같았다.

"그러하옵니다, 전하!"

"충철위장 원종혁이야말로 진정한 충신이로구나!"

이융은 드디어 그토록 보고 싶었던 그의 서시를 만나게 되었고, 더불어 통째로 잃어버린 기억 일부를 알 수 있겠다는 기대감으로 조금 전까지의 절망을 완전히 걷어낼 수 있었다.

"하오나 전하, 지금 이러고 계실 때가 아니옵니다."

원종혁은 숨을 크게 들이켜고는 어렵사리 말을 꺼냈다. 자신이 자리를 비운 사이에 반정이 일어났다는 소식에 한달음에 달려온 원종혁은 너무나 태연한 얼굴로 앉아 있는 왕을 보고 할 말을 잃고 말았다. 지금이 얼마나 다급한 상황인지 왕은 정녕 모른단 말인가.

"이러고 있지 않으면?"

"우선은 좀 더 안전한 곳으로 몸을 피하신 뒤에 후일을 기약하심이!"

"되었다. 이제 와서 과인이 무엇을 더 할 수 있겠느냐?"

원종혁의 말에 이융은 이미 모든 것을 체념한 듯 고개를 저었다.

"전하!"

원종혁은 왕의 명을 거역하더라도 도성을 비우는 것이 아니었다고 한탄했지만 이미 반정은 예견된 일이었다. 이런 날이 올 것을 알았는지 왕은 대궐의 문을 지키는 군사들을 늘리고 도성 안을 에워싸는 군사도 확충을 하라고 했지만 모두가 그를 버리고 도망쳐 버렸으니 그 모든 것이 소용없는 일이 되어 버렸다. 그나마 빨리 달릴 수 있는 말의 수를 확보해 둔 탓에 사인을 잡아오는 것과 왕이 궁을 버리고 도망치는 일만은 뜻대로 된 것이었다.

"그래도 그대 덕분에 나의 서시를 만나지 않았느냐?"

원종혁의 뒤에 서 있는 사인을 아련한 눈빛으로 바라보며 이융은 허탈하게 웃었다.

그녀는 파르스름한 구슬빛 바탕에 진달래빛 호장저고리를 입고 있었다. 먼 길을 쉬지 않고 달려와서인지 머리카락은 흐트러져 있고 하얀 얼굴은 더욱 창백한데다 큰 눈은 더 깊어져 우수에 젖어 있는 듯 보였다. 이렇게 가까이에서 보는 것은 연못가에서 그녀의 속치마를 뒤집어 쓴 이후 처음이었다.

"전하!"

그러나 사인을 보고 반가운 마음에 허둥거리는 이융과는 달리 사인은 놀라울 만큼 침착했다. 싸늘하리만큼 태연한 표정에도 변화가 없었다. 사인은 원종혁에게 잡혀 결박당할 때 이미 모든 것을 운에 맡기리라 생각했던 터였다. 그런데 도성으로 들어서며 군사들 사이에서 흘러나오는 소리를 들었다. 그들은 반정이 일어났는데 이대로 도망을 쳐야 하는지 끝까지

원종혁을 따라가야 하는지를 망설이는 눈치였다. 반정이 일어났다는 것을 알았을 때 사인도 기회를 봐서 도망을 쳐야 할 것인가 망설였었다.

그러나 도망치지 않기로 했다. 꼭 한 번은 만나야 할 사람이었다.

"어서 오너라, 대비전의 똑똑이!"

이용은 빙그레 웃는 낯으로 사인을 바라보았다.

그리고 그제야 알았다. 자신이 밤을 새워 그렸던 그림 속의 여인은 사인이 아니었음을.

그림 속 여인은 사인과 흡사했으나 같은 인물은 아니었다. 그렇다면 그날 연못가에서 본 사인과 혼동했던 그 여인은 누구였더란 말인가. 이용은 혼란스러운 마음으로 사인을 보았다. 사인의 입술은 잇꽃을 입에 문 듯 붉었다. 그 입술에서 무슨 말이 흘러나올지 궁금했다.

"대비전의 똑똑이 윤가 사인, 전하를 뵙습니다."

사인은 지나치리만큼 담담한 얼굴로 그 자리에 엎드려 절을 올렸다.

어젯밤 원종혁에게 잡혀 달리는 말에 앉아 올려다 본 밤하늘은 서늘하고 맑았다. 까만 밤하늘에 작은 별들이 총총히 뭉쳐 있어 가물가물하게 보였다.

"겨울도 아닌데 좀생이 별인가?"

사인은 저도 모르게 그렇게 중얼거리고는 가슴이 아파 허탈하게 웃었다. 오랜 세월 저편에 서 있는 한 소녀가 약속을 지켜

달라고 애원하며 쓸쓸하게 웃고 있는 것 같았다.

도망치려던 사인의 발목을 잡은 것은 바로 그 쓸쓸한 웃음이었다.

"기억하고 있었더냐? 대비전의 똑똑이를?"

"어찌 잊겠습니까, 전하께서 붙여주신 별호가 아닙니까?"

"그랬던가? 과인은 다만 이 책을 읽는 동안 대비전 똑똑이라고 부르던 작은 여아가 떠올랐을 뿐이다."

이융이 들고 있는 서책을 발견한 사인의 얼굴에 환한 웃음기가 돌았다.

"전하께서 그것을 읽으셨습니까?"

"읽었다. 하나 기억이 조각조각 흩어져 있어서 말이다."

"아, 예."

충격으로 쓰러졌던 세자가 모든 기억을 잃었다는 말을 들었던 소녀는 얼마나 고통스러워했던가. 사인은 얼마 전까지도 어째서 소녀가 슬퍼하지 않고 고통스러워했는지 이상했었다. 그러나 이제 사인 역시 가슴에 품은 이를 잃고 보니 그 마음을 알 것 같았다.

"네가 그 기억의 조각들을 맞출 수 있게 도와주겠느냐?"

이융의 얼굴이 희망으로 환해졌다. 이제야 기억 속에서 뭉텅 잘려 나간 그날의 진실을 알게 될 것이다. 사인이 어린 시절의 별호를 기억하고 있다면 그때의 일을 소상하게 기억하고 있을 것이고, 다른 어떤 이의 말보다 어린아이의 기억은 믿을 수 있기에.

"하오나, 저는 이 일을 그 누구에게도 발설하지 않겠다고 제 이모님을 걸고 약조하였습니다."

사인은 슬픈 눈빛으로 이제는 이미 폐주가 되어버린 왕을 바라보았다.

"누구와 말이냐? 누가 너에게 그런 약조를 하라 하였더냐!"

이용의 눈빛은 조금 전과는 달리 노여움으로 붉게 물들었다.

"전하, 그 답을 드리기 전에 저도 여쭙고 싶은 것이 있습니다."

사인은 이제 왕의 노여움은 두렵지 않았다. 어차피 골방에 틀어박혀 <왕세자의 첫사랑>을 써야겠다고 생각했을 때부터 이미 살기를 바라지 않았다. 너무 오랫동안 소녀와의 약속을 지키지 못했다는 죄책감에 시달렸고, 그래서 자신이 이렇게 골방에 갇혀 평생을 살아가고 있는 것이 아닐까 하는 생각마저 들었었다.

"과인의 답을 먼저 듣겠다는 것이더냐. 그래, 듣고 싶은 말이 무엇이냐?"

그의 대답을 먼저 들어야만 듣고 싶은 이야기를 하겠다는 사인의 고집에 이용은 어쩔 수 없었다.

"저의 이야기를 들으신다면 전하께서는 아프고 고통스러울 것입니다. 그래도 듣고자 하십니까?"

연민을 가득 담은 눈빛으로 자신을 바라보며 그렇게 물어오는 사인을 보며 이용은 연못가에서 그녀를 보았을 때 느꼈던 그 첫 느낌을 기억해냈다.

"연못가에서 너를 처음 본 순간 과인은 그토록 아름다운 너에게 가시가 있음을 알았다. 사실 내가 그 고통을 참지 못할까 두렵기도 하다. 그러나 괜찮다. 지금 과인에게는 그 어떤 두려움보다 내가 기억해야 할 누군가를 기억하지 못한 채 생을 마감하게 되지는 않을까 하는 두려움이 제일 크니 말이다."

그것이 어떤 고통을 준다고 해도 진실을 마주보리라 이융은 그렇게 다짐했다.

"제게 그 약조를 받으신 분은 돌아가신 대비마마이십니다."

"할마마마가?"

순간 그것은 어린 손자에게 고통을 주는 것을 막으려는 할머니의 생각이었을 거라는 확고한 느낌이 이융의 가슴을 뚫고 지나갔다. 인수대비를 부를 때면 '그 늙은 할망구'를 입에 달고 살던 이융의 목구멍으로 뜨거운 무언가가 훅 치밀어 올랐다.

"전하께서 기억을 잃던 그날의 진실을 이야기하려면 아주 오래전 이야기부터 들으셔야 합니다."

"듣겠다. 하니 너도 편히 앉아 이야기를 들려다오."

"어느 따듯한 봄날 밤이었습니다. 전하의 아버님이셨던 선왕께서 궁궐 밖으로 미행을 나가셨지요."

사인은 천천히 고개를 들고 기쁨과 슬픔 그리고 오래 묵은 회한이 교차하는 눈빛으로 이융을 바라보았다.

"사인아! 있잖아, 울 어머니가 그러셨는데 옛날부터 이월 엿새 저녁에는 동네 마당이나 높은 동산에 올라가서 좀생이별을 보았대. 좀생이는 이십팔수 중 묘수인데, 작은 별들이 총총히 뭉쳐 있어 가물가물하게 보인단다. 이 좀생이 별무리가 음력 이월 엿새쯤에는 초생달하고 어느 정도 거리를 두게 되는데, 이 때 좀생이가 달보다 앞서 가면서 마치 고삐를 쥐고 달을 끌고 가듯 하면 그해는 대풍이 들고, 달과 평행으로 가면 평년작, 달보다 뒤떨어져 가면 흉년이 드는데, 뒤로 멀리 떨어져 가면 아주 큰 흉년이 든단다."

달달한 봄바람을 타고 봉인된 기억 저편에서 나직나직 속삭이는 소녀의 목소리가 들려오는 것만 같았다.

❀　　❀　　❀

복사꽃이 만발하여 꽃잎들이 이슬을 머금고 날아와 이혈의 흑립 위로 떨어져 내렸다. 달콤한 봄밤이 아쉬워 미복잠행에 나선 사내의 발걸음은 유유자적 자유로워 보였다. 그는 열세 살에 왕위에 올라 어느새 삼십대 중반을 바라보는 조선의 아홉 번째 왕 이혈(李娎), 바로 성종이었다. 혹자는 구릿빛 피부에 강건한 풍채의 왕을 두고 선대왕이자 고조부인 태종을 닮았다고도 하고 학문과 정사에 몰두하는 모습은 세종을 닮았다고도 했다.

"가세!"

성종이 돌아보며 부르자 곁을 따르던 사내가 조용히 고개를 숙였다.

그의 뒤를 그림자처럼 조용히 따르는 이는 성종의 호위무사 운검 명수였다. 그 역시 눈에 띄지 않는 소박한 도포 차림이었지만 허리에 왕이 내린 검을 차고 있었다.

성종은 단종 복위를 꿈꾸던 운검들이 세조의 목숨을 노렸던 선대의 사건 때문인지 자신이 신뢰할 수 있는 자들로만 운검을 뽑았고, 이렇게 궁궐 밖으로 미행이나 잠행이라도 나설라치면 그중에서도 가장 믿을 만하다고 여겨지는 명수만을 데리고 다녔다.

"언짢은 일이 있으셨던 것입니까?"

걸음걸이가 한껏 여유로워 보이는 성종의 곁을 따르던 명수가 조심스럽게 물었다.

"그리 보이느냐?"

성종은 근심 어린 눈빛으로 자신을 바라보는 운검의 얼굴을 물끄러미 바라보았다.

"금일 편전에서 있었던 일을 들은 것이구나?"

"그것이 아니옵고, 갑작스럽게 미복잠행에 나서겠다 하시니……."

명수는 말끝을 흐렸다. 물론 오늘 편전에서 있었던 일은 정 내관에게 들어 이미 알고 있었다. 세조도 천수를 누리지 못했고 뒤를 이은 예종도 스무 살에 갑작스럽게 보위를 버리자 다음 왕위를 이을 임금으로 지금의 왕인 열세 살의 잘산군이 결정되었다. 형님인 월산군이나 다른 대군들이 있는데도 불구하고 잘산군이 보위에 오를 수 있었던 것은 장인인 한명회의 배경이 크게 작용했다.

그러나 잘산군의 보령이 열세 살 밖에 되지 않았으니 만기를 친재하기는 어렵다는 연유로 대비인 정희왕후의 수렴청정(垂簾聽政)과 대신들이 중심이 된 원상제(院相制)를 실시하기로 하였고 이후에도 어렵게 왕권을 돌려받았다. 그래서인지 그는 언제나 중신들과 밀고 당기는 정치를 해야만 했고, 그 때문에 받는 심적인 압박감도 컸다.

"권력의 맛을 아는 자들은 쉽게 그것을 놓지 못한다. 그러나 시간은 과인의 편, 때는 오고 있다. 과인이 하지 못한다면 내 아들인 융은 할 수 있도록 해야겠지."

"성심을 다하겠습니다, 전하!"

느긋하고 여유로운 옥보(왕의 걸음걸이)와는 달리 성종의 입에서 흘러나오는 말은 냉철하다 못해 비장하기까지 했다.

"자, 자! 봄밤의 미복잠행이 아니더냐. 이제 군신의 관계는 버리고 예전처럼 형님 아우가 되어 한바탕 놀다 오자꾸나!"

성문을 빠져나오며 성종은 목소리를 낮추고 속삭였다.

"그리하시지요, 형님!"

성종의 어심을 모두 읽고 있다는 듯 명수가 고개를 끄덕였다.

한참을 걷던 성종은 이곳이 기방으로 들어서는 길목이라는 사실을 깨닫고 주위를 둘러보았다.

"응?"

그때였다. 어디선가 들려오는 아름다운 음률이 성종의 귀를 사로잡았다.

증조부인 세종대왕을 닮아서인지 특별히 음악에 관심이 많았던 성종은 악공들을 불러 연주를 즐겨 듣는 것은 물론이고 종종 궁궐 안의 장악원에 들러 악공들이 연습하는 것을 듣기도 할 정도로 음악에 조예가 깊었다. 음에 민감한 성종이 가만히 귀 기울여 듣자니 생황과 퉁소, 그리고 거문고와 비파가 조화를 이룬 연주였는데 솜씨가 보통이 아니었다.

"들었느냐? 궁궐의 악공들을 모아 놓은 것도 아니고 어떤 자들이 이 정도의 연주를 할 수 있단 말이냐?"

놀랍게도 그 악공들은 능숙한 솜씨로 궁중음악의 명작인 <여민락>을 연주하고 있었다.

아름다운 연주에 감탄한 성종은 명수가 미처 말릴 틈도 없이 소리가 들리는 쪽을 향해 걸음을 옮겼다.

소리가 들려오는 곳은 용수에다 갓모를 씌워 긴 장대에 꽂아 세우고 그 옆에 조그만 홍등을 달아놓은 집들이 즐비한, 이른바 삼패(三牌) 기생들이 나와 시중들고 술을 따르는 기방 거리였다. 야심한 시각인데도 거리는 색색의 홍등이 밝혀져 있어 그야말로 불야성을 이루고 있었다.

"저곳인 듯합니다."

명수가 가리키는 곳을 보니 사람들이 모여 있었다. 그런데 이상한 것은 얼핏 보기에도 여러 명의 악공들이 연주를 하는 것 같지는 않아보였다.

"이상하지 않느냐? 분명 연주 소리는 들리는데 악공들은 없으니."

"그러게 말입니다."

성종과 명수가 이상하다고 생각하며 사람들의 무리를 헤치며 가까이 가보니 눈앞에 놀라운 광경이 펼쳐졌다.

"아니!"

사람들에게 빙 둘러싸여 연주를 하고 있는 것은 키가 채 삼 척이 되지 않는데다가 얼굴도 대여섯 살의 어린아이처럼 작은 사내였다.

한데 그보다 더 놀라운 것은 그는 아무런 악기도 없이 입으로는 생황과 퉁소 소리를 번갈아 내고 손으로는 거문고와 비파 음을 연주하는 것이었다. 그런데도 그 소리들이 조화로운 화음을 이루고 있었기에 마치 여러 명의 악공들이 연주를 하는 것처럼 들렸던 것이다.

"사람의 손과 입으로 모든 소리를 내는 구기라는 것입니다."

명수가 조용하게 설명하였다.

"아, 구기!"

구기를 하는 자들에 대해 들어본 적은 있었지만 직접 본 것은 처음이었다. 성종은 그제야 고개를 끄덕였다.

"저기 보이는 저 기방에서 손님들을 끌기 위해 구기를 하는 모양입니다."

명수의 설명을 들으며 보니 그 기방은 근처에서 가장 큰 규모였다. 기방 대문에는 천하태평춘(天下泰平春)이라고 쓰여 있었다.

명수는 뛰어난 재주를 지닌 구기꾼보다는 그 곁에 우뚝 서 있는 거구의 사내를 유심히 살폈다. 작은 체구의 난쟁이인 구기꾼을 보호하는 듯 보이는 장대한 사내는 보기에는 그저 남들보다 체구만 큰 것처럼 보였지만 주위를 살필 때 짙은 눈썹 아래 언뜻언뜻 보이는 눈빛이 예사롭지 않았다. 평범한 사람들이 지닐 수 없는 그 사내의 눈빛이 명수를 잔뜩 긴장하게 했다.

"그만 다른 곳으로 가시지요."

꺼림칙한 마음에 왕의 안위를 염려한 명수는 서둘러 다른 곳으로 갈 것을 청하였다.

"문 앞에서 손님을 이처럼 거창하게 불러들일 정도면 안에 있는 기녀들은 얼마나 대단한지 궁금하구나. 어디 들어가 보자꾸나!"

그러나 이미 구기꾼에게 마음을 빼앗긴 성종은 서슴없이 기방을 향해 걸어갔고 명수도 별수 없이 뒤를 따랐다. 사람들이 많아서인지 기방 마당은 어수선했지만 들뜬 춘심을 안고 몰려든 손님들로 북적여 활기에 차 있었다.

"뉘를 찾으시오?"

보통 작은 기방에서는 기생들이 나와 인사를 올리는 법인데 이곳에서는 낡기는 하였으나 깨끗한 중치막을 입고 작은 갓을 쓴 곱상한 사내가 나와 맞이했다.

"밖에서 보자니 구기하는 자의 재주가 뛰어나기에 구경이나 할까 하고 들어 왔네만."

"아, 예! 밖에 구기를 하는 이는 뱁새라고 하는데, 보신 분들마다 구기꾼으로는 조선 최고라고들 하십니다."

"한데, 이곳엔 어찌 기생은 보이지를 않고 사내가 나와 맞는 것인가?"

서글서글한 말투로 대답하는 사내가 마음에 든 것인지 성종이 지나가는 말로 넌지시 물었다.

"아, 예! 소인은 조방꾼입니다. 한창 바쁜 때라 기녀들은 모두 다 방에 들었는지라 소인이 나온 것입니다."

사내는 공손한 말투로 대답하면서도 손님으로 온 이들의 차림새를 찬찬히 살피고 있었다. 그 차림새에 걸맞은 기생들에게 연결시켜 주려는 것이었다.

"큰 기방에서는 조방꾼들이 나와 있다가 손들이 찾는 기녀에게 연결해 준다고 합니다. 비록 정승이라 하더라도 기방에서는 조방꾼의 권세를 따르지 못한다고 합니다."

워낙에 기방이라는 곳은 날마다 주먹질이 끊이지 않았다. 기방 출입 풍속이 워낙에 까다로운 데다가 기방을 드나드는 이들 중에는 무뢰배들이 많았다. 해서 먼저 온 손님들과 나중 온 손님들 사이에 기 싸움이라도 벌어질라 치면, 힘깨나 쓰고 권세 있는 손님에게 먼저 온 손님이 자리를 내어줄 수밖에 없었다. 그런 것들을 미연에 방지하기 위해 기방에서는 운종가와 기루에서 한가락 한다 하는 유명한 사내들을 기녀들의 기둥서방으로 들였는데 이들이 조방꾼이었다.

"주색에는 도통 관심도 없는 네가 기방에 대해서는 어찌 그리 잘 아는 것이냐?"

명수가 작은 목소리로 속삭이자 성종은 의외라는 듯 돌아보았다.

"그저, 주워들은 것입니다."

"너답지 않게 별일이구나."

급히 변명을 하는 명수에게 성종이 장난스럽게 빈정거리자 두 사람의 대화를 가만히 듣고 있던 사내는 피식 웃었다.

"한데, 이것은?"

이번에도 그 노랫소리를 먼저 들은 것은 음에 민감한 성종이었다.

어젯밤 불던 바람 금성이 완연하다
고침(高枕) 단금(單衾)에 상사몽(相思夢) 흩쳐 깨여,
죽창(竹窓)을 반개하고 막막히 앉았으니
만리창고에 하운이 흩어지고……

달콤한 봄 공기를 가르는 청량한 목소리였다.

노랫소리는 끊어질 듯 끊어질 듯 이어지며 아름다우면서도 한없이 애틋하게 들려오고 있었다. 별 감정이 없어 보이는 운검 명수조차 조용히 귀 기울여 듣고 있는 것을 보면 애절하게 들려오는 그 노랫소리는 사람의 심금을 울리는 무언가가 있는

것이 틀림없었다.

"누가 부르는 것이냐?"

잠시 노래를 듣고 있던 성종이 묻자 조방꾼의 미간이 살짝 찌푸려졌다.

"태평춘의 가인 미우가 부르는 노래입니다."

"미우? 그 가인을 만나볼 수 있겠느냐?"

"그, 그것이……."

성종이 노랫소리의 주인인 가인에게 관심을 보이자 조방꾼의 얼굴에는 난처한 기색이 역력했다. 조방꾼은 아무리 보아도 서로 어울리지 않는 두 사람이 기방 구경을 나왔다는 것이 어쩐지 마음에 걸렸다. 최고급 명주 도포에 당상관들이나 사용할 수 있는 산호, 호박, 대모 구슬을 길게 엮어 만든 갓끈을 맨 옥골선풍의 '귀남자' 하나와, 차림새는 수수하지만 기골이 장대한 것이 아무리 보아도 무사인 듯 보이는 '상남자' 하나. 기방에는 보통 같은 부류의 인물들이 어울려 모여들기 마련인데 이 두 사내는 다른 곳이라면 몰라도 이처럼 놀고 마시는 기방에서는 물과 기름처럼 전혀 섞이지 않을 부류들이었다.

"어찌 그러는 것이냐?"

"들으셨다시피 저 가인의 노랫소리가 듣는 이들의 마음을 움직이다 보니 노래 한 번 듣겠다고 찾으시는 분들이 너무 많아, 부득이 저 방에 드는 손들은 미리 한 냥씩 내고 약조를 한 이들만 받습니다."

"노래 한 번 듣는데 한 냥이나 한단 말이더냐."

성종은 평소의 진중한 성정과는 다르게 목소리를 높이며 눈이 휘둥그레졌다. 그것은 미행을 나오면 나타나는 성종의 특징이기도 했다. 그도 아직은 혈기왕성한 사내인지라 궁궐의 엄격한 법도에 무겁게 억눌려 있던 젊은 혈기가 궁궐 문을 나서면 저절로 살아나는 모양이었다.

"노래 한번 듣는데 한 냥이 아니라 전두(纏頭: 광대, 기생, 악공 등에게 그 재주를 칭찬하여 사례로 주는 돈이나 물건)의 선금을 그리 걸고 하시는 것이고, 술값이며 기생들을 들이는 놀음차(잔치 때 기생이나 악사에게 놀아 준 대가로 주는 돈이나 물건)는 따로 내셔야 합니다."

"그것 참. 하면, 미리 선약을 하지 않은 이들은 저 가인의 노래를 들을 방법이 없는 것이냐?"

얼마 전 시전의 물가를 조사하여 올린 장계에 보면 쌀 한 가마에 구전이라 했다. 하면 노래 한 번 들려주는 데 쌀 한 가마보다 비싼 값을 받는다는 것인데, 그럼에도 미리 삯을 건네고 기다려야 한다니 그 가인의 노래가 점점 더 궁금해지는 것이었다.

"그렇습니다."

애가 탄 성종이 다시 한 번 물었지만 조방꾼은 잘나가는 가인을 둬서인지 융통성이라고는 없이 원칙대로만 대답하는 것이었다. 곱상한 외모와는 달리 그의 태도는 거만하기 짝이 없어 보였다. 하찮은 가인을 만나고 싶어 조바심을 하는 성종의 모습도 뜻밖이었지만, 조방꾼이 하는 양을 지켜보는 명수는 기가 막혔다.

"이래도 아니 되겠는가?"

보다 못한 명수가 엽전 열 냥이 묶인 꾸러미를 내밀었다.

열 냥이면 웬만한 첩실도 들일 돈이었다. 돈 앞에 장사 없다고, 그만큼 쥐여주면 어차피 기녀들의 기둥서방이니 방법을 찾아볼 것이라 생각한 것이었다.

"하, 하나!"

그러나 그런 예측은 보란 듯이 빗나가 조방꾼은 명수가 내미는 엽전 꾸러미를 물끄러미 바라보며 머뭇거리는 것이었다.

"부족하다면 더 주겠네."

난처한 표정으로 머뭇거리는 조방꾼을 바라보던 명수의 얼굴에 그럴 줄 알았다는 듯 냉소적인 빛이 떠올랐다.

"정히 그러시면 한 냥만 주십시오. 내일 이 시각으로 약조를 잡아드릴 것이니……"

"허어! 네 이놈, 이분이 뉘신 줄 알고!"

적지 않은 돈을 내밀었음에도 불구하고 보란 듯이 거절하는 조방꾼의 뜻밖의 말에 명수는 기가 막혔다. 하나, 거절하는 방법도 노련한 조방꾼답게 기방에서 정한 원칙대로 하니 선비 체면에 더는 청을 넣기도 난감했다.

언짢은 어심을 풀기 위해 나온 미행 길이 고작 기방의 오만 방자한 조방꾼 따위 때문에 엉망이 되어버리는 것을 보고 있자니, 여간해서는 싫은 내색조차 하지 않는 명수도 언짢은 기색이 역력했다.

"삼정승이 다 오셔도 아니 되는 것은 아니 되는 것입니다."

조방꾼은 윽박지르는 명수 앞에서도 완강하게 버텼다.

사실 열 냥이면 기방의 원칙이 흔들리기에는 충분한 것이었다. 그러나 조방꾼은 열 냥이나 되는 거금을 선뜻 내놓는 이들이 점점 더 이상하게 생각되어 경계하게 되는 것이었다.

"그만두어라. 정히 그러하다면 내 내일 다시 오지."

성종은 천성이 활달하고 어린 시절 잠저(왕의 사가)와 궁궐을 오가며 지냈던 터라 태어나면서부터 궁궐 안에서만 지냈던 선대왕들과는 달랐다. 조방꾼이 이 정도로 완강하게 나오는 데는 뭔가 연유가 있을 것이라 짐작한 그는 그대로 발걸음을 돌렸다.

"돌아가시는 것입니까?"

"그래, 오늘은 운종가나 구경하자구나. 그렇더라도, 가서 내일 이 시각으로 선약을 해두고 오너라."

"선약을 말입니까?"

명수는 내일 다시 나올 것이니 선금을 주고 선약을 해두라는 왕의 명에 경악했다. 지금이 어느 때인데 왕이 미행을 그리 자주 나오겠다는 것인지. 게다가 이곳은 정승들까지도 즐겨 찾는 소문난 기방이 아닌가.

"너도 노랫소리를 듣지 않았더냐. 겨우 첫 음만 들었을 뿐인데도 가슴이 젖어드는 것 같았다. 사내들이 어찌하여 이곳에서 그리 많은 전을 쓰는 것인지 연유를 알아봐야겠다."

성종은 그리 말하면서도 미련이 남는 것인지 가인의 노랫소리가 들려오던 쪽을 돌아다보았다. 아직까지도 그 조방꾼은 무언가 미심쩍은 눈빛으로 그들을 지켜보고 있었다. 그대로 기방을 나가는 것인지, 아니면 무슨 다른 수를 쓰려는 것인지 살피는 모양이었다.

"하나, 이곳은 이 기방 골목에서 제일 잘나간다는 태평춘입니다. 그러다가 삼정승 중 하나와 부딪치기라도 하시면……."

태평춘의 대문을 나서며 명수가 걱정스럽게 중얼거렸다.

"그것이 무에 대수겠느냐. 오히려 할 일 없는 허수아비 왕이 기방이나 기웃거리는 모양이라 비웃으며 안심하겠지. 공연한 생각 말고 선약이나 해두어라."

"예, 날이 밝으면 사람을 보내도록 하겠습니다."

명수는 혹 임금의 체면이 손상되는 일이라도 발생할까 봐 속이 탔지만 성종은 그런 쪽으로는 전혀 생각지 않는 것인지 여유롭다 못해 오히려 한술 더 떠 그 가인을 제발 보기라도 했으면 하는 표정이었다.

"대체……."

답답해진 명수는 다시 한 번 기방 쪽을 돌아보았다.

다음 날 밤도 선정전에 앉아 있는 성종의 심기는 불편했다.

그의 심기처럼 잔뜩 찡그린 탓에 아름다운 미간이 곤두서 있었다. 경복궁에서 머물던 왕들이 이른 나이에 붕어하자 대왕대비는 젊은 왕에게 창덕궁을 주로 사용할 것을 권하였고, 대부분의 정사는 창덕궁의 편전인 선정전에서 논의되었다. 이른 아침부터 선정전에 든 왕은 여전히 밀고 당기는 대소신료들과 정사를 논의해야 했다. 아침부터 저녁까지 내내 불편한 심경으로 그러했으니 밤이 되자 꾹꾹 억눌러 놓았던 울화가 한꺼번에 치밀어 오르며 머리가 지끈거리기 시작했다.

"김 내관!"

"예, 전하!"

"명수에게 기별을 넣어 들라 하라!"

성종은 어젯밤 미행에서 들었던 노래를 오늘은 기어이 듣고 말리라 생각했다. 어쩐지 그 가인의 노랫소리를 듣는다면 답답하게 응어리진 가슴이 조금은 풀릴 것도 같았다.

"반시각 전에 들어 기다리고 있습니다, 전하."

"그래, 한데 어찌 고하지 않았더냐?"

"전하께서 찾으시기 전에는 고하지 말라며 기다리겠다 하기에 그리하였습니다, 전하!"

"허, 참으로 정명수답구나."

성종은 자신의 속내를 꿰뚫고 있는 명수의 치밀함에 고개를 흔들었다.

"평복을 가져 오너라."

"저, 전하! 어찌 또?"

상선은 어젯밤에 이어 오늘 또다시 미행에 나서겠다는 왕을 어떻게라도 막아보려고 나섰지만, 한마디도 하지 말라는 듯 노려보는 그의 시선에 그대로 입을 다물고 말았다.

성종은 빙그레 웃으며 희정당을 나섰다.

사실 왕은 경복궁보다는 이 창덕궁이 더 마음에 들었다.

창덕궁은 경복궁 다음에 위치하는 궁이기 때문에 이궁(離宮) 혹은 별궁이라고 불렀다. 경복궁이 정도전을 위시한 신하들이 설계했다면, 창덕궁은 선대왕이신 태종의 의도에 따라 설계되었다. 그래서인지 경복궁은 임금이 효율적으로 일하기에만 편하게 설계되어 왕의 처소인 강녕전 바로 앞에 국무를 보는 사정전이 있고 그 앞에는 근정전이 있었다. 이것은 일하기에는 좋을지 모르지만 마음 놓고 쉴 데가 없으니 사람이 살기에는 아주 답답한 구조였다.

반면 창덕궁은 왕이 일을 하는 외전(인정전이나 선정전 등이 있는 지역)을 왼쪽 밑으로 몰아놓고 왕이 쉴 수 있는 후원을 아주 넓게 만들었다. 창덕궁은 태종이 짓기 시작해서 세조 때는 후원을 두 배도 넘게 확장하였다. 그래서 일하기만을 즐기던 세종대왕을 빼고는 모든 왕들이 경복궁보다 창덕궁을 더 좋아했다. 그런 연유 때문인지 지금의 왕인 성종도 이 후원을 무척 좋아하는 것이었다.

"속이 다 트이는구나."

"하면, 오늘 밤엔 후원 산책이나 하시는 것이……."

후원으로 나온 성종이 그렇게 중얼거리자 곁에 있던 명수가 어심을 슬쩍 떠보듯 물었다. 물빛 도포에 잿빛 쾌자를 입은 명수의 눈빛이 오늘따라 더 깊이 가라앉아 보였다.

"하면, 이 후원으로 그 가인을 데려올 것이냐?"

성종은 감히 자신의 속내를 떠보는 명수의 마음을 훤히 꿰고 있다는 듯 되물었다.

"가시지요. 선금을 주고 선약을 잡아 놓았습니다."

"어디, 얼마나 대단한 인물인지 한번 보자꾸나."

"예, 그리하시지요."

명수는 왕의 뒤를 따르면서도 저녁에 하인이 와서 그 가인의 얼굴을 본 사람이 단 하나도 없다고 하던 말이 마음에 걸렸다. 그러나 그 가인의 노래를 들어야겠다고 작정한 왕의 어심을 돌릴 수는 없는 일이었다.

十二章・인연

"오셨습니까?"

"선금을 걸고 약속을 잡지 않았더냐. 당연히 올 수밖에."

명수는 눈을 내리깔고 허리를 깊이 숙여 정중히 절하는 조방꾼의 얼굴을 뚫어져라 쳐다보았다. 딱딱한 말투만큼이나 차고 냉랭한 명수의 눈길을 느끼지 못했을 리가 없었지만 조방꾼은 애써 외면하고 있었다.

"안으로 드시지요. 선약을 하고 기다리신 것을 후회하시지 않을 것입니다."

조방꾼은 어제와는 전혀 다른 고분고분한 태도로 명수 일행을 인도했다.

"허, 그리 자신이 있더란 말이지?"

그런 조방꾼의 태도가 더 호기심을 자극했는지 성종은 반짝이는 눈을 했다. 그렇게 여유 있는 성종의 꼭 한 발자국 뒤로 주위를 경계하며 명수가 따르고 있었다.

"나으리들! 어서 오시어요!"

안으로 들어서자 반반한 기녀들이 버선발로 뛰어나왔다.

앞장서는 기생의 손에 인도되어 가인이 기다린다는 방 안으로 드니, 뒤를 이어 떡 벌어지게 차려진 술상이 나왔다. 거창한 술상의 뒤를 따라 한껏 부풀린 치마를 오른쪽으로 여며 입은 조선 최고의 일패 기생 서너 명이 따라 들어섰다.

"너희 둘은 남고 나머지는 물러가거라."

명수가 그중 음전해 보이는 두 명의 기녀를 고르자 선택받지 못한 나머지 두 명은 서운한 표정으로 밖으로 나갔다.

"나으리, 유향이라 하옵니다."

유향은 날아갈 듯 살포시 절하고는 교태를 떨며 왕의 곁을 꿰차고 앉았다.

기녀들이 왕의 곁으로 가 앉을 동안 명수는 가인의 얼굴을 본 사람이 아무도 없다는 하인의 말을 생각하며 방 안을 살폈다. 방은 참으로 묘한 구조였다. 두 개의 방이 미닫이 문으로 연결되어 있었는데 어쩐 일인지 가구는 하나도 없고 벽마다 꽤 값이 나가는 산수화가 걸려 있었다. 두 개의 방은 길게 내린 발로 분리되어 있었는데 발 앞에는 거문고가 놓여 있었다.

"어찌 발을 쳐 놓은 것인가?"

그렇게 중얼거리며 명수가 힐끗 보니 조방꾼이 나가지 않고 옆문 앞에 서서 서성이고 있었다. 뭔가 이상하다고 생각하며 바라보는 명수와 눈길이 마주치자 조방꾼은 서둘러 고개를 돌려 버렸다.

그러는 사이 유향은 어느새 성종에게 술을 따르고는 재게 안주를 대령하며 교태를 피웠지만 그는 오로지 어젯밤 들었던 가인의 노랫소리만을 생각하고 있었다.

"노래는 언제 듣게 되는 것이냐?"

명수는 분 냄새를 풍기며 그의 옆구리에 찰싹 붙어 술을 따르는 기녀를 냉정하게 떼어내며 물었다.

"지금 들어오고 있습니다."

조방꾼의 말이 떨어지기 무섭게 두 개의 방을 나누며 드리워진 치렁한 문발이 가볍게 흔들렸다. 발 너머 방의 옆문이 열리면서 자그마한 여인 하나가 들어오는 것이 어렴풋이 보였다. 발 사이로 희미하게 비쳐 보이는 것은 노란 치마에 분홍 저고리를 입은 단아한 여인이 나비 촛대 아래 고요히 그림자를 드리우고 함초롬히 서 있는 것이었다.

"미우라 하옵니다."

여인은 음전한 몸짓으로 큰절을 올리고 일어섰다.

발 뒤에 있다지만 불빛에 비쳐 아른거리는 여인의 모습은 오히려 사내의 호기심을 자극하기에 충분했다. 그러자 악공으로 보이는 사내 둘이 절을 하더니 사내 하나는 장구로 장단을 맞추고 다른 사내는 거문고를 타기 시작했다.

"가만! 어찌 발을 걷지 않는 것이냐?"

가운데 쳐 놓은 발이 올라가지 않은 채 악공이 거문고를 타자 성종이 술잔을 내려놓았다.

"송구하오나, 나으리! 이 아이가 낯을 몹시 가려 낯선 사람과 마주하면 노래를 부르지 못하옵니다. 해서 이 아이는 모습을 드러내지 않는 것을 원칙으로 하여 노래를 들려드리고 있습니다. 하니, 부디 너그럽게 용서하시고 노래를 들어주십시오."

문 앞에 서 있던 조방꾼이 다가와 무릎을 꿇고 사정을 고하였지만 명수는 쉽게 납득이 가지 않았다. 고개 숙인 조방꾼의 머리 위에서 불빛이 넘실거리며 춤을 추었다.

'이래서 가인의 얼굴을 본 이가 없다는 것이었나?'

그런 생각을 하며 조방꾼을 못마땅한 듯 노려보고 있는 명수의 무뚝뚝하고 고집스러운 얼굴 위에도 불빛이 넘실거렸다.

"그래, 하면 일단 소리나 들어보자."

그러나 성종은 어젯밤의 그 아름다운 노랫소리를 잊지 못해서인지 우선 노래부터 하도록 허락하였다. 성종이 허락하자 악공이 거문고를 타기 시작했고 그 소리에 맞춰 발 뒤에 서 있는 가인의 노랫소리가 흘러나오기 시작했다.

밤은 깊어 먼 곳 나무 희미하고
적적한 빈 방에 홀로 앉아
지난 일 생각하니 설움만 그득하고
산 밖이 태산이요 물 밖이 바다로다

구의산 구름같이
바라도록 멀었는데
달 밝은 긴긴 밤을 나 혼자는 너무 외로워

잠들어 꿈 속에서나 그리운 그 님 볼 수 있을까
그러나 잠들려 해도 잠 못 드는 이 내 신세

거문고 가락에 맞춰 울려 퍼지는 노랫소리는 가을날 낙엽
위를 스치는 바람 소리처럼 쓸쓸하고 구슬펐다. 가인이 부르
는 저 노래는 문장이 화려하고 구구절절이 명문미장(名文美章)
이므로 실지로 곡을 붙여 부르기란 그리 쉬운 것이 아니었다.
하나, 발 뒤의 저 여인은 전혀 힘들이지 않고 저토록 처연하게
부르는데도 듣는 이의 마음을 애잔하게 끌어당겼다.

"으음!"

성종은 오랫동안 눌러두었던 묵은 감정이 북받쳐 올랐다.
제 흥에 취해 손짓하는 여인의 어른거리는 모습을 바라보고
있던 그의 눈동자에 물기가 돌았다.

"괜찮으십니까?"

명수는 눈가가 붉게 물든 성종에게 작은 목소리로 물었다.

원하던 모든 것을 가졌는데, 이제 이루기만 하면 될 것인데
왕은 어찌하여 이리 쓸쓸해 하는 것일까. 저렇게 감성적일 수
있는 것도, 노랫가락에 슬퍼 눈시울을 붉힐 수 있는 것도 이미
많은 것을 가졌기에 가능한 것일 것이다.

아무것도 가질 수 없는 이들에겐 그 모든 것이 사치일 수밖에 없으니.

그런 생각을 하니 명수 역시 울적해졌다.

분명 여인의 노래에는 사람들의 고단한 마음을 건드리는 무언가가 있었다. 자신마저도 이런 자기 연민에 빠지게 하는 것을 보면. 그런 생각을 하고 있는데 명수의 눈에서 한 줄기 눈물이 흘러내렸다. 순간 그는 놀라고 말았다. 철이 든 이후 단 한 번도 울어보지 않은 자신이 눈물을 흘리고 있는 것이다. 문득 한쪽으로 비켜서서 자신을 바라보는 조방꾼의 묘한 눈빛과 마주치자 감정에 취해 있던 명수는 제정신을 차린 듯 흠칫 놀랐다.

"애련설(愛蓮說)이로다!"

무언가에 홀린 듯, 취한 듯 듣고 있던 성종은 그렇게 감탄했다. 유난히 예인을 아끼는 그였다. 노래 한 곡만 들었을 뿐인데도 가인의 진가를 알아볼 수 있었다.

"이 진흙 속에서 어찌 저리 고운 연꽃이 피었을꼬? 저 아이의 노랫소리가 한없이 쓸쓸하고 슬프구나."

듣는 이의 칭찬에 악공과 가인 모두가 기뻐하고 있을 때 성종은 한없이 애틋한 눈빛으로 발 너머의 여인을 바라보았다.

"들으신 분들은 모두가 그리 말씀하십니다."

"노래가 끝났으니 이제는 저 아이의 얼굴을 한 번 보아도 괜찮지 않겠느냐? 수줍어 노래를 하지 않을 걱정도 없을 것이니."

노래가 끝났으니 가인의 얼굴을 보아도 될 것이라는 생각에 성종의 얼굴이 다시 환하게 빛나기 시작했다. 성종이 고개를 끄덕이자 조용히 있던 명수가 발을 걷으려고 한 걸음 나섰을 때였다.

"아니 됩니다!"

문 앞에 서 있던 조방꾼이 급히 몸을 날려 발과 명수 사이를 가로 막았다.

"무례하다! 이분이 뉘신 줄 알고!"

명수는 자신의 앞을 가로막는 조방꾼을 밀쳐 쓰러뜨리고는 허리에 찬 검을 잡았다. 당장이라도 검을 빼 목덜미를 겨눌 기세였지만 쓰러진 조방꾼은 분한 듯 입술만 실룩이고 있었다. 성종과 마주친 조방꾼의 시선이 팽팽하게 얽히자 두 사람을 지켜보는 이들 사이에도 묘한 긴장감이 흘렀다.

"그만! 나는 이 나라의 왕이다. 지금 네가 막아서는 것은 어명을 거역하는 것이다!"

성종이 손을 들어 명수를 막으며 조방꾼을 바라보았다.

"예?"

"이분은 주상전하이시다! 모두 예를 갖추어라!"

"소인을 죽, 죽여주시옵소서!"

명수의 말에 그제야 상대를 파악한 조방꾼이 납작 엎드려 고개를 조아리자 자리에 있던 악공들과 시중을 들던 기녀들도 놀라 납작 엎드려 고개를 숙였다. 다만 발 뒤의 여인만은 아직 상황을 파악하지 못한 듯 그대로 우두커니 서 있었다.

"지금 노래를 한 저 가인은 이런 곳에 있을 이가 아니다. 너희는 지금 진흙 속에 핀 연꽃을 함부로 돌리고 있는 것이다!"

성종이 다시 눈짓하자 명수가 천천히 발을 걷었다.

"아저씨, 대체 무슨 일이 생긴 것입니까?"

발이 올라가는 소리가 들려오자 똑바로 서서 정면만을 응시하던 여인의 입에서 지친 듯 작고 가는 목소리가 흘러나왔다.

'아니, 내가 보이지 않는 것인가?'

명수는 뭔가 이상하다는 생각에 조심스럽게 등불을 들고 여인에게로 다가갔다. 여인의 얼굴 위에서 불빛이 넘실거리며 춤을 추었다. 여인은 평온한 얼굴로 둥그런 눈을 크게 뜨고 있었다. 이상한 예감에 여인을 바라보던 명수는 이내 깜짝 놀랐다.

상상했던 것과는 달리 발 뒤에 숨어 있던 여인의 모습은 이제 열여섯이나 열일곱 정도 되어 보이는 앳되고 청초한 소녀였다. 커다랗게 뜨고 있는 그녀의 눈동자가 허공을 맴돌고 있지만 않았다면 그녀의 외모 또한 천상의 목소리처럼 사람들을 사로잡을 것이 틀림없었다.

'그래서 발을 드리우고······.'

명수는 안타까운 마음에 그런 소녀를 잠자코 바라보았다.

"밖에 있는 구기꾼과 저희들은 한 패거리들로 조선 팔도를 돌며 재주를 팔아 연명하고 있습니다. 미우가 어렸을 때 부모 잃은 세 오누이를 거둬 키웠습니다. 아이들을 거둘 당시 미우는 열병을 앓고 있었는데, 그 후 눈앞이 흐려진다 하더니 결국 저리 되고 말았습니다."

"이리 데려오게!"

성종은 안타까운 마음에 미우를 가까이 데려오라 하였다.

"이리 와 전하께 인사 드려라!"

조방꾼은 일어나 미우의 손을 잡고 성종의 앞으로 안내하자 그녀는 천천히 큰절을 올렸다.

"그래서 발을 내려 저 아이의 모습을 가린 것이더냐?"

"본디, 노래에는 마음이 담겨야 하는 것입니다. 한데 그 노래를 부르는 이의 마음이 편치 않다면 어찌 좋은 노래를 부를 수가 있겠습니까. 모습을 드러내지 않고 노래만을 하는 것은 저 아이가 자신의 모습이 아닌 노래만을 들어주기를 간절히 원하기 때문입니다."

"그랬구나. 본디 인간이란 간사하여 지금 저처럼 천상의 소리, 마음을 움직이는 소리를 하는 가인이라 칭송이 자자하지만 그 가인이 앞을 보지 못한다는 것이 알려진다면 미우가 부르는 노래마저 그저 앞 못 보는 여인의 신세 한탄 정도로 깎아내려지고 말 것이니."

성종은 차랑차랑하게 술이 채워진 술잔을 빙빙 돌려가며 향을 음미하고 있었다.

"저 아이도 그것을 걱정한 것 같습니다."

명수는 왕의 곁에 미동도 없이 앉아서 그런 왕과 조방꾼을 뚫어져라 응시하고 있었다.

"저 아이가 참으로 현명하지 않더냐?"

성종은 무슨 생각인지 미우를 앞에 앉혀놓고 그저 바라보기만 했다.

"저 아이를 거두는 이가 누구냐?"

술잔을 내려놓은 성종은 마음을 정한 듯 물었다.

"미우를 거둔 그날부터 저 아이는 저희 식솔입니다. 하니 이곳에서도 일이 끝나면 내일이라도 떠날 것입니다."

작은 체구를 지녔지만 조금은 고집스러워 보이는 조방꾼은 서둘러 대답했다.

"너는 지금 저 아이를 빼앗기고 큰 벌이를 놓칠까 두려워하는 것이더냐?"

성종의 말투에는 다분히 비아냥거림이 섞여 있었다.

"그렇지 않다고 한다면 거짓이겠지요. 하나 그것이 다는 아닙니다."

그러나 이런 일을 한두 번 겪어본 것이 아닌지 조방꾼은 태연했다.

"하나, 너희들의 힘으로는 저 애련설을 지킬 수 없다. 과인이 궁으로 데려가 저 아이의 재주를 키울 수 있는 방법을 찾아줄 것이고 어의를 시켜 눈도 고쳐주겠다!"

그 가인의 노래 소리를 듣는 순간 성종은 저런 귀한 목소리가 기방에서 저렇게 혹사당해서는 얼마가지 못해 망가질 것을 우려했다. 게다가 그 소녀가 앞을 보지 못한다하니, 애틋한 연민마저 드는 것이었다. 결국 성종은 후한 사례를 해주고 미우를 데려와 명수의 집에 두었다가 대비전의 쓰지 않는 별채를 내주고 궁으로 데려왔다.

조선은 세종 때의 박연의 '세상에 버릴 자는 없다'는 주장에 따라 장애를 일종의 병으로 보고 장애를 지닌 이들에게 관대하게 덕을 베풀어 장애인과 그 부양자들에게는 부역과 잡역을 면제하고 장애인을 정성껏 보살핀 가족들에게는 상을 주었으며 반면 학대하는 자에게는 엄중한 처벌을 했다. 게다가 장애인들의 자립을 중요하게 여겨 점복사, 독경사, 악공의 일자리를 주고 많은 관심을 기울였지만 일반인이 가지는 편견을 제거하지는 못했다.

그러나 성종은 저 소녀를 데려다 편견을 극복하고 화려하게 피어나는 연꽃으로 만들어 본보기로 삼고 싶었다. 그리하여 그의 치세에는 예를 존중하며 귀천을 불문하고 예인을 귀히 여겼다는 업적을 남겨 보겠다는 생각이었다.

아무리 왕이라고는 하지만 성종의 생각과는 달리 그는 미우를 위해 해줄 것이 별로 없었다. 미우를 살펴본 어의는 치료 시기를 놓쳐 눈을 고칠 수 없다 하였고, 미우의 재주를 살펴본 장악원 전악은 천상의 재주를 지녔으나 앞을 보지 못하니 엄격한 시험을 통과할 수 있다고 하여도 자격 미달이라 불가하다고 하였다. 화려하게 피어나는 연꽃으로 만들어주겠다고 단단히 약조했지만 미우는 그저 조선의 왕의 힘으로도 편견을 넘지 못하고 실패한 사례로 그의 속을 거북하게 만들었다. 성종은 하는 수 없이 대비와 의논한 끝에 미우를 대비전의 궁녀로 숨겨두었지만 앞을 보지 못해 궁녀의 자격도 되지 못하니 궁녀로 이름조차 올려줄 수 없었다.

그러나 왕이 도와주지 않아도 미우는 꽃으로 피어났다.

미우는 대비전의 일곱 살 애기나인 사인이 눈이 되어준 덕분에 궁궐의 모양새와 지리를 익히고 그녀의 재주를 어여삐 여긴 장악원 전악의 가르침을 받아 소리면 소리, 피리면 피리, 춤까지 그 재주가 빼어나지 않은 것이 없었다. 게다가 참으로 이상하게도 미우의 재주는 마음이 아프고 힘든 이가 들으면 꼭 한바탕 울게 만들었다. 그렇지만 그렇게 한바탕 큰 소리로 통곡을 한 이들은 마음의 평안을 얻어가는 것이었다.

　그리하여 구중궁궐 대비전 뒤채의 허름한 전각에 애련설이 살고 있어, 찾아가 발 뒤에 앉아 있는 그녀에게 마음을 털어놓으면 큰 위안을 얻어 세상 살기가 한결 수월해진다는 소문이 살금살금 퍼지기 시작하더니, 급기야 동궁전 궁녀들까지 알게 되었다.

　"진인을 찾아 봉래도로 잘못 들어가니……."

　동궁전의 전각 위에 앉아 화선지 위에 위야의 송시를 쓰고 있던 이용이 붓을 내려놓으며 중얼거렸다. 언제나 담담했던 그의 필체는 '흰 구름 땅에 가득한데 아무도 쓸지 않는구나'라는 시의 끝으로 갈수록 지금의 마음처럼 흔들리고 있었다.

　시강원에서 공부를 마치고 돌아와 잠시 쉬고 있던 세자 이용은 또다시 시작된 산란한 마음을 떨치고자 붓을 들었다. 어린 시절 지금의 중전이 자신의 생모가 아니라는 것을 알게 된 날부터 시작된 우울은 해를 거듭하여 마음에 깊은 그늘을 드리웠다. 그러나 이용은 열심히 노력해 아버지인 성종의 마음에 들어 무탈하게 보위에 오르고 싶었기에 자신의 그늘진 마음을 누구에게도 내보이지 않았다. 그러나 요즘 들어 불쑥불쑥 치밀어 오르는 이유 없는 울화는 어떻게 해볼 도리가 없었다.

"대체 언제까지 이런 우울함에 발목이 잡혀 있을 것인가!"

이융은 고개를 세차게 흔들어 끈끈히 달라붙는 상념을 떨쳐버리며 먹을 들었다.

먹을 갈면서 정신을 가다듬기 위해서였다. 그는 마치 처음 글씨를 쓰는 아이처럼 먹을 주먹을 쥐듯이 바로 잡고 벼루에 수직으로 세워서 너무 세게 누르지 않고 천천히 원을 그리면서 갈았다. 그렇게 해야만 먹의 입자가 거칠어지지 않아 고운 먹물을 얻을 수 있는 것이었다. 먹물의 상태에 따라 글씨가 주는 느낌이나 그림의 농도가 달라지므로 먹을 갈아 어떤 먹물을 얻느냐가 서체보다 우선이었다. 그렇게 이융이 온 정신을 집중해 먹을 갈고 있을 때였다.

"너 들었니?"

"무얼 말이야?"

"대비전 뒤채 전각에 애련설이 살고 있대!"

이융이 앉아 먹을 갈고 있는 전각 바로 아래에서 두 궁녀가 속닥속닥 속삭이는 소리가 들려왔다. 전각에 앉아 글을 쓰며 그림을 그리는 세자가 갑자기 불러 뭐라도 시킬까 봐 무작정 기다리느라 너무나 무료했던 궁녀들은 어젯밤 대비전의 궁녀가 살짝 들려준 비밀을 공유하는 중이었다. 궁녀들은 누가 들을세라 목소리를 낮췄지만 지금 동궁전은 금방이라도 달디 단

55

오수에 빠질 수 있을 만큼 너무나 적요했다.

그림을 그리고 있던 세자 이용은 동궁전 궁녀들이 속닥거리는 소리를 듣고 대비전 뒤채 쓰지 않는 전각에 살고 있다는 애련설이 몹시 궁금해졌다.

"애련설을 만나려면 어찌 해야 한다더냐?"

"에그머니나, 세자저하!"

전각 밑에 앉아 얼굴을 맞대고 속닥거리던 궁녀들은 둘 사이로 갑자기 하얗고 갸름한 세자의 얼굴이 툭 튀어 나오자 당황해 엉덩방아를 찧고 말았다.

"그 애련설에 대해 말해 보거라!"

풍성한 속눈썹에 쌓인 이용의 눈동자가 호기심으로 반짝반짝 빛나고 있었다.

"애련설은 미우라는 항아님을 칭하는 것입니다."

"미우?"

"예, 그것이 저도 그저 얻어 들었는지라, 듣기로는 우선은 그 미우 항아님을 만나시려면 대비전의 애기나인에게 잘 보여야 한다고 합니다요."

"애기나인? 대비전에 애기나인이 있었던가?"

"정 상궁 마마님이 업고 온 애기나인인데 고작 일곱 살밖에 안 된 아이가 여간내기가 아닙니다."

"그래봤자 어린아이가 아니더냐?"

"아휴, 그 애기나인이 맹랑하다니까요. 미우 항아님을 만나겠다고 줄을 서는 이가 많다 보니 그 애기 텃세가 여간이 아닙니다요."

"하면 미우라는 궁녀가 애기나인이 텃세를 할 만큼 대단한 가 보구나."

"예, 모두가 쉬쉬하지만 그 궁녀를 보신 장악원 전악께서도 신기에 가까운 재인이라 하셨답니다."

"그래? 그렇단 말이지?"

어려서 성종의 사슴을 걷어차 혼이 난 이후로 열일곱이 될 때까지 큰 말썽을 일으켜 본 적 없었던 세자였다. 세자 이융은 아직은 그 어떤 세파에도 물들지 않은 장난기 가득한 얼굴로 빙글빙글 웃고 있었다.

궁녀들의 말을 듣고 동궁전 내관 하나만을 데리고 단걸음에 달려간 이융은 저만치서 전각 앞을 지키고 있는 애기나인 사인을 발견하였다. 어디서 주웠는지 긴 꼬챙이 하나를 주워든 애기나인은 치마허리를 끈으로 질끈 동여매고는 전각 안을 힐끗거리는 젊은 내관 하나와 대치 중이었다.

"사인아, 이것 좀 먹어봐라. 내 너 주려고 다식을 좀 얻어왔구나."

"저 그렇게 먹는 거에 막 흔들리고 그러는 아이 아닙니다."

젊은 내관은 뇌물로 챙겨온 주전부리를 내밀었지만, 사인은 본 체 만 체하였다.

"아니, 누가 흔들리라고 이러는 것이더냐? 그냥 먹어보라는 것이지."

젊은 내관은 지함의 뚜껑을 열고 다식을 하나 꺼내 사인의 손에 쥐어주며 웃었다.

"그럼 그냥 먹어보라 하시니 먹어보기만 하겠습니다."

다식을 보자 눈빛이 흔들리던 사인은 못 이기는 척 다식 하나를 입에 넣었다.

"어떠냐, 맛있지?"

"뭐, 맛은 있습니다."

"하면 이것을 다 줄 것이니 나도 저 항아님 한 번만 만나보게 해다오."

다식이 맛있다는 사인의 말에 젊은 내관은 얼씨구나 다식을 지함째 쥐어주며 전각 안으로 들어가려 했다.

"대비마마께서 남자는 출입을 금하라 하셨습니다!"

그러나 사인은 지함을 받는 대신 두 팔을 벌리며 문 앞을 딱 막아섰다.

"허어, 내관은 남자가 아니다!"

"이상하네. 내관이 남자가 아니라는 말은 처음 듣는데요? 하면 예서 잠시 기다리십시오. 제가 대비마마께 가서 여쭤보고 오겠습니다."

"아이고, 아니다! 그만두거라. 내가 가면 될 것이 아니더냐?"

대비에게 가서 물어보겠다는 말에 기겁한 내관은 그대로 꽁무니를 빼려다가 무슨 생각이 들었는지 다시 돌아와 다식이 든 지함을 사인에게 건네주었다.

"이것 다 먹고 내가 여기 왔다는 말은 절대 비밀로 해다오,

사인아?"

"예, 절대 말하지 않겠습니다. 하고 이 다식은 미우 항아님께 드릴게요!"

사인은 꽁지가 빠져라 도망치는 내관의 등에 대고 허리를 깊이 숙여 꾸벅 절했다.

젊은 내관을 혼쭐을 내서 쫓아 보내는 사인을 지켜보던 이융은 맹랑한 꼬마가 귀여워 빙글빙글 웃으며 다가갔다.

"어?"

도망가는 젊은 내관의 등에 대고 머리가 땅에 닿도록 인사를 하고 고개를 들던 사인은 눈앞에 떡 버티고 서 있는 세자를 올려다보았다. 먼발치에서 대비전에 문후를 올리러 오는 세자 내외를 본 적이 있었지만 이렇게 가까이에서 보는 것은 처음이었다.

"네가 말로만 듣던 대비전의 똑똑이 사인이로구나?"

"대비전의 똑똑이는 잘 모르겠고 제가 사인이는 맞습니다, 저하!"

언제 왔는지 기척도 없이 나타난 세자의 입에서 똑똑이라는 칭찬을 듣자 사인은 저도 모르게 얼굴이 환해졌다.

"말하는 것도 야무진 것이 참으로 대비전의 똑똑이가 맞구나!"

이융은 환하게 빛나는 얼굴로 사인의 머리를 쓰다듬으며 씨익 웃어보였다.

"한데 이곳은 어찌 오셨습니까, 저하?"

자신을 똑똑하다 칭찬해 주는 잘생긴 세자의 얼굴을 올려다보던 사인이 고개를 갸웃거렸다.

"내가 이곳에 어찌 왔느냐?"

무에 이런 것이 다 있나, 사인을 바라보던 이용은 혀를 내둘렀다.

"예, 저하!"

"음, 그렇지. 나는 장악원 전악께서 저 안에 있는 가인의 재주를 한번 보라시기에 와봤다. 네가 안내를 해주겠느냐?"

세자가 똑똑하다 칭찬을 해주면 그냥 좋아라 문을 열어줄 것이라 생각했던 이용은 정색을 하며 방문한 용건을 묻는 사인에게 어쩔 수 없이 거짓말을 할 수밖에 없었다.

"아, 예! 이쪽으로 오십시오."

사인은 그제야 고개를 끄덕이며 앞장서서 미우가 있는 방으로 데려갔다.

"이곳입니다. 하면 저는 다시 전각 앞을 지키러 가겠습니다."

"그래, 누가 오면 곧 내게 알리고!"

"예, 저하!"

사인이 쫄랑거리며 전각의 문을 향해 뛰어가자 이용은 숨을 죽이며 조용하게 문을 열고 들어갔다.

대비전 뒤채, 버려진 전각의 작은 방 안에는 풀벌레 소리만이 들려올 뿐 아무런 일도 일어나지 않은 채 또 하루가 조용하게 가고 있었다.

"사인이니?"

방 안으로 들어서자 길게 드리워진 발 뒤에서 맑은 목소리가 들려왔다. 살며시 발을 들치며 안을 들여다보니 어두컴컴한 방 한구석에 소녀 미우가 오도카니 앉아 있었다.

"그렇지 않아도 부탁할 것이 있었는데. 사인아, 나가기 전에 불 좀 켜주고 갈래?"

캄캄한 방에 앉아 어둠을 응시하고 있는 미우의 목소리는 지친 듯 가늘고 작았다.

"아니, 내가 보이지 않는 것인가?"

이용은 이상하다는 생각이 들어 방 한쪽에 놓여 있는 등불을 찾아 조심스럽게 불을 밝혔다.

불을 밝히고 돌아보니 소녀는 평온한 얼굴로 둥그런 눈을 크게 뜨고 있었다. 뭔가 이상한 느낌에 가까이 다가간 이용은 허공을 응시하고 있는 미우의 눈동자를 발견하고는 깜짝 놀라 하마터면 소리를 낼 뻔했다.

"사인이가 아니니?"

백지장처럼 창백해진 미우는 보이지 않는 눈을 동그랗게 뜨며 물었다.

어린 시절 갑자기 군졸들이 들이닥쳐 이미 벼슬길에서 쫓겨나 궁핍하게 살고 있던 아버지와 온 집안의 식구들을 닥치는 대로 끌고 가던 그날, 어머니는 미우와 두 아들을 벽장 속에 숨겨 주었다. 겉으로 드러나지 않는 벽장이라 어머니가 방 가운데 앉아 있다가 그대로 끌려가는 것을 고스란히 지켜볼 수 있었다. 미우는 끌려가는 어머니와 눈이 마주쳤지만 그저 숨죽이고 있을 수밖에 없었다.

그 길로 남동생 둘을 데리고 정처 없이 도망을 쳤고, 아무것도 먹지 못한 채 산속을 떠돌다 비에 젖어 동굴로 숨어들었지만 미우는 열병에 걸리고 말았다. 기력을 잃고 길에서 쓰러져 있는 것을 뱁새 패거리가 발견하고 간신히 목숨은 구했지만 그 후유증으로 미우는 시력을 잃고 말았다. 그 참혹했던 악몽에서 벗어나지 못하고 있는 미우는 이렇게 한 번 놀라면 소피를 보러 뒷간에도 가지 못할 지경이 되어버렸다. 미우의 놀란 목소리에 이용은 가슴이 철렁해서 바라보았다.

"나, 나는!"

이용이 뭐라 대답할 말을 찾을 동안에도 미우는 온몸이 땀으로 젖어 부들부들 떨고 있었다.

"사, 살려주셔요!"

소녀의 입에서 흘러나온 그 한마디 말에 소년 이용의 가슴은 무너져 내렸다.

너무 맑아서 비어 있는 듯 보이는 눈동자, 파르르 떨고 있는 입술. 지금 이 아이는 캄캄한 어둠 속에서 무슨 생각을 하고 있는 것일까.

불길한 느낌이 이용의 머릿속을 스쳐 지나갔다.

"괜찮다, 괜찮아! 너를 해치려는 것이 아니다."

이용은 떨고 있는 미우를 보듬어 안으며 속삭였다. 이상하게도 무섭다고 떨고 있는 미우를 보자 이용의 머릿속은 온통 하얗게 바래 버리는 것 같았다.

"뉘, 뉘십니까?"

상대가 남자인 것을 깨닫자 미우는 화들짝 놀라 이융에게서 떨어졌다.

"나는 이 나라의 세자다."

이융이 그렇게 대답하자 미우는 까치발을 하고는 두 손을 들어 세자의 익선관과 용포를 확인하였다. 자신에게 매달리다시피 익선관을 만지고 용포를 쓰다듬으며 미우의 손가락이 뺨을 스치기도 하였지만 당돌하다는 생각은 들지 않았다.

"세자이신 것은 맞는 듯합니다만, 저하께서 이곳까지 오실 일이 무엇입니까?"

그제야 미우는 마음이 놓이는지 방긋 웃으며 물었다.

"네게 고민을 털어놓으면 마음이 편안해진다기에 와봤는데 어찌 내가 너의 고민을 들어줘야 할 것 같구나?"

"송구합니다. 하면 이리로 앉아서 제게 이야기를 들려주시지요."

미우는 스스럼없이 손을 내밀어 세자의 두 손을 잡고 천천히 자리에 앉았다. 그러나 이융은 막상 이렇게 마주 앉아 미우를 보니 어떤 말부터 시작해야 할지 생각이 나지 않았다.

"진인을 찾아 봉래도로 잘못 들어가니 향기로운 바람 움직이지 않고 송화만 흩날리네. 어디로 지초를 캐러 가서 아직 돌아오지 않는가. 흰 구름 땅에 가득한데 아무도 쓸지 않는구나."

이융은 문득 떠오르는 대로 조금 전 그림에 써 넣고 있던 시구를 읊조렸다. 고즈넉하게 앉아 이융이 읊어주는 시를 듣고 있던 미우는 가만히 주위를 더듬어 장구를 찾았다.

"송시를 외고 계신 것을 보니 쓸쓸하신 게지요. 저하, 이곳은 아무것도 볼 수 없는 저와 저하께서만 계시니 마음을 내려놓고 하시고 싶은 대로 하십시오."

미우는 일어나 장구를 메고 춤을 추기 시작했다.

"얼쑤!"

미우는 물을 만난 듯 장구를 두드리며 추임새를 넣고 온갖 근심을 떨쳐 버리기라도 하겠다는 듯 일어서 한 차례 방을 돌다가 덩실덩실 어깻짓을 하며 노래를 불렀다.

제비란 놈은 말을 잘하니
종년 삼기 제격이요
참새란 놈은 때때옷 입어
금군이 제격이요
황새란 놈은 목이 길어
포교가 제격이다.

운종가 뒷골목의 걸인들 사이에서 유명하다는 '백조요'였다. 온갖 날짐승들을 하나하나 불러내어 벼슬을 주는 노래였다. 내용은 발칙했지만 재미는 있었다. 이용은 가만히 듣고 있자니 저절로 어깨가 들썩이는 것이 기분이 점점 좋아졌다.

"얼쑤!"

추임새를 넣는 미우의 어깻짓에 따라 함께 흥을 내던 이용도 흥취를 이기지 못하고 급기야 벌떡 일어났다. 아버지 성종을 닮아 평소 음률에 탁월한 감을 지닌 이융이었으니 흥에 취할 만도 했다. 흥에 겨워 일어난 이융은 팔을 엇갈려 소맷자락 휘날리며 한 바퀴 빙그르르 돌다가, 장구를 치며 다가오는 미우와 어깨를 스치며 지나갔다.

"얼쑤!"

꾀꼬리란 놈은 노래를 잘하니
평양 기생으로 돌려라
댕그랑 땅 댕그랑 땅

미우는 하얀 버선코를 절도 있게 까딱거리며 '댕그랑 땅 댕그랑 땅'을 외쳤고, 그 모습이 어찌나 귀여웠던지 여간해서는 웃지 않는 이융의 입꼬리도 슬며시 올라가고 말았다. 미우는 까딱까딱 놀리던 버선발을 살포시 들고 돌아 나갔고, 이융은 그 뒤를 쫓다가 옆으로 돌아 다시 마주 섰다.

"하하하!"

노래가 끝나자 어찌나 격렬하게 놀았던지 이융의 이마에 땀방울이 송골송골 맺혔다. 그러자 마찬가지로 숨을 할딱거리며 마주 섰던 미우가 서슴없이 손을 뻗어 더듬더듬 이융의 얼굴을 더듬어 이마에 맺힌 땀방울을 가만히 닦으며 환하게 웃었다. 한줄기 빛도 없이 캄캄한 어둠 속에서도 이토록 환하게 빛나는 이 소녀가 이융의 눈에는 너무나 아름답게 보였다.

순간 멈칫하던 이융이 갑자기 미우를 향해 다가섰다. 미우를 바라보는 이용의 눈길이 애틋하게 빛나며 잠시 묘한 기류가 흐르나 싶더니 이번에는 도망이라도 치듯이 미우가 돌아서서 반대쪽으로 돌아 나갔고 이용은 그 뒤를 놓치지 않겠다는 듯 이리저리로 돌아 나갔다.

황새라는 놈은 모가지가 길으니
월천군으로 돌려라
댕그랑 땅 댕그랑 땅

쿵덕 쿵덕쿵, 장구 소리에 맞춰 미우가 신명나게 뱅글뱅글 돌기 시작하자 이용도 그 뒤를 따라 빙글빙글 돌았다. 어느 날부터인지 이리저리 눈치를 보며 주눅 들어 있던 이용은 처음으로 마음을 내려놓고 호쾌하게 웃었다. 어린아이들처럼 천진난만하게 웃고 춤추는 두 사람의 마음에 미우의 이름처럼 가는 비가 내리고 있었다.

❀   ❀   ❀

이용의 가슴 위에 지친 듯이 가만히 머리를 기대어 눈을 감고 있는 미우는 사랑스러웠다. 지금 두 사람은 이 세상에 발을 딛고 있지 않은 듯 편안하고 고요했으며, 아직도 그들이 함께 맛보았던 자유로운 절정의 여운에 빠져 있었다.

이용은 그의 어머니인 폐비 윤씨에게 사약을 내려 죽게 만든 왕과 대비 그리고 중신들이 혹시라도 그가 보위에 올랐을 때 복수를 하지는 않을까 걱정하며 두려운 눈빛으로 자신을 지켜보는 시선들 속에 갇혀 있었다. 길이 보이지 않아 아련한 어둠 속을 헤매던 이융이 비록 눈으로 보지는 못하지만 어둠 속에 갇혀서도 사람의 마음을 보는 미우를 만난 것은 분명 축복이었을 것이다.

아무도 알지 못하는 사이에 홀로 어둠 속으로 침몰해가던 이융의 마음에 미우로 인해 봄바람이 불고 보슬비까지 내려온 가슴이 촉촉이 젖었다.

사랑은 그렇게 어느 날 갑자기 예고 없이 찾아왔다.

미우의 재주와 사랑스러움에 빠져 버린 이융은 틈만 나면 남의 눈을 피해 몰래몰래 전각을 찾았다. 어느 날은 둘이 함께 노래하며 춤을 추었고, 또 어떤 날은 풀피리를 부는 아름다운 미우의 모습을 취한 듯 화선지에 그려내며 이융은 행복했다.

미우는 병든 이융의 마음을 어루만져 그를 바꿔놓았다. 미우를 만나고 돌아갈 때면 이융은 밝아졌고 자신감이 넘쳤고 행복해 보였다. 몸이 아니라 마음을 나누는 두 사람은 그 어떤 격렬한 정사를 나눈 것보다 강하게 맺어져 있었다.

"추운 것이냐?"

이융은 한바탕 놀며 땀을 흘린 뒤에 떨고 있는 미우의 등을 감싸주며 꼭 껴안았다.

"이젠 따뜻합니다."

이융의 가슴에 맞닿은 미우의 등은 따뜻하다 못해 뜨겁기까

지 했지만 그녀는 내색하지 않았다. 두 사람은 그렇게 서로의
몸에 기댄 채 얼마동안 꼼짝도 않고 누워 있었다.

"이젠 그만 가셔야지요."

"잠시만, 조금만 더……."

걱정이 된 미우가 이제 그만 떨어지려 하자 이용은 팔에 힘
을 주어 그녀가 떨어지지 못하도록 꼭 붙잡고 있었다.

"나는 너에게 아무것도 해줄 수가 없다."

미우는 이용의 어깨에 기대 허탈하게 중얼거리는 그의 탄식
을 가만히 듣고 있었다.

"저는 이대로도 행복합니다, 저하!"

앞을 보지 못하는 자신은 그 어떤 조건에도 맞지 않는다는
것을 알기에 미우는 아무것도 원하지 않았다.

"미우야! 나는 절대로 너를 버리지 않는다."

이용은 스스로에게 다짐하듯 미우를 더 세게 끌어안았다.
그의 진심을 알기에 미우는 아무것도 얻지 못하고 이렇게 평
생을 갇혀 산다고 해도 행복할 것 같았다.

"아!"

미우와 이용이 함께 있는 방문 앞 쪽마루에 앉아 꼬박꼬박
졸고 있던 사인의 머리가 기둥을 쿵 찧으려는 찰나였다. 작은
사내아이의 손이 사인의 머리를 살며시 감싸 안았다.

"건아!"

어느새 왔는지 미우의 남동생 류건이 뽀얀 얼굴로 생글생글

웃고 있었다. 류건은 궁인들에게 들키지 않게 대비전 담장에
난 개구멍을 통해 안으로 기어 들어와 미우를 만나고 돌아갔
다. 궁궐에 들어온 뒤로 언제나 두 남동생들 걱정에 잠을 이루
지 못하는 미우는 그렇게라도 건을 만나 이야기를 나누고 사람
들이 가져다준 궁궐 음식과 귀중품들을 들려 보내곤 했었다.

"쉿!"

"왜?"

"저하께서 와 계셔."

"세자가?"

오늘도 세자가 미우를 찾아와 있다는 말에 류건은 속이 상했
다. 왕이 최고의 재인으로 만들어주겠다고 약조했다며 행복해
하던 미우가 이 귀신이 나올 것만 같은 전각에 홀로 버려져 있
는 것도 싫었고 세자와 어울려 노는 것도 마음에 들지 않았다.

"응, 두 분이 얼마나 친한지 몰라."

"바보, 친하기는! 조방꾼 아저씨가 그러는데 그런 건 친한
게 아니래!"

"그럼 뭔데?"

"그, 그게."

커다란 눈망울을 이리저리 굴리며 궁금한 듯 바라보는 사인
의 얼굴을 보니 류건은 그만 얼굴이 붉어지며 말문이 막혀 버
렸다.

"친한 게 아니면 뭐냐니까?"

"아! 어린앤 몰라도 돼!"

"뭐? 어린애라니, 네가 나보다 몇 살이나 많다고! 너 자꾸 그럼 다 일러바칠 거야!"

겨우 두세 살 많은 주제에 엄청 어른인 척하는 류건의 말에 사인은 발끈하고 말았다.

"그럼 겁날 줄 알고?"

류건이 바르르 화를 내는 사인이 귀여워 혀를 날름거리며 놀려주고 있을 때였다.

"네 이놈!"

동궁으로 돌아가려고 방을 나오던 이용이 토닥거리며 싸우고 있는 두 아이를 발견하고 류건의 목덜미를 꽉 움켜잡았다.

"아! 아, 놔주셔요!"

"너는 누구냐? 누군데 이곳엘 들어온 게냐?"

"저하, 그 아이는 소녀의 남동생입니다. 제가 보고 싶어 몰래 온 것 같으니 용서해 주십시오!"

이용이 버둥거리는 류건을 다그치자 뒤를 따라 나오던 미우가 화들짝 놀라며 그의 팔에 매달렸다.

"이 아이가 네가 말하던 그 아이냐?"

"예, 그러하옵니다. 건아, 무엇을 하느냐! 어서 저하께 용서를 빌지 않고?"

미우가 팔을 휘저으며 류건을 찾아 용서를 빌게 하였지만 작은 사내아이는 불만에 가득 찬 눈빛으로 이용을 노려보며 서 있었다.

"어찌 그리 보는 것이냐?"

"세자라고 하시니 아버지이신 임금께 말해서 우리 누님 좀 여기서 내보내 달라고 해주십시오. 지키지도 못할 약조를 왜 하는 것이며, 어찌해서 내 누님을 이 귀신 나오는 곳에 처박아 놓는답니까?"

부드럽게 웃는 낯으로 묻는 이융에게 류건은 그렇게 쏘아붙였다.

"음!"

"저하, 이 아이가 어려서 이러니 부디 너그럽게 용서하시고 그만 돌아가세요. 제가 잘 타일러 돌려보내겠습니다."

미우는 틀린 것이 하나 없는 류건의 말에 할 말을 잃고 서 있는 이융을 달래서 보냈다.

그러나 저토록 착한 미우에게 아무것도 해주지 못하고 이렇게 남의 눈을 피해 몰래몰래 숨어 만날 수밖에 없는 자신의 신세가 한심해 이융은 마음이 무거웠다.

"세자 저하께서 어제도 전각에 다녀가셨다고 합니다."

인수대비는 보고 있던 서책을 덮으며 정 상궁이 전해주는 이야기에 귀를 기울였다.

"어제도?"

벌써부터 세자를 수상하게 여겨 지켜보고 있던 터였다. 늘 침울해 보이던 세자가 어느 날부터인지 갑자기 얼굴이 밝아지며 사람들을 살갑게 대하는 것이 이상하게 느껴졌다. 대비는 윤씨를 폐하고 오랜 세월 걱정과 불안한 마음으로 세자 이융을 지켜보았다. 이융은 그 누구도 믿지 못하고 어디고 안전한 곳은 없다고 생각하는 것 같았다.

"매일 다녀가시는 것 같습니다."

"어찌하느냐, 세자가 처음으로 마음을 연 아이가 하필이면!"

한미한 가문의 여식을 중전으로 들였다가 결국 폐하고 사약까지 내렸던 성종 때문에 가슴을 쓸어내렸던 인수대비는 세자 이융마저 여인의 문제로 다치게 하고 싶지는 않았다.

평범한 궁녀라 할지라도 용납할 수 없을 것인데, 앞까지 볼 수 없는 미우를 세자의 곁에 두는 것은 상상할 수도 없는 일이었다.

"마마께서도 들어보셔서 아시겠지만 미우의 소리는 사람의 마음을 위로하는 힘을 가지고 있습니다. 세자저하께서는 미우의 소리에 위안을 얻는 것이 아닐는지."

"그러니 큰일이 아니더냐! 이제 겨우 생기를 되찾은 세자에게 충격을 줄 수도 없고."

답답해진 인수대비는 손바닥으로 서안을 탁 내리쳤다.

세자의 마음을 빤히 들여다보는 인수대비였다. 아니 될 일이라 생각이 되니 분명 미우를 궁에서 내보내야 마땅하지만 그랬다가는 이융에게 또 다른 죄를 짓는 일이 틀림없었다. 어찌 되었거나 이융의 생모를 폐하고 사약까지 내리게 했으니 세월이 지날수록 어두워지는 세자를 보며 죄가 자식에게 미친 것이 아닌지 내심 후회하며 두려워하던 중이었다.

"이 업보를 다 어찌 할꼬!"

인수대비는 치밀어 오르는 울화로 쥐가 날 것 같은 머리를 누르며 애써 마음을 다스렸다.

"마마! 중전마마와 진성대군께서 오셨습니다."

"들라하게!"

인수대비는 궁녀들이 고하는 소리에 아픈 머리를 풀며 밖을 내다보았다.

중전의 손을 잡고 생전 처음 대비전의 문을 들어선 최훈은 손을 들어 눈이 시린 햇살을 가리며 하늘을 올려다보았다. 손가락 사이로 체로 거른 듯 투명한 햇살이 잔잔히 부서져 대비전 후원 가득 쏟아져 내렸다. 이씨 왕조를 상징하는 문양인 오얏나무 꽃잎이 새겨진 어여쁜 꽃담과 아름다운 굴뚝 위로 햇빛 가득한 하늘이 펼쳐져 있었다.

솜뭉치 같은 구름이 뭉게뭉게 피는 하늘은 더없이 평화롭다.

"아, 하늘이 맑기도 하구나. 어서 오너라, 진성대군!"

인수대비는 궐 밖 윤호의 집에서 지내다가 오랜만에 돌아온 진성대군을 반갑게 맞았다.

"평안하셨습니까, 할마마마!"

"진성대군이 이리 강건해져 돌아왔으니 이 할미가 좋은 것을 줘야겠구나!"

많이 자라고 강건해져서 돌아온 손자가 의젓하게 절을 하는 것을 본 인수대비는 진심으로 기뻐 칭찬을 했다.

"어디 있더라, 오 여기 있구나!"

인수대비는 진성대군을 다정한 눈길로 바라보며 연둣빛 주머니에 든 물건을 내주었다.

이번에 종학에 들어갈 진성대군에게 주려고 구해둔 황모필(黃毛筆)이었다. 족제비 털로 맨 황모필(黃毛筆)은 붓 중의 최고로 명나라까지 널리 알려져 그들이 꼭 사고자 하는 교역 물품 중 하나였다. 구하기 어렵다는 붓을 오랜 시간 기다려 구했다가 진성대군에게 준 것이었다.

"할마마마, 나가서 대비전 구경을 해도 됩니까?"

"그렇게 하렴!"

진성대군이 대비전 구경을 하겠다고 밖으로 나가자 중전과 인수대비는 모처럼 차를 마시며 담소를 나눴다.

"이미 동몽선습을 떼고 소학도 다 읽더니 이제는 대학을 읽고 있습니다. 진도가 빠르다고 가르치시는 강 학사님께서 입에 침이 마르도록 칭찬하셨답니다."

"그래요, 진성대군이 그리 영특하다니 이 할미도 마음이 놓입니다! 전하를 닮은 게지요."

"예, 그런 것 같습니다."

워낙에 혼인을 하기 전부터 많은 서책을 읽고 배우며 익히는 것을 즐겨했던 인수대비이니 공부하는 방법에 대해서도 일가견이 있었다. 중전과 인수대비가 진성대군의 학습에 대해 이야기를 나누고 있을 때였다. 대비전에 문후를 올리러 왔던 세자 이용은 본의 아니게 그 이야기를 모두 들었다.

"진성대군을 데려오게."

중문 앞에 서 있던 세자를 미처 발견하지 못한 중전은 진성 대군을 찾았다.

"예, 마마!"

정 상궁이 서둘러 종종거리며 가자 그제야 중전을 발견한 진성대군이 달려왔다.

"어마마마!"

오랜만에 보는 진성대군은 어린아이지만 체구가 크고 사내답게 옥골로 자라있었다. 늘 병약한 자신과는 달리 강건하고 의젓하게 자라난 진성대군을 보니 이융은 공연히 화가 났다.

"어허, 진성대군! 체통 없이 어찌 이리 뛰어다니는 것입니까?"

중전은 밝고 경쾌한 목소리로 자신을 부르며 달려오는 진성대군을 바라보다가 곧 굳은 얼굴로 나무랐다.

"잘못했습니다, 어마마마!"

대궐 구경에 신이 나서 달려오던 진성대군은 엄하다 못해 냉정해 보이기까지 한 얼굴로 나무라는 중전을 보자 그대로 멈추고 말았다. 진성대군의 얼굴은 우울하게 굳어졌다.

"오셨습니까, 중전마마!"

그제야 이융이 나서며 중전을 향해 인사했다.

"오, 세자!"

서운해하는 진성대군을 보고 있던 중전은 갑자기 나타난 세자를 보고 긴장했다.

"평안하셨습니까, 세자저하!"

가만히 눈치를 보고 있던 진성대군도 얼른 나서며 이용에게 인사를 했다.

어린아이인데도 어디 하나 흠잡을 곳 없는 정갈한 몸가짐으로 예를 갖추며 자신을 올려다보는 진성대군의 얼굴에서는 봄날의 아지랑이처럼 아련한 웃음이 피어났다. 봄날의 따사로운 바람처럼, 보기만 해도 마음이 따뜻해지는 웃음이었다.

"오, 진성대군! 못 본 사이에 많이 자랐구나?"

그 아이에게는 이용과는 달리 결핍의 흔적이라고는 없어 보였다. 이용은 그것이 중전의 극진한 보살핌 덕이라고 생각했다. 갓난아기 때부터 지금까지 볼 때마다 아이는 그 고운 낯빛으로 언제나 환하게 웃고 있었다. 게다가 벌써 소학을 떼고 대학을 읽는다 하지 않는가. 분명 이 아이는 남다른 데가 있었다.

"예, 저하!"

"한데, 너는 어찌 그리 반하게 웃는 것이더냐?"

분명 어디 하나 음흉한 구석이 없이 속이 훤히 들여다보일 듯한 저 맑고 투명한 미소가 이 아이에게는 타고난 축복이고 힘이었다. 저 당당하고 아름다운 미소를 보고도 이 아이를 미워할 수 있는 사람은 없을 것이었다.

"제가 그렇게 웃었습니까, 저하?"

"진성대군, 그동안 소학을 다 떼었다지?"

"예, 저하!"

이용이 부드러운 목소리로 묻자 진성대군은 자랑스럽게 대답했다.

"그럼 이 형님이 상으로 좋은 구경을 시켜줄 것이니 내일 저 연못가로 나오너라!"

이용이 그렇게 말하자 진성대군의 커다란 눈망울이 기대감으로 반짝였다.

"예! 고맙습니다, 저하!"

진성대군은 공손하게 머리를 숙여 감사의 마음을 전했다.

이용을 바라보는 진성대군의 얼굴에는 환한 웃음이 피어났지만, 애써 웃으며 두 사람을 지켜보고 있는 중전의 눈에는 근심이 묻어 있었다.

대비전에 들러 돌아가던 이용은 사인에게 일러 내일 연못가로 미우를 데리고 오라고 했다. 언제나 전각에만 갇혀 있는 미우에게 바람도 쐬어주고 자신이 말을 타는 늠름한 모습도 사인의 입을 통해 알려주고 싶었기 때문이었다.

"참말입니까, 저하! 항아님이 무척 좋아하실 거예요!"

어린 사인은 늘 전각에만 갇혀 있는 미우를 데리고 나갈 수 있다는 생각에 폴짝폴짝 뛰며 기뻐했다. 이용은 손을 잡고 기뻐하는 미우와 사인을 보며 행복해져 날아갈 것 같은 마음으로 동궁으로 돌아갔다. 그날이 모두에게 비극이 될 것이라고는 짐작도 하지 못한 채.

十三章 · 달빛 그리움

담담한 목소리로 들려주는 사인의 이야기에 귀를 기울이고 있던 이용의 어깨가 흔들리기 시작했다.

　"전하, 이제 기억이 나십니까?"

　기쁘면서도 서글픈 눈빛으로 그런 이용을 바라보던 사인은 눈물을 감추느라 눈을 깜빡였다.

　이용의 기억 속에 남아 있는 미우의 모습이 어떤 것인지 알 수 없었지만 그때를 떠올려 준 것만으로도 사인은 기뻤다.

　'항아님! 전하께서 당신을 기억하고 계십니다.'

　욕심 없이 착하기만 했던 미우였으니 그처럼 그리워하던 이의 기억 속에 자신이 자리하고 있다는 것만으로도 만족할 것이 틀림없었다. 너무 늦어버렸지만 이제라도 그날의 진실을

전해 주기만 하면 된다는 생각에 사인은 안도의 한숨을 내쉬
었다.

"미우야!"

잠시 눈을 감고 흐느끼던 이융이 천천히 눈을 떴다.

"전하, 대체 그날 무엇을 보셨던 것입니까. 아무리 생각해
봐도 어째서 그날 이후 모든 기억을 잃으신 것인지 저로서는
알 수가 없었습니다."

사인은 눈시울이 붉어진 채 자신을 바라보는 이융을 보자니
가슴이 먹먹해졌지만 다시 마음을 가다듬고 그날로 돌아갔다.

이융은 잠시 생각에 잠겨 입을 꽉 다문 채 사인을 바라보았
다.

희고 맑은 피부와 꿈꾸는 듯 검은 눈동자, 그리고 꼭 다문 입
술. 달빛처럼 눈부신 소녀 미우가 눈앞에 어른거렸다. 그토록
오랜 세월 그려내려 하였지만 그릴 수 없었던 그 얼굴이 이제
는 또렷이 떠올랐다. 흐르는 눈물 때문에 눈을 감아도 마음속
에 선명하게 그려졌다. 이융이 미처 알아차리지 못했지만 그
의 가슴은 다른 그 누구도 들어올 수 없도록 그녀 하나로 가득
차 있었기 때문이었다.

"하늘은 맑았고 바람이 더없이 좋은 날이었지. 그날 나는 마
음이 더없이 들떠 있었다."

연못가에 나가 먼저 온 진성대군을 만난 이융은 이번에 새
로 들어온 말에 대해 이야기하고 있었다. 말에 관한 한 전문적
인 지식이 많았던 이융은 각 나라에서 자랑하는 유명한 말들

의 품종과 기마술에 대해 이야기를 들려주었다. 언제나 자신을 두려워하며 눈치 보기에 급급하던 진성대군은 외가에 나가 지내느라 오랫동안 만나지 못했던 사이에 많이 변해 있었다. 말 이야기가 나오자 눈을 반짝이며 호기심을 보였고 구경을 시켜달라고 조르기까지 했다.

"내가 막 진성대군에게 연무장으로 데려가 기마술 시범을 보여 주겠다고 말하고 있을 때였다. 내 눈에 어린 네 손을 잡고 연못가로 걸어오는 미우가 보였다."

"예, 맞습니다. 제가 항아님께 길을 설명해 주며 같이 걸어 갔지요."

사인은 저를 바라보며 창백한 얼굴로 애써 빙그레 웃어 보이는 이용을 보자니 마음이 아팠다. 그날을 기억하는 것이 아직도 힘이 드는 것인지 그의 이마에는 식은땀이 배어나왔다.

"내가 웃으며 손을 흔들자 나를 발견한 너는 반갑게 손을 흔들며 미우의 손을 놓고 달려왔지. 하나 너의 손을 놓친 미우가 갑자기 돌아서더니 누군가와 이야기를 나누는 것 같았다. 이상하게도 나는 바로 그 순간 '어째서 진성대군과 미우에게만 알려준 이 자리에 저들이 나타난 것일까'하는 의구심이 생겼다. 다시 보니 검은 두건을 쓴 사내와 같이 있는 것은 미우의 동생이라던 그 사내아이였다."

미우의 뒤로 복면을 쓴 사내들이 얼핏얼핏 보였다. 게다가 류건이 달려와 미우의 손을 끌고 어디론가 가려 하자 이용은 직감적으로 뭔가 이상하다는 생각에 그녀를 불렀다. 그러나 미우가 돌아서는 순간 이용은 분명히 보고 말았다. 미우와 이야기를 나누던 사내의 손에 들려 있던 활에서 화살이 날아오는 것을.

"가지 마라, 미우야! 미우야! 네가 어찌 내게 이리 하는 것이냐! 미우야!"

이용은 걷잡을 수 없는 배신감에 치를 떨었다. 당장이라도 달려가 저들을 다 죽여 버리고 싶었지만 어쩐 일인지 발이 땅에 붙어버린 것처럼 움직일 수가 없었다.

이용은 화살을 피할 생각도 없이 멍하니 서서 미우를 향해 분노했고, 곁에 있다가 갑작스럽게 그 모든 것을 목격하고 만 진성대군이 그를 밀쳐 내다가 날아온 화살에 맞고 만 것이었다.

바닥에 있던 돌에 머리를 찧으며 그대로 쓰러진 이용은 며칠 동안 깨어나지 못한 채 고열에 시달렸다. 정작 화살에 맞은 진성대군은 깨어났는데 아무런 상처도 없는 세자가 깨어나지 못하자 궁궐은 발칵 뒤집혔다. 세자를 암살하려던 사건이니 진상 조사를 해야 했지만, 하필이면 성종이 궁궐의 법도를 어기면서까지 몰래 숨겨둔 궁녀가 연루되어 있는 일이라 겉으로 드러나지 않게 쉬쉬할 수밖에 없었다.

"이제 생각하니 그렇게 과인은 정신을 잃었던 것 같구나."

거기까지 기억해 낸 이용은 피곤한 것인지 의자에 털썩 기대

앉았다.

"결국 항아님의 짐작이 맞았던 것입니까?"

안타까운 눈빛으로 이용을 바라보던 사인은 결국은 눈물을 흘리고 말았다.

"미우가 뭐라고 하더냐?"

"세자저하께서는 마음이 다친 것이라 깨어나지 못하신다고 하셨지요."

"뭐라, 마음이 다쳐서?"

미우의 말을 되뇌던 이용은 뭔가로 크게 한 대 맞은 것처럼 멍해졌고, 이제 몸을 가누기도 힘들어 보였다.

"그날 전하께 활을 쏜 복면의 사내는 항아님과 같은 패거리에 있던 조방꾼이었습니다."

조방꾼이 미우를 불렀을 때 그녀는 익숙한 목소리에 반가워 돌아본 것이었다. 앞을 볼 수 없는 그녀는 무슨 일이 일어나고 있는지 전혀 알 수 없었다.

그들이 폐비 윤씨의 아들이 보위에 오르는 것을 두려워한 중신들의 사주를 받고 세자를 죽이려 한다는 것은 전혀 알지 못했다. 조방꾼은 미우를 잡고 류건을 따라 궁궐을 빠져나가라고 했지만 그녀는 싫다고 고개를 저었다. 이용을 두고 떠날 수 없었던 것이었다.

류건이 미우의 손을 잡고 같이 가자고 사정했지만 그녀는 그럴 수 없다고 손을 뿌리쳤다. 세자를 향해 화살이 날아와 아수라장이 되고 복면을 쓴 사내들이 모두 도망쳐 버렸을 때도 류건은 미우에게 함께 도망치자고 했었다. 그러나 미우는 싫다고 고개를 저으며 울고 있었고, 군사들이 나타나자 옆에서 보고 있던 사인이 놀라서 류건을 데리고 도망쳤다. 궁궐 안을 빤히 알고 있는 사인은 군사들의 눈을 피해 류건을 궐 밖으로 통하는 개구멍까지 데려다 준 것이 마지막이었다.

사건을 조사하고 군사를 풀어 류건과 그 구기꾼 패거리들을 찾았지만 그들은 이미 도성에서 흔적도 없이 사라지고 말았다.

"미우는, 미우는 어찌 되었느냐?"

이융은 많이 지쳐 있었다. 그렇지 않아도 몸이 좋지 않은데 그날을 기억해내며 많은 감정을 분출시켜 너무 많은 힘이 소모되었다.

"전하와 함께 춤추고 노래하던 그 방에서 목을 맸습니다."

담담하게 말하는 듯 보였지만 사인에게도 그날들을 기억하는 것은 고통이었다. 일곱 살의 어린 사인은 목을 맨 미우를 발견하고 놀라 그대로 기절해 버렸고 그 뒤로 며칠이고 경기를 일으켰다. 사인은 결국 병에 걸려 높은 열에 시달렸고, 결국 궐 밖으로 피접을 나갈 수밖에 없었다.

"목을 매었어?"

이융은 자신의 귀를 의심했다.

"예, 궐 밖으로 나가기 전에 마지막으로 한 번만 만나게 해 달라고 애원하여 간신히 동궁에 누워 계신 전하를 뵙고 돌아와서는 스스로 목을 매었습니다."

전각에 갇혀 있는 미우는 사인이 전해주는 소문을 들었다.

성종의 은덕으로 목숨은 살려주겠지만 이제 곧 궐 밖으로 내보낼 것이라는 말을 들었을 때 미우는 슬퍼했다. 그러나 이융이 깨어났지만 예전의 일은 전혀 기억하지 못한다는 말을 들었을 때 서 있던 미우는 그대로 무릎이 꺾이며 쓰러졌다.

"가지 마라, 미우야! 미우야! 네가 어찌 내게 이리 하는 것이냐! 미우야!"

미우는 자신을 향해 소리치던 이융의 마지막 말을 똑똑히 기억하고 있었다. 분노하던 이융의 얼굴을 볼 수는 없었지만 자신을 향해 소리치는 그의 목소리를 듣고 그의 마음을 읽었다. 무언가 잘못되었다는 걸 직감했다. 이융의 분노가, 그녀를 향한 배신감이 너무 커 기억조차 못하고 있다는 것을 알았지만 그에게로 가는 마음을 막을 수는 없었다.

궁궐 밖으로 나가기 전날 밤 미우는 인수대비에게 눈물로 사정해서 이융을 만나러 갔다. 이융은 죽은 듯 잠들어 있었지만 감히 그를 흔들어 깨우지는 않았다. 그저 누워 있는 이융의 곁에 앉아 떨리는 손가락으로 그의 맥을 짚어보고 숨결을 느꼈다.

"전하께서 가지 마라 하셨으니 항아님은 그렇게라도 궐에 남아 있기를 택하셨을 것입니다."

다시 한 번 말하는 사인의 말을 들었지만, 이융은 그 의미를 연결시켜 생각할 수 없었다.

"과인이 미우를 오해한 것이었구나."

속에서 아주 오래 묵은 통증이 불덩이처럼 치미는 것 같아 이용은 주먹으로 제 가슴을 탁탁 쳤다.

"미우 항아님과 마음을 나누셨잖아요, 전하! 한데 어찌하여 그저 눈에 보이는 것만을 믿으셨습니까. 그처럼 사랑했는데! 항아님을 믿어주지 그러셨어요. 그랬더라면 스스로를 믿었으니 기억을 잃지도 않으셨을 것이고, 털고 일어나 항아님께 물어볼 수도 있었을 텐데."

사인은 참고 참아왔던 제 설움에 북받쳐 울음을 터트렸다.

"과인이 어리석었다."

그는 그제야 알았다. 그 누구도 믿지 못하는 그의 의심이 스스로 생채기를 내고 깊이 병들어가며 자신을 망쳐 버렸다는 것을.

"그날 그곳에서 전하와 항아님이 만날 것이라고 알려준 것은 바로 저였습니다. 저는 그저 건이에게 내일은 전각에 오지 말라고, 와도 소용이 없을 거라고…… 항아님과 나는 세자저하와 함께 소풍을 갈 것이라고 한 것이 그만……. 전하께서 미워하고 원망해야 하는 것은 바로 저였습니다. 하니 이제 저를 죽여주시옵소서, 전하!"

사인은 고통스러운 얼굴로 바라보는 이용의 발아래 무릎을 꿇고 머리를 조아리며 울었다. 오랜 세월 고통스럽게 했던 그 비밀을 이제야 고백하며 용서를 빌었다.

아주 오랫동안 열어보기를 주저했던 그 상처를 들여다보다가 그제야 사인은 어린 류건의 얼굴이 떠올랐다. 문득 그 아이의 새하얗고 귀여웠던 얼굴이 도망 길에 만났던 류 선비와 묘하게 닮아 있음을 깨달았다.

"너를 빨리 알아봤다면 좋았을 것을! 네가 내 곁에 있어주었다면, 진즉 말해 주었더라면 과인도 이리 되지는 않았을 것을!"

그제야 이융은 일만 명의 미인 속에서도 찾지 못했던 단 하나의 여인이 누구인지를 깨달았다. 어쩌면 미우는 언제나 이융의 곁에 서서 스스로 망가져 가는 그를 지켜보며 안타까워했을 것이다.

"되돌리기엔 너무 늦어버렸구나!"

탄식하던 이융이 천천히 일어나 사인에게 다가왔다.

"두려웠습니다. 어려서는 무서워서 말하지 못했고, 철이 들면서는 점점 변해가는 전하가 두려워……."

그 일이 있고 인수대비는 기억을 잃은 이융이 다시 상처 받게 되는 것을 염려하여 미우의 시신을 화장하고 궁궐 안에서 흔적도 없이 지워 버렸다. 인수대비가 자신이 죽은 뒤라도 그 누구도 미우의 이름을 입 밖으로 낸다면 용서하지 않을 것이라 못을 박자 소문은 사그라졌고 그렇게 사람들의 기억 속에서 미우라는 궁녀의 존재는 잊혀져 갔다. 이융이 평생을 미워했던 인수대비가 손자를 측은히 여겨 한 일이었다.

"하기는 너를 일찍 찾았다면 미친 내가 그냥 두었겠느냐?"

"전하와 함께 있으면 기쁘고 즐거웠다고, 그러니 자기는 괜찮다고 했습니다. 전하께서 기억을 찾게 되시면 꼭 그렇게 전해달라고 하셨습니다."

"한번 안아 봐도 되겠느냐?"

이용의 눈앞에 앞을 보지 못하는 미우를 지켜주겠다며 치마를 동여매고 저고리 소매를 걷어젖힌 어린 소녀의 모습이 어른거렸다.

"전하!"

고개를 끄덕이던 이용은 두 팔을 벌려 사인을 껴안고 같이 울었다.

"너를 용서할 것이니 마지막으로 과인의 청을 들어주겠느냐?"

"무엇입니까?"

이용이 마지막이라 말하자 그의 품에 안겨 있던 사인의 몸이 두려움으로 경직되었다.

"연못가에서 불던 그 곡을 연주해 주겠느냐?"

이용은 소매에 넣어두었던 풀피리를 꺼내 사인에게 주었다.

"연주하는 것은 어렵지 않으나 풀피리 소리는 아주 멀리서도 들립니다."

풀피리를 손에 든 사인은 혹시라도 숨어 있는 이용에게 해가 될까 망설였다.

"괜찮다, 이젠 아무래도 좋다."

이용은 다시 의자에 편히 기대앉았고 사인은 풀피리를 접어 어린 시절 미우가 가르쳐 주었던 그 곡을 들려주었다. 이융은 눈을 감고 사인이 연주하는 풀피리 소리를 들었다. 그 소리를 따라 이제야 이융의 기억 속에서 깨어난 미우가 나비처럼 나폴나폴 춤을 추며 날아가고 있었다.

"이제 너는 자유다. 너 가고 싶은 대로 멀리 가서 살아라!"

사인이 연주를 마치자 이융은 소매에 넣어두었던 주머니 하나를 꺼내주었다.

그의 눈은 편안해 보였다. 자신의 뜻을 이루기 위해서는 사람의 목을 베는 것도 서슴지 않으며 미친 광기로 폭주하는 미친 폭군이라는 소리를 듣던 그였다. 그러나 지금 그의 모습은 미우를 처음 만났던 그 시절 어느 때처럼 더없이 순수하고 편안해 보였다.

"전하! 제가 어찌 그것을 받겠습니까?"

사인은 이융이 내미는 묵직한 주머니를 바라보았다.

"이제 이것은 과인에게는 필요 없을 것 같구나."

그 주머니 안에는 오늘 같은 경우를 대비해 얼마간의 노자로 쓰기 위해 준비해 두었던 금덩어리가 있었다. 이융은 받기를 주저하는 사인의 손에 그 주머니를 쥐어주었다.

"전하!"

사인은 목이 메어 더 이상 말을 잇지 못하고 큰절을 한 뒤에 그곳을 나왔다.

비가 올 것인지 하늘은 잿빛이었다.

"어디로 가시오?"

"이모님이 계시는 궁으로 돌아가야지요."

"조심해서 가시오."

문 앞을 지키고 있던 원종혁도 안가를 떠나는 사인을 잡지 않았다.

그는 이것이 사인을 보는 마지막이라는 것을 알고 있었다. 남기로 한 그들 모두 이제 마지막을 준비하고 있었다.

사인은 궁궐로 돌아가기 위해 걸음을 재촉했다.

반정군이 들어가며 한바탕 난리가 휘몰아치고 있는 도성 안은 쏟아져 나온 백성들과 군사들이 뒤엉켜 어수선했다.

"장녹수다!"

사인은 육조거리를 지나가다 백성들의 손에 잡혀 끌려 나오는 장녹수를 보았다.

"죽여라!"

장녹수는 성난 백성들이 모여 있는 곳으로 끌려나와 그네들이 던진 돌에 맞고 피를 흘리고 있었다. 어제까지는 사인을 죽이겠다고 감찰궁녀들을 보내 쫓던 장녹수의 최후를 보자니 한숨이 저절로 나왔다. 사인이 쓴 <후궁>에는 장녹수의 노비 시절부터의 이야기가 그려져 있었다. 그녀 또한 그저 지아비와 아들을 둔 한 여인이었을 뿐이었는데 권세에 눈이 멀어 결국 스스로 끔찍한 파국을 자초하고 말았다.

사인이 떠나고 얼마 뒤에 군사들을 이끌고 선비가 들이닥쳤다.

남아 있는 얼마간의 군사들과 함께 원종혁이 저항했지만 역부족이었다. 문을 부수고 선비가 안으로 들어갔을 때 이용은 금방 내린 뜨거운 차를 마시고 있던 참이었다.

"음!"

심기가 불편한 듯 이용의 얼굴이 굳어졌다. 선비는 손을 들어 몰려들어 오는 군사들을 저지시키고 물러나게 했다.

"모두 끝났습니다. 이제 그만 궁으로 돌아가시지요."

홀로 이용이 있는 방으로 들어선 선비는 검을 검집에 넣으며 이용을 바라보았다.

"아, 과인의 대단한 아우! 마시던 차는 마저 마시고 가게 해 주게."

이용은 처연한 얼굴로 웃으며 차를 마셨고 선비는 그대로 서서 기다려 주었다.

처음 만났던 날부터 만날 때마다 목숨을 걸게 만들었던 사내, 그의 얼굴에서 웃음을 빼앗아 간 이용이 지금은 저처럼 초라하게 그의 눈앞에 있었다. 그러나 이상하게도 아무렇지 않았다. 화가 나지도 않았으며 죽이고 싶은 분노도 느껴지지 않았다.

"너는 어찌해서 그날 나를 구한 것이더냐? 화살까지 대신 맞고 구해준 내가 너를 죽이려 하니 얼마나 후회를 하였을 것이냐?"

이용의 얼굴에는 아직도 여유가 있었고, 마지막까지 선비를 향해 빈정거렸다.

"그날 제가 뵌 세자저하는 참으로 훌륭하게 보였습니다. 어린 제가 보기에도 분명 성군이 되실 분이라 느꼈지요. 하나 그때 전하를 구한 것은 어떤 생각이 있어서 그리 한 것은 아니었습니다."

"다른 뜻은 없었다?"

이용은 여전히 입가에 웃음을 띠며 물었으나 조금 전과는 달리 자신이 없었다. 이젠 정말 패자가 된 기분이었다.

"사람의 목숨이 위험한데 그 사람이 누구든 먼저 구하고 생각할 일입니다."

선비는 여전히 무표정한 얼굴로 대답했지만 듣고 있는 이용의 눈빛은 흔들렸다.

"그런 말을 하는 네가 과인의 아우란 말이지? 허허허허!"

이용은 그제야 뭔가를 알아차린 사람처럼 허탈하게 웃기 시작하더니 급기야는 박장대소하였다.

"너는 대체 누구냐?"

그동안은 전혀 생각해 보지 못했는데 어쩌면 눈앞에 그의 아우라고 서 있는 저자는 진성대군이 아닐지도 모른다는 생각이 머리를 스쳤다. 아주 어린 시절 보았던 이역은 두렵고 겁 많은 어린아이였다. 언제부터였던가, 진성대군이 달라졌다고 생각한 날이. 그리고 문득 연못가에서 자신을 대신해 화살을 맞았던 그때를 기억해 냈다.

"그만 돌아가시지요. 뫼시겠습니다."

조용히 듣고 있던 선비는 이용의 물음에 대답 대신 다시 한

번 정중하게 예를 갖추었다.

"나를 죽일 셈이냐?"

"그럴 리가 있겠습니까? 강화도로 뫼실 것입니다."

"그래."

이용이 마지막 찻잔을 비우자 선비는 그제야 안가를 점령하고 그를 궁으로 데려갔다.

그렇게 반정의 거사는 끝이 났다. 그러나 선비의 전쟁은 이제부터 시작이었다.

❀　　❀　　❀

어스름하던 저녁 어둠은 차츰 짙어지고 궁궐을 지키는 나무숲 속은 고요가 깃들어 있었다. 신료들이 빠져나간 적막한 궁궐은 낮의 웅장한 화려함과 대조되어 스산하기만 하다. 궁궐 벽 사방에서 타오르며 대낮처럼 불을 밝히는 횃불도 그 숨 막히는 적요를 막아내지는 못했다.

갑작스레 세상이 바뀌었으니 힘 있는 자에게 기대어 출세해 보겠다고 몰려들었던 많은 중신들을 만난 박원종도 막 퇴궐하려고 일어서던 길이었다.

"대감!"

선비가 홀로 박원종을 찾았다. 이제는 보위에 오른 진성대군의 대역을 할 필요가 없어진 그는 수염을 기르는 중이었다. 진성대군저에 있을 때에도 이역의 대역을 하지 않을 때는 수염을 붙이고 있어서 서로가 확연히 달라 보이도록 했었는데, 앞으로는 줄곧 수염을 기를 생각이었다.

"아직 퇴궐하지 않았는가?"

"대감을 만나 뵙고 가려고요."

"앉게."

굳어 있는 선비의 얼굴을 본 박원종은 그가 무슨 일로 왔는지를 짐작하기에 자리에 다시 앉았다. 그는 지금 조선의 실세로 등극한 박원종도 결코 무시할 수 없었다. 최훈은 최익순 장군의 손자이며 사대부들의 신망을 받고 있는 최영섭의 아들인데다 왕이 믿는 유일한 존재였다.

"중전마마를 어찌하실 생각이십니까?"

붉은 불꽃 아래 드리워진 긴 그림자가 선비의 존재감을 말해주고 있었다.

부인 신씨를 폐위시켜 궁궐 밖으로 내보내려 한다는 것을 알고 이역은 잠을 이루지 못하고 있었다. 신씨는 반정에 참여하기를 거부했던 부친을 잃은 슬픔에서 벗어나기도 전에 폐위를 당하고 궁궐에서 쫓겨나는 신세가 될 형편이었다. 반정이 일어나고 이제 겨우 엿새가 지났을 뿐이라 처리해야 할 일은 산더미 같은데 중전을 폐하는 일부터 하려는 것이었다.

"신료들을 설득하고 있네만, 어려울 것 같구만!"

박원종은 반듯하게 허리를 펴고 꼿꼿이 앉아 있는 선비를 바라보았다. 박원종을 마주보는 선비의 눈빛은 호방뇌락(豪放磊落)해서 오만하고, 때때로 생각지 못한 냉혹함이 번득이는 것이 만만치가 않았지만, 지금은 대비나 새로운 왕과의 일을 불편 없이 빠르게 추진해야만 하는 시기이니 그의 힘이 필요했다.

"부인이기 이전에 전하께서 어려울 때 의지하고 함께해 온 동지입니다. 게다가 이미 부친까지 잃으셨습니다."

선비 역시 처리해야 할 일들이 많아 오늘에야 이런 사실을 알게 되었고, 예상치 못한 상황에 당황해서 박원종을 만나러 온 것이었다.

"신수근이 뜻을 굽히지 않았기에 제거할 수밖에 없었네. 한데 어찌 그자의 여식을 중전의 자리에 둘 수 있겠는가? 폐주 이융 또한 폐위시킨 윤씨의 아들이 아니었던가. 이융이 보위에 올라 그토록 처참하게 원수를 갚는 것을 보았는데 어찌 신씨를 중전의 자리에 둔단 말인가. 이는 반정에 가담한 모든 이들의 뜻일세."

"부인은 폐주와는 다른 성품을 지니셨습니다."

"이융도 나쁜 품성을 지닌 것은 아닐세. 다만 곁에서 그를 부추긴 간신배들이 문제였지."

"하면 대감께서도 그리 생각하시는 것입니까?"

찌를 듯 노려보는 선비의 시선에 박원종은 그저 침묵하고 있었다.

"폐위가 되더라도 그분의 안전은 내가 보장하겠네."

"이제 겨우 스물이십니다. 혼인하여 일곱 해를 떨어져 본 일이 없는 두 분이십니다. 한데 지아비와 떨어져 목숨을 부지하며 안전하게 지낼 수 있다고 그것을 사는 것이라 할 수 있겠습니까? 기어이 부인을 폐하신다면 저도 떠날 것입니다."

"젊어서 그런 것인가, 자네는 언제나 극단적이구먼!"

박원종과 선비는 그 문제에 대해 좀 더 이야기를 나눴지만 이미 결정된 일을 뒤집을 수는 없었다.

결국 얻은 것 없이 밖으로 나온 선비는 무거운 마음으로 하늘을 올려다보았다.

캄캄한 하늘에 반으로 잘라놓은 듯한 달이 선비를 차갑게 내려다보고 있는 것 같았다.

저 달이 차면 그 여인을 만날 수 있을 것이라는 생각에 선비는 또 이 지루한 하루를 견디고 있었다.

"이게 뉘신가?"

갑작스레 등 뒤에서 귀에 익은 목소리가 들려왔다. 선비가 돌아보자 구군복을 입은 류건이 서 있었다.

"자네가 어찌?"

선비는 헛것을 본 것처럼 미간을 찌푸렸다.

"혹시나 했더니 역시 내 눈이 정확했군!"

류건은 반정의 과정에서 박원종의 명을 받아 큰일을 처리하다가 그의 목숨까지 구해주었다. 물론 그런 상황으로 몰고 간 것도 다 류건의 기지였지만, 그 때문에 그는 단번에 박원종의 오른팔로 급부상할 수 있었다.

거사가 있던 날 대군저에서 보았던 선비의 모습과는 전혀 다른 모습에, 혹시나 했던 류건은 그의 날카로운 눈빛을 보고 선비임을 알았다.

"자네의 정체가 뭔가. 내 짐작이 맞으면 자네는 조선 최고의 살수 월산이 틀림없을 것인데 군복을 입고 궁궐에 있다니 어찌 된 일인가?"

선비는 여전히 눈썹을 찡그리며 류건을 노려보고 있었다.

"궁에 들어오면 만날 것이라 예상은 했지만 평소의 자네는 이런 모습이었던가?"

언짢은 얼굴로 달빛을 등지고 서 있는 선비와는 달리 류건은 유쾌한 모습으로 서 있었다.

"그 이야기는 뒤에 듣도록 하고, 그 여인은 어찌 되었는가?"

줄곧 류건에게 부탁하며 떠나보냈던 여인의 안부가 궁금했던 선비는 다급하게 물었다.

"그것이……."

처음부터 알려줄 마음도 없었지만 모든 것을 제쳐두고 사인의 안부를 다급하게 물어오는 선비의 표정을 보며 류건은 그 짧은 시간 동안에도 그의 마음이 깊어졌음을 느낄 수 있었다.

"무탈한 것이겠지? 지금 어디에 있는가?"

자신을 죽이려고 이곳까지 따라온 것이 분명한 살수에게 제 마음을 드러내 놓을 만큼 사인을 향한 선비의 사랑은 깊어져 있었다.

"가엾게도 그 여인은 죽었네. 나 역시 다 죽어가는 것을 마침 지나던 내 동료가 간신히 살려냈지."

슬픈 눈빛을 지으며 류건은 말했다. 사실 그 역시 지난 엿새 동안 궁궐 안 구석구석을 살펴보았지만 그 여인을 찾지 못했다. 분명 궁녀라는 것과 못난이로 변장한 얼굴을 알고 있다는 것이 류건의 유일한 희망이었지만 이름을 알지 못하니 아직도 그녀를 찾지 못했다.

"그럴 리가?"

이런 말을 듣게 될 줄 알았다면 함께 떠났을 것인데…… 선비는 괴로움에 얼굴이 흑빛으로 변해 버렸다.

"마지막은 내 손으로 거두어 주었네."

"죽지 않았다. 죽었을 리가 없어!"

선비는 독기가 가득 차오른 눈빛으로 노려보다 분노를 참지 못하고 류건의 멱살을 잡고 흔들었다.

"믿고 말고는 자네 마음이지만 내게 이럴 것은 없지!"

선비의 손을 뿌리치며 류건은 돌아섰다.

"내게 가진 원한 때문인가?"

"자네에게도 복수하고 싶은 자가 있다면 그런 말은 안 나올 걸세! 적어도 나는 빠른 시일 내에 자네에게 그 원한을 갚을 생각이니까!"

류건은 가던 걸음을 멈추고 돌아서 선비를 노려보았다.

"거짓이다!"

그렇게 말했지만 선비의 눈빛은 물처럼 고요하게 가라앉아 있었다.

"헛, 허허허!"

류건은 그런 선비를 바라보다 헛웃음을 터뜨리며 뚜벅뚜벅
걸어갔다.

"그럴 리가 없어."

멀어져 가는 류건의 뒷모습을 노려보고 있자니 그제야 가슴
을 쥐어짜는 듯한 고통이 느껴졌다. 두려워 제대로 표현하지
도 못하고 울음이 터져 나올 것 같아 턱 끝에 힘을 바짝 주었
다.

"믿지 않을 것이다. 내 눈으로 확인하기 전까지!"

선비는 입술을 깨물며 아무 일도 없었던 것처럼 돌아서서
걷고 있었지만 자꾸만 무릎에 힘이 빠졌다.

❁   ❁   ❁

푸른 달빛이 물들이기 시작한 궁궐 뜰에는 저마다의 임무를
가진 궁녀들이 바삐 움직이고 있었다. 해시(亥時: 밤 9시~11시),
이제 곧 왕이 잠자리로 들 시각이었다. 왕이 침전에 들기 전,
그 잠깐 동안은 모든 것이 숨을 죽인 듯 적요하면서도 모든 것
들이 가장 바삐 움직이는 시간이기도 하다.

새로운 하늘이 열리고 왕이 바뀌니 궁궐 안팎으로 한바탕
물갈이가 진행 중이었다. 왕을 최측근에서 모시는 지밀에도
예외가 없어 전왕을 곁에서 직접 모시던 궁녀들은 궁 밖으로
내쳐졌고 대비가 선택한 이들만이 지밀에 남을 수 있었다. 장
녹수의 편에 서서 대비전을 탄압하던 대부분의 궁녀들을 벌주

고 내쫓았지만 아직도 궁궐 안의 궁녀는 너무 많았다. 조만간 대궐의 살림을 맡아 할 적정한 수의 궁녀만 남기고 수백 명의 궁녀와 궁인들을 궐 밖으로 내보낸다는 말에 궁인들은 시름이 깊었다.

구름을 벗어난 달이 뽀얀 얼굴을 내밀고 있었다. 가을을 지나 겨울로 가는 달은 처연하리만치 밝고 환하다. 아무리 붙잡으려 해도 시간은 일정한 보폭으로 걸어간다.

사인이 궁궐로 돌아왔을 때에는 이미 새로운 왕이 보위에 오른 뒤였다. 사인이 없는 동안 그런 엄청난 변화가 있었기에 궁궐 안은 그야말로 할 일이 산더미 같았다. 잠시도 쉴 틈 없이 몸을 놀려야 했지만 본시 사인은 탁월한 적응 능력을 가진지라 솜이 물에 젖어들 듯 그렇게 잘 적응해 가고 있었다.

사실 두려운 것은 그런 것이 아니었다. 어차피 지밀나인의 삶이란 왕이 바뀐다고 달라질 것이 없다. 그러니 사인에게 두려운 것은 새로운 왕이나 왕을 보위에 올린 자들이 앞다투어 밀어 넣을 후궁들, 또다시 바뀔 웃전들, 그 무엇도 아니었다. 지금 사인이 가장 두려운 것은 자꾸만 궁 밖으로 달음질치는 마음, 자신의 마음이었다. 선비와 헤어져서야 그를 그곳에 두고 오는 것이 아니었다고 몸부림쳤던 그 마음이, 이제야 뻔히 들여다보게 된 자신의 마음이 두려운 것이었다.

줄 하나에 의지해 절벽에 간신히 매달려 있던 그 밤, 그 위태로운 절체절명의 순간에 다가왔던 그의 입술. 이곳에서 살아나가기만 한다면 숨을 들이쉴 때도, 내쉴 때도 같은 공기를 마시겠다, 입으로 말하지 않아도 서로의 눈빛으로 평생을 함께 하겠다고 맹세했던 그를…… 이제는 되돌아 달려갈 수도 없었고, 만나볼 수도 없는 사람이었다. 살아 있는지조차도 알 수 없으니 숨을 쉴 수가 없었다.

사인의 시선이 하늘을 향했다. 조금씩 살아나는 별들이 그녀의 눈 가득히 들어온다. 가만히 푸른 달을 바라보며 걷고 있자니, 가슴 안을 서늘한 어떤 것이 후르륵 훑고 지나가는 것처럼 슬픈 기운이 감돌았다. 아픈 것도, 슬픈 것도 아닌, 그러나 자꾸만 돌아보게끔 하는 그리움.

그저, 문을 열고 나가는 것으로만 알았다.

그동안 궁궐 문을 드나드는 궁인들을 보면서도 그저 문을 열고 궁 밖으로 나가고 또 들어오는 것인 줄로만 알았다. 하지만 문을 나선다는 것은 그저 문을 열고 밖으로 나가는 것이 아니었다. 그것은 궁궐이라는 세상에서 궁궐과는 전혀 다른 또 다른 세상으로 나가는 것이었다. 이미 새로운 세상을 느낀 사인은 이제 절대로 궁궐 밖을 나가기 전의 그녀로 되돌아올 수 없었다.

슬픈 사인의 눈빛 속에서, 수많은 상념이 달빛을 타고 흘러갔다.

"얼굴이 어찌 또 그 모양이냐?"

사인이 이슬을 만나러 출번 방으로 갔을 때 이제는 제조상궁의 자리에 오른 정 상궁이 와 있었다. 내일 출번할 나인은 아직 오지 않은 것인지 정 상궁은 그 너른 방에 홀로 오도카니 앉아 있었다.

"마마님?"

왕이 바뀐 뒤로 대비전과 가까운 이들은 그야말로 화기애애한 분위기였다. 근심거리가 사라졌으니 당연히 이 시각이면 자신의 처소에서 향낭이나 꼬고 글씨나 쓰며 쉬고 있을 줄 알았던 이모가 출번 방에 앉아 있자 사인은 그만 놀라고 말았다. 자신의 거처에서 혼자 있는 것을 좋아하고 서책을 가까이 하기를 즐기는 이모는 예전에도 번살이가 아니면 궁궐 안을 돌아다니는 법이 없었다.

"오셨습니까, 마마님?"

마침 번살이를 마치고 돌아오던 이슬이도 놀랐는지 후다닥 인사를 올렸다.

"오, 그래. 내 사인이와 잠시 할 이야기가 있어서 그러니 잠시 자리를 비켜주겠느냐?"

"예, 마마님!"

이슬이 절을 하고 옆방으로 가버리자 정 상궁은 잔뜩 찌푸리며 사인을 바라보았다.

"얼굴 꼴 하고는! 이제는 네 본모습을 찾아도 된다고 하지 않았더냐? 이제 좀 가꾸라고 그리 일렀건만 아직껏 그 꼴이 무엇이냐?"

정 상궁은 역정을 냈지만 생각하면 기가 막힌 일이었다. 아름답게 단장하라니, 불과 얼마 전까지만 해도 상상도 못 할 일이었다.

언제 누가 지켜볼지 모르는 곳이 궁궐이라며 늘 사인의 옷차림새며 얼굴과 피부색까지 세심하게 신경을 쓰던 정 상궁이 아니었던가.

"천천히 할게요."

사인은 이모의 끝없는 잔소리를 막기 위해서라도 어리광을 피우며 정 상궁의 치마꼬리를 잡고 바짝 다가앉았다.

"대체, 궁 밖에서 무슨 일이 있었기에 네 눈 안에 슬픔이 가득 차 있단 말이냐?"

정 상궁은 미워죽겠다는 듯 눈을 하얗게 흘기며 사인의 등을 짜증스럽게 탁탁 두드렸다.

"이모는 제가 그리 밉습니까? 한 번이라도 살갑게 해주실 수 없어요? 이러실 거면 왜 저를 궁궐로 데려오셨어요?"

사인은 일부러 퉁명스럽게 물었다.

"왜, 서운하더냐?"

정 상궁은 입술을 삐뚜름히 물고 있는 사인을 바라보았다. 사인과 꼭 닮은 둥그런 이마에 불빛을 따라 그림자가 드리워져 있었다.

"아니요."

사인의 목소리는 풀죽은 것처럼 착 가라앉아 있다.

물론 이모가 밉거나 야속한 것은 절대 아니었다. 궁녀로 살수밖에 없다면 헛된 꿈 따위는 꾸고 싶지 않았다. 지금과 뭔가 달라질 수도 있다고 생각하는 자체가 사인에게는 고문이었다.

지금의 현실과는 뭔가 달라질 수도 있다는 막연하고 뜬금없는 희망을 가지게 만드는 것, 사실은 그것이 가장 힘든 것이었다.

"하면? 오늘따라 어찌 그러는 것이야?"

정 상궁의 목소리는 미세하게 떨리고 있었다.

겉으로는 미워 죽겠다는 얼굴이지만 걱정하고 있는 마음이 그 미세하게 떨리는 목소리를 타고 큰 공명이 되어 사인의 마음으로 전해져 왔다.

"좋아서요, 이모의 품이 좋아서요……."

사인은 정 상궁의 너른 치맛자락에 엎어지며 중얼거렸다.

사인은 정말 이모가 좋았다. 처음부터였다. 철이 들면서부터는 대비전 뜨락에 앉아 이모를 기다렸다. 이모가 오지 않으면 대비마마께서 아무리 맛난 엿을 주셔도 웃을 수가 없었다. 어머니의 얼굴은 기억도 나지 않지만, 저를 업고 궁궐로 들어오던 이모의 얼굴은 분명히 기억이 난다. 남들은 네 살짜리가 무엇을 기억하냐고 하지만 사인은 때때로 그 순간의 꿈을 꾸기도 했었다.

엄마가 죽었다고 울음소리가 들리고 잠에서 깨어났을 때, 슬프고 그윽한 눈이 저를 내려다보고 있었다. 저를 업고 궁궐로 오던 동안 내내 이모는 울고 있었다. 이모의 따뜻한 등에 얼굴을 묻고 있어서 그녀의 얼굴을 볼 수는 없었지만 사인은 그녀가 몹시 슬프게 울고 있다는 것을 분명히 알 수 있었다. 그녀의 슬픔이 흔들리는 등을 통해 분명히 전해져 왔으니까. 그리곤 가끔씩 그날의 꿈을 꾸었다. 이상하게도 어머니의 얼굴은 기억이 없지만 그날 처음 보았던 이모의 얼굴만은 분명히 기억이 나는 것이었다. 어째서인지는 사인도 알 수 없었다.

"입에 발린 말도 잘도 한다. 아무렴 이리 구박하는 내가 참말로 좋을까?"

정 상궁의 말은 다른 날들과 다름없이 시큰둥했다. 그러나 사인은 무심코 눈을 들어 이모를 보고 말았다. 거기 언젠가 보았던 그 슬프고 그윽한 눈이 있었다.

"참말인데……."

맑은 눈동자에 긴 속눈썹이 그림자를 드리우고 있어 더욱 창백하게 보이는 정 상궁의 얼굴을 외면하며 사인은 중얼거렸다.

어려서부터 사인은 이모를 많이 닮았다는 말을 많이 들었다. 가끔 면경을 보면서 사인 역시 자신이 이모를 많이 닮았다는 생각을 하곤 했었다. 사인이 보기에도 면경 속에 자신과 이모는 참 많이 닮아 있었다. 특히 저 둥근 이마와 깊은 눈이.

"어디 한 곳 맺힌 곳도 없이 무르고 정이 많아서 어찌 좋은 궁녀가 되겠느냐. 궁녀란 그리 많은 것들을 주렁주렁 달고 있어서는 아니 되는 것을…… 쯧쯧!"

정 상궁은 짜증스럽게 나무라면서도 사인의 얼굴을 물끄러미 들여다보았다.

"사실은 저 드릴 말씀이 있어요."

"아, 참! 이런 내 정신을 좀 보아라. 내 네게 긴히 할 말이 있어서 왔는데……."

정 상궁은 그제야 생각난 듯 사인을 빤히 바라보았다.

이슬에게 사인이 궁궐 밖으로 나가려고 한다는 것을 들은 것이었다. 폐주가 너무 많은 궁녀들을 뽑아 놓은 바람에 궐 밖의 궁녀들이 기거하는 곳도 포화상태라 이번에는 궁궐을 나가면 모두가 고향으로 돌아가 여생을 보내야 하는 것이었다. 그런데 사인이 궐 밖으로 나가려 한다는 말을 전해 들었으니 정 상궁은 걱정이 되었다. 어찌 된 일이냐고 물어보러 왔던 것인데, 사인의 눈빛 속에 깃든 슬픔을 보니 선뜻 입을 열기 어려웠다.

"어찌 그러십니까?"

정 상궁의 입매가 굳어지는 것이 예사롭지 않은 일이 틀림없었다.

"아, 아니다! 내 너에게 물어 보려던 것이 무엇이었는지 생각이 나지 않는구나. 이제 나도 자주 깜빡거리는 것을 보니 늙었나 보다."

정 상궁의 목소리는 높낮이 없이 담담했다.

"저는 대체 무슨 소린지……."

사인은 분명 하려던 말을 다 하지 못하고 일어서는 이모가 이상했다.

"쉬거라!"

정 상궁은 그렇게 말하며 사인의 등을 툭 쳐주고는 머뭇거리다 돌아갔다.

보름을 하루 앞 둔 날이었다.

반정이 일어나 진성대군이 새로운 왕으로 추대되었고, 또 이레만에 중전이 폐위되는 황망한 일이 있었던지라, 궁궐 안의 기운은 여전히 흉흉하고 어수선했다. 이를 고심하던 반정 공신들은 백성들과 함께 새로운 왕의 즉위를 감축하고 궁인들의 충성을 맹세하는 하례연을 열기로 하였다.

"비를 폐위한 지 얼마나 되었다고 하례연을 열어야 하다니!"

대전에서는 신하들의 뜻대로 처리하라고 윤허한 이역은 대전을 나와 선비의 얼굴을 보자 못마땅한 속내를 털어놓았다.

열두 살에 혼인하여 음지에 숨어 칠 년을 함께 살아온 부인 신씨를 왕위에 오르고 단 칠 일 만에 폐위시킬 수밖에 없었던 것도 결국은 그가 반정에 성공한 신하들이 옹립한 왕이기 때문이었다. 부친이 연산군의 총신이었다는 연유로 신하들은 신씨를 폐위시킬 것을 격렬하게 요구했다.

선비가 나서서 말려보았지만 신씨가 중전 자리에 있으면 분명 죽은 아버지의 원수를 갚으려 할 것이니 불가하다는 주장을 펼치는 대부분의 공신들의 주장을 꺾을 수는 없는 것이었다.

신씨가 폐위되어 궁을 떠나던 날 선비는 자신이 앞장서 성공한 이 반정이 과연 백성을 행복하게 할 수 있겠는가를 고민했다. 중전이기에 앞서 신씨 역시 그저 힘없는 조선 백성 중에 하나였던 것이다.

어깨를 늘어뜨리고 힘없이 터덜터덜 걸어가는 이역을 보고 있자니 선비의 마음도 답답했다. 답답한 마음에 눈을 들어 하늘을 올려다보았다. 초겨울로 가는 날씨는 차가워서 서러웠다.

선비는 그의 공을 인정해 대비가 도성 아래 마련해 준 좋은 집에 할아버지 최익순과 함께 지내고 있었다. 이제는 그가 믿는 용호와 무사들을 곁에 두고 목숨을 위협 받을 일도 없이 편안한 밤을 보낼 수 있었지만 쉽게 잠들지는 못했다.

이른 아침 눈을 뜨고 창문을 열면 서늘하게 스며드는 아침 공기와, 눈동자에 담길 때마다 시리도록 푸른 물빛 하늘, 수만 갈래로 부서져 내리는 햇빛의 입자들이 모두 선명했지만 지나간 가을이 그처럼 맑은 것인지를, 그처럼 투명한 것인지를 알고 있기에 더욱 서러웠다.

이른 새벽, 햇살이 고슬고슬 머무는 쪽문을 열어둔 방에 앉아 맑은 물을 부어 차분히 우려낸 차를 마실 때면 개울가에 오도카니 앉아 나뭇잎을 벗겨낸 떡을 건네주던 그 여인이 떠올랐다. 그 여인의 손을 잡고 싸우고 쫓기며 피를 뿌리는 동안 그녀와 함께 했던 투명한 가을은 어느덧 그의 가슴 안으로 따뜻하게 들어와 있었던 것이다. 그러나 이제 눈빛이 곱던 그 여인은 어디에도 없었다.

이역과 선비는 쓸쓸히 희정당으로 돌아왔다.

"차라리 그대가 예전처럼 나를 대신해 왕을 하고 나는 부인과 함께 멀리 떠나서 살면 어떨까?"

희정당으로 돌아온 이역은 그대로 보료 위에 털썩 앉으며 긴 한숨을 내쉬었다.

사실 이역은 내내 지쳐 있었다. 사람들은 언제나 그를 대신해 이역이 되어 모든 일을 처리해 주었던 최훈의 모습을 진성대군의 본 모습으로 알고 있었다. 그러니 어느 순간 달라 보이는 이역을 이상하게 보는 것 같았다. 게다가 이미 이역을 대신하던 것이 최훈이라는 것을 알고 있는 외조부 윤호나 박원종은 그를 볼 때마다 실망스러워 하는 것 같았다. 대비전에 문후를 올리기 위해 갔을 때에도 어머니마저 신씨를 잊지 못하는 그를 나무라며 최훈의 맺고 끊는 성격을 배우라 충고하는 것이었다. 그러니 이제는 이역이 최훈처럼 행동해야만 진성대군의 모습이 되는 상황이 되어버린 것이었다. 그러나 선비에게 이런 자신의 심정을 털어놓는 것은 그의 마지막 자존심이 허락하지 않았다.

"누가 듣기라도 하면 어찌하시려고 그런 말씀을 하십니까?"

"하나 진심일세."

이역은 어디를 가도 즐겁지도 편안하지도 않았다. 태어나 지금까지 늘 한순간도 마음 편안한 날 없었지만, 그래도 선비와 함께 있으면 든든했었다. 문득 몰려오는 공포에 질려 돌아보면 그 어디라도 그가 서 있었다. 그러고 보니 이역은 그 긴 시간 선비에게 의지하며 버티고 있었던 모양이었다. 곁에 따르는 선비를 보자니 떠나 보낸 신씨 생각이 더욱 간절했다.

"전하, 백성들과 궁인들의 충성 서약을 받는 당연한 자리입니다. 기다리시면 중신들의 충성 서약도 받으실 수 있을 것입니다."

"그런 날이 오겠는가?"

"지금부터라도 전하의 곁에 둘 사람을 모으시고 준비하신다면 뜻을 펼 날이 오지 않겠습니까."

"부인마저 없으니 이제 믿는 것은 그대뿐이네."

이역은 선비마저 떠날까 두려워 다시 한 번 다짐을 받았다. 네 살 이후 한시도 선비와 떨어져 있었던 날이 없었던 이역이었다. 물론 그때는 그의 뒤에서 숨을 죽이고 그림자가 되어 살았지만, 이제 막상 만백성의 빛이 되고 보니 밝은 곳에 익숙지 않은 이역으로서는 모든 것이 낯설고 불편하기만 했다.

이역이 차를 마시며 쉬는 것을 본 선비는 잠시 바람이나 쐬자 하고 밖으로 나왔다. 보름날 운종가 세책방 앞에서 기다리겠다고 약조하였으니 내일이야말로 그 여인을 찾을 수 있는 마지막 기회라고 생각했다.

궁궐 안은 당장 잔치 준비를 하느라 분주했다.

왕의 자리를 궁궐 위 동쪽 벽 아래 정중앙에 마련하고, 신료들의 판위(版位)를 마당에 설치하느라 한바탕 시끌벅적했다. 가뜩이나 한바탕 물갈이를 한 뒤로 서로가 손발이 맞지 않는지라 궁궐 안 모든 궁인들은 이리저리 허둥대느라 잠시도 쉴 틈이 없었다. 게다가 처음으로 왕의 용안을 뵙고 하례를 드리는 날이고 보니, 궁녀들 역시 나름대로 치장을 하느라 더욱 바빴다. 그러나 아무리 바쁘더라도 각 처소의 궁녀들은 맡은 바 임무를 변함없이 해야 했다.

서고에 앉아 있던 사인 역시 밖으로 나와 일손을 거들어야 했다.

모두가 어수선한 가운데, 사인도 바쁜 이슬을 대신해 매우틀을 가지러 복이처로 갔다. 복이처 앞에서 한참을 서성여도 아무도 나오지 않자 마음이 바빠진 사인은 안으로 들어갔다.

"뭐라고?"

"그, 그게 그건 네가 할 일이잖아."

주먹 쥔 궁녀의 손이 부들부들 떨리고 있었다.

"너 지금 뭐라고 했니?"

늘 고개를 떨구고 온갖 허드렛일을 시켜도 죽은 듯 지내던 복이처 나인 금순이 더듬더듬 제 소리를 내자 복이처 나인 순녀는 기가 막혔다.

"김 상궁 마마님 방에 불을 지피는 건 네 일이잖아. 나는 매우틀을 지밀로 가져가야 되는데……."

"아니, 이것이 뭘 잘못 먹었나?"

눈을 부릅뜨고 노려보던 순녀의 손이 번쩍 들리는 때였다.

"그 손 내려놓지 못하는가?"

사인의 차랑차랑한 목소리가 순녀의 손목을 붙잡았다.

"항아님?"

이건 또 뭔가 하고 돌아보는데 궁궐을 통틀어 최고의 박색이라 소문난 사인이 서 있는 것이었다. 아무리 박색이라도 사인은 복이처 나인들과는 급이 다른 지밀의 궁녀였고, 대비의 총애를 한 몸에 받는 제조상궁이 이모라 곧 시녀상궁이 될 것이라는 소문이 궁궐 안에 파다했다. 그런 사인에게 잘못 걸렸다가는 그야말로 앞날이 캄캄한 것이었다.

"어찌하여 자네가 할 일을 번번이 이이에게 미루는가. 비록 내가 지밀에 소속되어 있기는 하지만 이는 잘못된 일. 내 복이처 김 상궁마마님께 이 일을 바로 잡도록 아뢰어야겠네."

다른 때 같으면 그저 내 일이 아니다, 두루두루 좋은 것이 좋다, 궁인들끼리 적을 둬서 좋을 일이 없다, 갖가지 핑계를 대며 모른 척 외면했을 것이었다. 하지만 부들부들 떨고 있는 금순의 손을 보니 그녀가 얼마나 큰 용기를 내고 있는지 느껴졌고, 모른 척 돌아설 수가 없었다.

"항, 항아님! 어찌 이러십니까?"

사인의 매몰찬 반격에 당황한 순녀는 말을 더듬거리며 팔을 잡고 늘어졌다.

"썩 물러서게!"

사인은 날카로운 눈빛으로 순녀를 노려보며 그녀를 매몰차게 뿌리쳤다.

"잘못했습니다. 다시는 이런 일이 없을 것입니다!"

그제야 순녀는 사태를 파악하고 이번에는 사인의 치맛자락을 잡고 매달렸다.

"이이에게 잘못을 비시게! 하면 내 이번만은 자네의 허물을 덮어줄 것이니!"

서슬 퍼런 사인의 말에 당황한 것은 오히려 금순이었다. 늘 순하게 뒷전으로 물러나 있던 못난이 사인이 이처럼 나인을 상대로 드잡이를 하다니, 눈앞에서 지켜보면서도 제 눈과 귀를 의심할 지경이었다.

"잘못했다, 금순아! 내 앞으로는 두 번 다시 이런 일이 없도록 하겠다."

순녀는 금방이라도 울음을 터뜨릴 것 같은 얼굴로 말했다.

"나도 더 잘할게."

사인의 눈치를 살피던 금순은 급하게 고개를 주억거렸다.

"매우틀을 주게, 지밀에서 기다리니!"

"여, 여기!"

매우틀을 받아든 사인은 눈빛으로 잘했다고 금순이를 응원하며 돌아섰다.

"여기야!"

사인이 매우틀을 들고 오는 것을 본 이슬이 손을 흔들었다.

"할 일이 얼마나 많은지 정신이 하나도 없다. 이럴 땐 서고에 박혀 태평하게 있는 네가 참말 부럽다."

"잔치 준비하는 곳을 봤는데 엄청나더라!"

"그러게, 아무래도 새로운 상감께서 보위에 오르셨으니 그에 걸맞게 해야겠지."

이슬에게 매우틀을 건네주고 사인이 서고로 다시 돌아가려 할 때였다.

"사인아, 저이 좀 봐! 너무 잘나지 않았니?"

그때였다. 이슬이가 속삭이는 소리에 돌아보니 저만치서 눈에 익은 사내가 보였다.

"어머!"

그러나 그가 누군지 확인하는 순간 사인은 휙 돌아서 버렸다.

"왜?"

사인의 행동이 이상한지 이슬이 고개를 갸웃거리며 물었다.

"쉬! 조용히 해!"

사인은 고개를 숙이며 이슬에게 조용히 하라는 듯 인상을 써 보였다.

"어찌 그러니, 아는 분이니?"

"쉬! 조용히 하래도!"

사인은 입에 손가락을 가져다 대며 제발 조용히 하라고 이슬에게 눈치를 주었다. 그제야 둔한 이슬도 눈치를 챘는지 사인을 따라서 돌아섰다.

바로 그때 이슬과 사인의 곁으로 박원종이 먼저 지나갔다. 그리고 그 뒤를 따라 군복을 입은 류건이 지나갔다. 하지만 뭔가 이상하다는 듯 사인의 곁을 막 스쳐 지나가던 류건의 발걸음이 갑자기 멈춰 섰다.

"읍!"

고개 숙인 사인의 가슴은 갑자기 천 길 낭떠러지로 떨어져 내리는 기분이었다.

'어째서 저이가 이 궁궐에 박원종 대감과 함께 있는 것일까.'

사인은 초조해서 입술을 잘근잘근 깨물었다.

궁궐 밖과는 달리 이곳에서는 못난이로 분장하고 있으니 알아볼 것 같지는 않았지만, 그렇다고 얼굴을 들고 마주 볼 자신은 없었다. 두려움에 마음이 더욱 흔들릴 것이고, 자신이 당황하는 모습을 류건이 눈치챌까 두렵기도 했다.

"어찌 그러는가?"

앞서 가던 박원종이 돌아서며 우두커니 서 있는 류건에게 물었다.

"아, 아닙니다! 제가 잊고 온 것이 있어서. 먼저 들어가시지요."

잠시 망설이던 류건은 스쳐가는 눈길로 돌아서 있는 사인을 한번 훑어보고는 돌아서 버렸다.

"역시 그랬던 것이지!"

류건은 혼잣말처럼 중얼거리며 오던 길로 다시 걸어갔다.

"아, 정말 다행이다……."

그러자 사인은 가슴을 쓸어내리며 한숨을 내쉬었다.

"그만 가봐. 마마님께 혼나기 전에 나도 빨리 가봐야겠다."

매우틀을 흔들며 안으로 들어가는 이슬을 보고서야 사인은 간신히 정신을 차리고 뒤도 돌아보지 않고 서고로 달려갔다.

"오십니까, 대감!"

마침 밖으로 나와 서성이던 선비가 박원종을 맞았다.

"전하께서는 안에 계십니까?"

"잠시 쉬고 계십니다. 드시지요."

박원종을 앞세워 안으로 들어가려던 선비는 문득 걸음을 멈추고 뒤를 돌아보았다. 뭔가 아주 익숙한 향기가 스쳐간 것만 같았다.

"분명 익숙한 향기를 맡은 것 같았는데……."

주위를 둘러보던 선비는 아무도 없는 것을 확인하고서야 안으로 들어갔다.

"아! 내 짐작이 맞았어. 역시 서고였구나!"

그러나 멀리서 사인의 뒤를 따르던 류건은 서고로 들어가는 그녀를 보며 회심의 미소를 지었다. 지난 며칠 <후궁>이나 <왕세자의 첫사랑>이라는 서책을 지을 만한 짬이 있는 궁녀가 일하는 곳이 어딜까 고민하던 류건의 얼굴엔 화색이 돌았다.

서고에 들어온 사인은 놀란 가슴을 누르며 버드나무 가지를 꽂아둔 그릇의 물을 갈아주었다. 헤어지며 선비가 주었던 버들가지를 물에 적신 종이에 싸서 보퉁이에 넣어 가지고 다니다가 궁궐에 들어와서는 물그릇에 꽂아두었다. 사인은 아무리 봐도 살아날 것 같지 않은 그 나뭇가지를 물그릇에 꽂아두고 매일매일 정성스레 물을 갈아주며 들여다보았다.

"보고 싶은 이는 나타나지 않고 어째서……."

사인은 조금 전 보았던 류건을 생각하다 고개를 저었다.

목숨을 구해준 것에 대한 고마운 마음은 크지만 그가 그 옛날 알던 미우의 남동생이라는 것을 깨닫자 마음이 너무 아파서 다시 볼 용기마저 사그라지는 것 같았다.

"글이나 마저 쓰자."

잠시 짬이 났을 때 <왕세자의 첫사랑>의 제 이 권을 쓰려고 펼쳐 놓은 종이 위로 국화꽃 한 송이가 놓였다. 고개를 드니, 싱긋 웃고 있는 류건의 얼굴이 그대로 사인의 눈에 들어왔다.

"찾아오겠다고 했지요. 굉장하지 않습니까?"

류건은 들뜬 걸음걸이로 성큼성큼 오가며 흥분해서 두 팔을 번쩍 치켜들었다.

드디어 찾아내고 말았다는 기쁨에 류건의 얼굴은 흥분으로 한껏 고무되어 있었지만, 사인은 놀라 굳어버린 얼굴로 말없이 그를 노려보았다.

"놀라고 당황스러울 것이라 생각하지만 이만한 일로 얼굴을 찌푸리면 곤란하지 않겠습니까. 앞으로도 놀랄 일은 너무 많을 것인데?"

사인의 기분을 눈치챈 류건이 부드럽게 미소 지었다.

"궁에는 어쩐 일이십니까?"

사인은 두 눈을 크게 뜨고 류건의 시선을 피하지 않았다.

"물론 항아님을 만나러 왔지요."

"우선은 지난번 목숨을 구해주신 것은 감사드립니다. 고맙습니다."

말은 냉정했지만 사인은 자리에서 일어나 허리를 깊이 숙여 인사했다.

"그럴 것 없습니다. 지난 은혜를 갚은 것뿐이니."

류건은 그렇게 말하고는 사인을 빤히 들여다보았다. 그러자 당황한 것은 사인이었다.

"그럼, 그만 나가주시지요. 저도 방으로 돌아가 봐야겠습니다."

사인은 되도록 류건과 단둘이 있는 것을 피하고 싶었기에 그 자리를 피하고 싶었다. 하지만 류건은 이대로는 보내주지 않을 생각이었다.

"저에게 들려주실 말씀이 있으실 텐데요, 항아님!"

류건은 이대로는 놓아줄 수 없다는 듯 사인의 손목을 꽉 잡아보였다.

"궁궐 안에는 보는 눈이 많습니다. 너무 무례하지 않습니까?"

"이곳에서 말씀하시기 곤란하시다면 내일 궁 밖에서 저를 만나주시겠습니까?"

류건의 눈빛을 보니 결코 이대로 물러서지는 않을 것 같다.

"궁녀인 제가 어찌 바깥출입을 하겠습니까?"

사인은 손을 뿌리치려고 애를 썼지만, 류건은 손목을 부러뜨리면 부러뜨렸지 결코 놓아줄 마음은 없어 보였다.

"궁 밖으로 나온다면 나를 만나줄 것입니까?"

류건은 사인을 거칠게 잡아당겨 벽에 기대 세우고, 두 손으로 어깨를 짓누르고는 잠시 노려보았다. 그의 두 눈은 당장에라도 사인을 잡아 삼킬 듯했다.

"그리할 것이니 그만 놓아주세요!"

류건의 눈빛에 질린 사인은 결국 고개를 끄덕이고 말았다.

十四章 · 재회

사인과 만나기로 약조한 보름날 아침, 선비는 새로 지은 청자(靑磁)빛 도포를 입고 설레는 마음으로 면경 앞에 서 있었다.

"이만하면 뭐!"

깊고 날카로운 눈, 매끄럽게 내려오는 콧날, 강인함과 고집이 엿보이는 날렵한 턱 선까지. 살짝 냉랭한 찬기가 느껴지는 했지만 그는 스스로 보기에도 옥골선풍(玉骨仙風)의 훤한 선비였다.

"마지막은 내 손으로 거두어 주었네."

류건의 말이 떠올라 잠시 우울해졌던 선비는 그럴 리 없다고 고개를 저었다.

"내 마음과 같다면, 아침 일찍부터 기다리고 있을 것이다!"

살아 있다면 오늘 세책방 앞에서 보란 듯이 서 있을 것이다. 두 눈으로 확인하면 될 일이었다. 그 전에는 무엇도 믿지 않을 것이다. 선비는 스스로를 향해 수십 번을 다짐했다.

"할아버님! 훈입니다!"

선비는 집을 나서기 전 사랑채에 있는 최익순에게 인사를 하려고 들렀다. 방문이 열리며 최익순이 나왔다.

"입궐하는 것이 아니었더냐?"

선비가 구군복을 벗고 평복을 입고 서 있으니 의아한 일이었다.

계속해서 벼슬을 마다하던 선비는 며칠 전에야 임시직으로 내어준 내금위장(궁궐 수비 및 왕실 경호장. 종2품)을 겸한 겸사복(임금 근접 경호무사. 정2품)직을 맡아 정국이 안정될 때까지만 입궐하기로 하였다.

"오늘은 만날 이가 있어서."

"잠시 들어오너라!"

선비가 문을 열고 들어가니 최익순 역시 출타할 채비를 하느라 흑립과 세조대를 내놓은 것이 보였다.

"출타하십니까?"

선비가 무릎을 꿇고 앉으며 물었다.

"영원부원군을 만나기로 했다."

"예."

윤호를 만나기로 했다는 최익순의 말에 선비는 별다른 반응을 보이지 않았다.

"벼슬을 사양했다고?"

"예."

"하면 어찌할 생각이더냐?"

"아직은 생각 중이지만 도성에 남아 있지는 않을 생각입니다."

선비는 한 치의 망설임도 없이 선선이 대답했다.

"욕심이 없는 것이냐?"

최익순은 자애로운 미소를 보이면서도 탄식처럼 말했다. 전쟁터를 누비며 모진 바람 속에 살아온 탓인지 표정만으로는 그 속을 가늠하기가 쉽지 않았다.

"심려를 끼쳐드려 송구하옵니다."

"너는 가문의 종손이다. 너에게 우리 가문의 존망이 달려 있다."

어려서부터 빼어나 뿌듯하면서도 조심스러웠던 손자였다. 자신의 손자였지만 신동이라는 호칭은 바로 이런 아이를 두고 하는 말이라 생각했었다. 어른들도 감탄하는 빼어난 문장을 지닌 아이였는데 자신의 고집으로 검을 잡게 만들고 말았다.

"잊지 않고 있습니다."

"너의 뜻이 정 그러하다면 하나만 약조해 다오."

"말씀하시지요."

"앞으로는 무슨 일이 있어도 금상의 대역을 해서는 안 된다."

그는 두려웠다. 아직도 그의 눈에는 여전히 어린 손자였다. 이렇게 빼어난 아이가 보위에 오른 이역과 같은 하늘 아래에서 어찌 살아갈 수 있을까. 일찌감치 생존의 본능을 알아차린 손자를 바라보는 최익순의 가슴은 답답해져 왔다.

선비는 바로 대답하지 않고 잠시 망설였다. 그것이 당연한 것임을 알고 있으나 이제까지의 그의 경험으로 볼 때 모든 일에는 언제나 변수라는 것이 존재했다.

"그리하겠습니다."

"하고 박원종 대감과 맞서지 마라."

"어쩔 수 없이 일을 도모하기는 했으나 아무리 보아도 그다지 마음이 가지 않는 분입니다. 혹여 뒤통수를 치는 것은 아닐는지!"

"지금은 박원종의 세가 임금을 능가한다."

"그러니 말입니다. 그 정도 그릇은 못 되시는 듯하니 걱정입니다."

"약조해 다오. 무슨 일이 있어도 박원종과 등지지 않겠다고."

최익순은 서안을 밀치고 선비의 손을 잡았다. 자신의 커다란 손을 감싸 쥐는 할아버지의 주름진 손을 물끄러미 내려다보던 선비는 내키지 않는 일이지만 어쩔 수 없이 고개를 끄덕였다.

"명심하겠습니다."

저 때문에 노심초사하는 최익순을 보니 그 또한 마음이 무거웠다.

어제는 살아남기만을 걱정했으나 오늘은 가문의 안위를 걱정하고 이 모든 것들을 지켜내야 한다는 생각에 어깨가 무거워지는 것이었다.

"고맙구나."

선선히 대답하는 선비를 보며 최익순은 조용히 안도의 한숨을 쉬었다. 그는 뿌옇게 흐려져 오는 눈을 부릅뜨며 안간힘을 다하며 손자를 응시했다.

집을 나온 선비는 한달음에 운종가로 달려갔다. 너무 이른 아침이라 점포들은 문을 열지도 않았지만 그는 운종가 어디에서나 잘 보일 수 있게 지전 앞 세책방 앞에 똑바로 서서 사인을 기다리고 있었다.

"마마님, 오늘은 제 밭이라도 보여주셔요!"

이른 새벽부터 따라 다니며 궁궐 밖으로 외출하게 해 달라고 졸라대는 사인의 등쌀에 서사상궁은 혀를 내둘렀다.

"아니, 어찌 이리 보채는 것이야? 혼자 나가서 어찌 채마밭을 둘러보겠다고?"

궁궐로 돌아와 며칠 동안 죽은 듯이 쓰러져 있던 사인은 정신이 들자마자 그동안 받아 챙겨둔 자신의 인세를 돌려달라고 했다. 그제야 서사상궁은 사인의 이름으로 도성 주위에 사 두었던 채마밭 문서를 보여주었다.

서사상궁은 자신의 월봉 중 일부를 떼어 거간꾼을 통해 논과 밭을 사두어 재산을 불리고 있었는데, 왕이 바뀌며 땅값이 꽤 많이 올랐다고 신이 나 있었다. 덩달아 책값을 받아 몇 년 동안 사두었던 사인의 채마밭 값도 뛰었으니 고마운 줄 알아야 한다고 생색을 내던 참이었다.

"제 눈으로 확인하지 않으면 그 밭이 정말 있는지 어찌 알겠습니까?"

"윤가 사인! 너 참말 많이 변했구나?"

"강릉까지도 다녀온 접니다. 예전의 못난이 사인이 아니라고요!"

"아이고, 알았다. 알았어! 이제야 대비전의 똑똑이가 살아온 것 같구나. 이참에 그 얼굴도 어떻게 좀 해보지 그러느냐?"

사인은 꿍꿍이가 있어 하는 말이었지만 예전과는 달라도 너무 달라진 그녀를 보며 서사상궁은 혀를 내둘렀다.

"그냥 이대로 사는 것이 편합니다. 공연히 여러 사람 입에 오르내리고 싶지도 않고요."

"하나, 네 이모 욕심은 그것이 아닌 것 같던데. 아무튼 서고의 서책 구입을 위해 심부름을 나가는 것으로 해줄 것이니 늦지 않게 돌아와야 한다."

"예, 그러믄요!"

결국 서사상궁의 허락을 받아낸 사인은 대궐의 문이 열리자마자 요금문으로 달려갔지만 어쩐 일인지 그곳엔 류건이 서 있었다.

"아니, 저이가 어찌 또?"

문을 지키는 군사들과 이야기를 나누고 있는 류건을 발견하고 깜짝 놀란 사인은 얼른 몸을 숨겼다. 숨어서 류건이 돌아가기를 기다리며 지켜보았지만 그는 한나절이 지나서야 문을 나갔다.

"늦겠다!"

겨우 궁궐 밖으로 나간 사인은 하루 종일 서 있겠다는 선비의 말을 되새기며 운종가로 달려갔다.

"어쩌지! 선비님이 비를 맞고 계실 것인데?"

사인이 운종가로 들어섰을 때 하필이면 비가 오고 있었다.

기억을 더듬어 비단전 근처로 간 사인은 옷을 갈아입기 위해 창고로 올라갔다. 창고는 지난번처럼 여전히 조용했다. 주위를 둘러보며 보는 이가 없는지를 살핀 사인은 보자기를 풀고 면경을 꺼낸 다음 설레는 마음으로 분장을 지웠다.

"기다려 주시겠지."

마음이 바빠서 그런지 자꾸만 손이 떨렸다. 사인은 옷을 갈아입기 위해 떨리는 손으로 치마끈을 풀었다. 허리 윗부분을 조이고 있는 넓은 끈을 재빨리 풀고 사인은 진달래색 치마로 갈아입었다.

어서 빨리 나가서 선비를 찾아야 한다. 그 사람이 또다시 떠나기 전에 사인은 확인해야 할 것이 있었다. 저고리를 입고 동여매었던 새앙머리를 풀어 다시 길게 땋아 댕기를 묶었다.

"다 되었다!"

사인이 흥분을 감추지 못하고 자리에서 일어섰을 때였다.

"어디를 가려고 그리 서두르는 것입니까?"

갑자기 들려온 낮은 목소리에 사인은 화들짝 놀라며 뒤로 물러났다.

"여, 여긴 어떻게?"

대체 언제부터 이곳에 있었던 것일까. 문 앞을 가로막고 서 있는 류건을 발견하자 사인은 제대로 숨도 쉬지 못했다.

"무슨 급한 용무라도 있는 것입니까?"

류건은 등 뒤로 문을 닫고 천천히 다가왔다. 그의 커다란 몸이 가로막아 서자 창고 안이 갑갑하게 느껴졌다.

"제 뒤를 따라온 건가요?"

여전히 깍듯하게 존대를 하고 있지만 사인은 궁궐을 나와 처음 만났을 때와는 전혀 달라 보이는 류건이 어쩐지 두렵게 느껴졌다.

"모르겠습니까? 나는 그날 이곳에서 당신을 봤던 겁니다."

"아……!"

사인은 그제야 류건이 궁궐 안에서 못난이 변장을 하고 있는 자신을 찾아낼 수 있던 이유를 깨달았다.

"궁궐을 나오면 나를 만나기로 약조했던 것, 잊지 않았기를 바랍니다."

"잠시만 다녀오겠습니다. 하니 기다려주세요."

사인은 떨리는 입술을 혀로 축이며 류건을 달랬다.

"왜, 만날 사람이라도 있는 겁니까?"

자신을 따돌리고 선비에게로 달려가려는 사인의 속내를 읽은 류건의 눈이 질투로 위험하게 번득였다.

"이곳에서 멀지 않으니 잠시면 됩니다. 금방 돌아올게요!"

빗줄기가 점점 드세지는 것인지 창고의 지붕을 때리는 낙숫물 소리가 요란하게 들려왔다.

초조해진 사인은 더 이상 참지 못하고 잰걸음으로 문을 향해 달려갔다. 하지만 뒤에서 잡아채는 강한 힘에 밀려 휙 돌려세워졌다. 갑작스럽고 거친 제재에 사인은 숨을 헐떡이며 그를 노려보았다.

"그를 만나러 가는 것입니까?"

류건은 분노를 누르고 신음하듯 물었다.

단아한 이마와 그린 듯 아름답게 휘어진 눈썹, 긴 속눈썹에 둘러싸인 물기에 젖은 깊고 신비로운 눈, 차가운 느낌의 얼굴과 잘 어울리는 날카롭고 오뚝 선 콧날과 그 아래 조금은 작은 듯 보이는 꼭 다물어진 붉고 도톰한 입술. 눈앞에 있는 이 아름다운 여인이 그가 그토록 오랜 세월 그리던 그 아이였다.

이 아이를 그리워할 때마다 정수리를 쪼개는 고통을 느껴야 했었건만, 그리워하고 또 그리워하였는데…… 하지만 그녀의 몸짓에는 여전히 그가 다가오는 것을 거부하는 듯한 냉기가 단호하게 어려 있었다.

"맞아요. 그러니까 제발 놓아주십시오!"

사인은 두 눈을 크게 뜨고 그를 올려다보았다. 만나고 얼마 되지 않았지만 그래도 이제까지 예의를 갖추고 대하던 류건이었다. 그러나 지금은 팔을 얼마나 세게 움켜잡고 있는지 저절로 신음소리가 나올 지경이었다.

"그 어디도 갈 수 없습니다. 내가 보내지 않을 거니까."

그 대답이 간신히 인내하고 있는 류건의 화를 돋운 듯 사인의 여린 몸을 획 낚아챘다. 작고 가벼운 그녀의 몸은 너무나 쉽사리 끌려와 그의 품에 안겼다.

"제발 이러지 말아요! 난 가야 해요!"

사인은 그의 품을 벗어나기 위해 가슴을 떠밀며 저항했지만 류건은 꿈쩍도 하지 않았다.

"사인아, 이러지 마! 나를 알아봤잖아. 너 이제 내가 누군지 알잖아!"

류건은 자신의 품에서 빠져나오려 두 주먹으로 가슴을 때리는 사인을 그대로 꽉 껴안았다.

"너와 누님을 두고 도망치던 날부터 단 하루도 잊어본 적 없었다. 누님과 네가 너무 보고 싶었어!"

숨이 막히도록 꽉 껴안은 류건을 뿌리치려고 버둥거리던 사인의 손이 힘없이 떨어져 내렸다.

"그런 것이 이제 와 다 무슨 소용인가요? 나는 다 잊었는데!"

"나는 너를 보내지 않아. 그러니까 네가 포기해. 포기하고 미우 누님의 이야길 들려줘. 부탁이야!"

류건은 사인을 절대로 놓아주지 않을 것처럼 꼭 붙들었다.

사인은 도저히 이해할 수 없는 류건의 행동에 덜컥 겁이 났다. 이렇게 류건과 실랑이하고 있는 사이에 그가 사라져 버린다면……

"당신은 그때나 지금이나 언제나 당신 마음대로 생각하시는군요. 미우 항아님이 어찌 되었느냐고요?"

사인은 저를 붙잡고 놓아주지 않는 류건에게 화가 치밀었다.

"그래, 누님은 어찌 되었어? 아직 살아 있는 거겠지?"

미우의 이야기를 꺼내자 류건의 눈에 그리움이 떠올랐다. 하지만 이대로 선비를 영영 보지 못할지도 모른다는 두려움에 화가 치민 사인의 눈에 그것이 보일 리 없었다.

"아뇨, 항아님은 돌아가셨습니다!"

애절하게 바라보는 류건의 시선을 피하며 사인은 냉정하게 말했다.

"뭐?"

충격으로 류건의 동공이 커다랗게 확장되는 것이 보였다.

"돌아가셨다고요, 이젠 이곳에 없단 말입니다."

류건의 낯빛이 허옇게 변해가는 것을 보면서도 사인은 매몰차게 말했다.

"저들이 누님을 죽인 것이냐?"

미우가 죽었다는 말에 류건의 눈은 다시 붉게 충혈되기 시작했다.

"아니오, 궁에서 내보내려 하자 스스로 목을 매고 죽었습니다."

이제는 정말 미우의 기억으로부터 벗어나고 싶었다. 그 모든 기억들로부터 도망치고 싶은데 난데없이 류건이 나타난 것이었다. 사인은 이제 다 이야기해 주고 원망스러운 류건도 떼어내고 싶었다.

"자진을 했어?"

류건은 패거리들을 따라 아우를 데리고 도망치면서도 미우는 아무것도 모르고 왕과 세자가 아끼니 별 탈 없을 거라는 조방꾼의 말을 믿었다. 배고픔을 이기지 못해 거지 패에 들어갔다가 살수단에 들어가게 되었어도 언젠가 미우를 다시 찾아서 세 식구가 모여 사는 날을 꿈꾸었다.

"어찌 해서 그때나 지금이나 남의 마음은 생각도 않는 것인가요? 결국 미우 항아님을 죽게 만든 것은 그때의 류건과 나였단 말입니다. 나 역시 그 때문에 오랜 세월 그 일을 기억해 내는 것조차 두려워했단 말입니다! 처음부터 선비님이 옛날의 그 아이였다는 것을 알았더라면 알은체도 하지 않았을 것입니다!"

사인은 마지막 기운까지 다 짜내어 그렇게 쏘아대고는 그대로 주저앉아 엉엉 울어버렸다.

류건은 넋 나간 사람처럼 멍하니 서서 그런 사인을 내려다보고 있었다.

그 시각 선비는 이른 아침부터 서 있던 그 자리에 마치 뿌리를 내린 듯 서 있었다.

"그자의 말대로 참말 오지 못하게 된 것인가. 지나가면 스치고 지나는 바람일 줄 알았는데 나는 이대로 잊지를 못할 것 같으니 어찌하면 좋겠소."

선비의 눈에서는 눈물인지 빗물인지 알 수 없는 물방울이
흘러내렸다.

억수처럼 쏟아져 내리는 차가운 빗줄기를 고스란히 다 맞았
지만 이미 슬픔으로 무뎌진 감각은 아무것도 느낄 수 없었다.

운종가의 모든 점포가 문을 닫은 뒤에도 선비는 그대로 서
서 밤을 꼬박 새웠다.

그 엄청난 비를 맞고 밤새 서 있었지만 그는 다음 날 아침 어
김없이 구군복을 갖춰 입고 입궐했다. 검은색 전복 아래에 소
매까지 검은 협수를 입고 검을 휘두를 때 펄럭이지 않게 팔뚝
부분을 붉은색 끈으로 칭칭 둘러 묶고, 날렵한 허리엔 붉은색
대자띠를 묶어 늘어뜨린 그의 모습은 늠름하고 아름다워 지나
는 궁녀들의 마음을 설레게 했다.

"기침하셨습니까?"

"전하께서 많이 찾으셨습니다."

상선은 선비의 얼굴을 보자마자 이역의 심기가 언짢다는 신
호를 보내왔다.

"고생이 많으셨습니다. 한데 하례연 준비는 다 되었습니
까?"

"예, 연회가 끝나면 궁궐 안 모든 궁인들이 나와 전하께 문
후를 여쭐 것입니다."

"새로운 임금께 충성을 맹세하는 자립니다. 빠지는 이가 있

어서는 아니 될 것입니다!"

혹시라도 전왕에 대한 미련으로 이 자리에 참석하지 않는 궁인이 있을까 염려하는 선비의 얼굴은 굳어 있었다.

"모두가 참석하도록 단단히 살피겠습니다."

상선은 직감적으로 왕의 최측근이며 실세인 그에게 좋지 않은 일이 있었음을 알아차렸고, 오늘은 매사에 조심하여야겠다고 생각했다.

"예, 상선만 믿겠습……."

선비가 그리 말하며 안으로 들어가려 할 때였다. 한 무리의 궁녀들이 선비를 스쳐 지나갔고, 그는 분명 지난번과 같은 익숙한 향기를 느꼈다.

"응?"

이상하다고 생각하며 고개를 돌리는데 그의 곁을 지나가는 궁녀의 새앙머리가 눈에 들어왔다. 아니 정확하게 말하면 꽁꽁 동여맨 새앙머리 위에 살포시 내려앉아 달랑거리는 하얀 나비 한 마리를 발견한 것이었다.

평상시의 선비였다면 여인의 장신구 따위에 눈길도 주지 않았을 것이다.

하지만 어쩐 일인지 백옥으로 다듬은 그 나비는 선비의 눈에 꽂히듯 들어왔고, 그는 마치 뭔가에 홀린 듯 나비를 쫓아갔다.

"아니, 전하께서 기다리시는데 어디를 가시는 것입니까?"

멍하니 서 있던 선비가 갑자기 나가버리자 당황한 것은 오히려 상선이었다.

누군가를 좋아하여 그리워한다는 것은 사람을 이상하게 바꿔놓는 모양이었다.

어제 운종가 세책방 앞에서 기다릴 때도 선비는 하루 종일 소피조차 보지 못했다. 혹여 자신이 자리를 뜬 사이에 그녀가 왔다가 실망해서 그냥 갈까 봐 선비는 하루 종일 망부석이 되어 그 자리에 서 있었다. 한밤중이 되어 빗속에 서 있는 선비를 수상히 여긴 야경꾼이 다가와 돌아가라고 했을 때도 잠시 이 자리를 지켜달라고 부탁하고 소피를 보고 왔었다.

온몸이 마비되도록 서 있다가 날이 밝아왔지만 선비는 화가 나기보다는 걱정이 앞섰다. 그렇게 간절히 기다려도 나타나지 않는 여인이 야속하기보다는 류건의 말처럼 무슨 일이 생긴 것은 아닌지 걱정이 되어 그저 세상 어디에고 살아 있기만 해달라고 빌었던 것이다.

그리고 지금은 또 백옥으로 다듬은 나비잠은 여인들이 흔히 하는 장신구라는 것을 알면서도 자신도 모르게 그 나비잠을 꽂은 궁녀의 뒤를 천천히 따라 가고 있는 것이었다.

"대체 어제 무슨 일이 있었기에 서사상궁님이 그 난리를 치는 것이야?"

무리 지어 가는 궁녀들의 끝에 서서 가던 한 나인이 옆에서 천천히 걸어가는 나비잠을 꽂은 나인에게 묻는 소리가 들렸다.

"궁궐 밖에 나갔다가 일이 생겨서 문 닫히기 전에 간신히 들어왔어."

속삭이듯 나직이 대답하는 그 궁녀의 목소리에 선비는 온몸에 소름이 끼쳐 멈칫했다.

생각보다 몸이 먼저 그 목소리를 알아차렸지만 눈앞에 보이는 이는 궁녀가 분명하니 섣부르게 움직일 수는 없었다.

"아니, 너 내 동무 윤가 사인이가 맞는 거냐?"

분명 어딘가 달라진 것 같은데 그것이 뭐라고 딱 집어 말할 수 없으니, 이슬은 그저 사인의 얼굴을 뚫어져라 들여다볼 수밖에 없었다.

"늦었다. 상궁마마님이 아시면 불호령이 떨어질 것인데⋯⋯."

대답이 궁해진 사인은 다시 허둥지둥 걸어갔다.

"사인아, 궁궐을 나갔다 온 뒤로 너 어딘가 달라진 거 같아."

돌아서는 사인의 등에 대고 이슬이 혀를 차며 투덜거렸다. 급히 가던 사인은 멈칫했다. 이슬의 그 한마디에 누군가 가슴팍을 쥐어박은 것처럼 아팠다.

"나중에 말해 줄게, 얼른 가자!"

퉁퉁한 궁녀가 혀를 차며 놀렸지만 나비잠을 꽂은 궁녀는 더 이상 아무 말도 하지 않고 바삐 걸어갔다.

"윤가 사인이라?"

궁녀들이 하례연이 열리는 곳으로 가는 것을 확인한 선비는 생각에 잠겨 천천히 돌아섰다. 선비는 그제야 류건이 궁궐에 나타난 연유가 무엇일까 하는 의문이 생겼다. 살수로 살아왔던 류건이 갑자기 박원종의 밑으로 들어간 것이 이상했었다.

어쩌면 그 여인이 궁궐 안에 있다는 것을 알고 그녀를 찾으러 온 것이 아닐까 하는 생각이 들었다. 어디선가 지켜보고 있는 것은 아닐까 해서 주위를 둘러보았지만 류건은 보이지 않았다.

"전하께서 기다리시는데 어디를 다녀오시는 것입니까?"

넋 나간 사람처럼 휑한 얼굴로 돌아오는 선비를 발견한 상선이 급히 물었다.

"상선영감! 조금 전 지나간 궁녀들은 지밀의 나인들입니까?"

"예, 어찌 그러십니까? 혹 그 궁녀들이 실수라도 하였습니까?"

"아, 아닙니다!"

나비잠을 꽂은 궁녀가 지밀나인이며 윤가 사인이라는 것을 안 선비는 더 이상 묻지 않고 이역에게로 갔다. 조금 뒤에 있을 하례연에서 그녀의 얼굴을 확인하면 될 일이었다.

"새로운 상감마마께서 보위에 오르셨는데 어찌 나는 변한 게 없는 게야? 어째서 만날 이렇게 종종거리며 허드렛일이나 해야 하는 거냐고!"

하례연에 필요한 물건들을 나르며 이슬이 툴툴거렸다.

새로운 왕이 보위에 올랐고 설상가상으로 중전마저 폐한 마당에 어찌해서라도 왕의 눈에 들어 인생 역전을 꿈꾸는 것은 궁궐 안 모든 궁녀들의 소망이었다. 어떻게 해서라도 왕의 가

까운 곳에 붙어 있어야 할 이런 중차대한 시기에 이따위 잔심
부름을 하느라 나와 있으니 이슬의 마음은 부글부글 끓고 있
는 중이었다.

"넌 뭔 생각을 그리하니?"

예전 같으면 맞장구를 치며 뭐라고 한마디 거들었을 사인이
오늘은 영 신통치 않았다.

"휴!"

선비와 약조했던 날 벼르고 별러서 간신히 나가서는 정작
만나지도 못하고 돌아왔으니 사인의 속은 말이 아니었다. 밤
새 선비가 사준 나비잠을 들여다보며 눈이 퉁퉁 붓도록 훌쩍
이다 날이 새자 그대로 머리에 꽂고 나왔으니 정신도 없고 몽
롱했다.

"어찌 해서 그때나 지금이나 남의 마음은 생각도 않는 것
인가요? 결국 미우 항아님을 죽게 만든 것은 그때의 류건과
나였단 말입니다. 나 역시 그 때문에 오랜 세월 그 일을 기억
해 내는 것조차 두려워했단 말입니다! 처음부터 선비님이
옛날의 그 아이였다는 것을 알았더라면 알은체도 하지 않았
을 것입니다!"

게다가 어제 류건에게 너무 화가 나 할 말 못 할 말 잔뜩 퍼
부었더니 그 또한 후회가 되었다. 미우를 봐서라도 좀 더 참아
야 했는데. 그녀의 죽음에 대한 진실을 들은 류건은 충격을 받

앉는지 사인을 궁으로 데려다줄 때까지 내내 말이 없었다. 오늘도 보이지 않는 것을 보면 충격으로 나쁜 생각이라도 하는 것은 아닌지 마음에 걸렸다.

"너 참말 어디 아프냐? 어울리지 않게 못 보던 나비잠까지 꽂고!"

"몸도 마음도 다 아프다. 아파 죽겠어."

사인은 기운 없이 고개를 끄덕였다. 풀죽은 배추마냥 시들시들한 것이 동티가 나도 단단히 난 것이었다.

어제 비가 내린 탓에 하늘은 맑고 깨끗했다.

익선관과 곤룡포를 입은 이역은 연향이 마련된 곳으로 가기 위해 소여(小輿)에 올랐다.

선비는 바로 곁에서 그를 호위했다. 왕의 행렬이 움직이자 장악원의 악대가 <여민락만>을 연주했다. 선비는 행렬을 따라가면서도 주위를 살폈지만 역시 류건은 보이지 않았다.

박원종을 비롯한 중신들과 궁궐 안 모든 궁인들이 모여 있는 가운데 느릿하면서도 장엄한 선율과 함께 왕이 등장했다. 악대의 산면에는 편종과 편경이 놓여 있었고 홍주의를 입은 악인들의 연주는 품격이 있었다. 협률랑이 휘를 들자 삭고를 한 번 치고 그다음에 응고를, 이어서 축을 친 다음 건고를 세 번 울렸다. 그러자 모든 악기가 합주를 시작했다.

이역은 소여에서 내려 중앙에 놓인 왕의 어좌로 가서 앉았고, 일부러 전립을 깊게 눌러 쓴 선비는 조금 떨어진 곳에 서 있었다.

내시가 궤와 장을 받들어 어좌의 곁에 두고 나가자 상서관은 어보를 받들어 인에 놓았다. 음악이 시작되자 중신들과 관원들이 모두 엎드렸다. 사옹원의 제조가 왕에게 올릴 술을 준비하며 하례연이 순서대로 진행되었고 무동이 들어와 광수무를 추기 시작했다.

"전하 사옹원의 궁인들이옵니다."

처용무도 끝이 나고 잔치가 마무리될 무렵, 궁인들이 줄을 지어 돌아가며 네 차례 절을 하고 나갔다.

"전하, 지밀의 나인들이옵니다!"

상선의 소개에 따라 지밀의 궁녀들이 차례대로 들어와 절을 하고 나갔다. 선비는 큰절을 올리는 궁녀들 사이에서 어렵지 않게 달랑거리는 나비잠을 찾을 수 있었다.

"응?"

그러나 큰절을 하고 일어서는 사인의 얼굴을 본 선비는 고개를 갸웃거렸다.

거무칙칙한 낯빛에 송충이 같은 시커먼 눈썹, 다닥다닥한 주근깨, 선비가 알던 아름다운 그 여인의 얼굴과는 달리 경악할 만한 사인의 얼굴을 본 선비는 놀라고 말았다. 하지만 사인의 얼굴을 보고 놀란 것은 선비만이 아니었다.

"컥!"

중전도 없이 홀로 앉아 우울하게 하례연을 지켜보던 이역은 무료해 하품을 하려다가 무심코 바라본 사인의 얼굴을 보고 놀라서 사레가 들고 말았다.

"히히히! 그럴 줄 알았어."

그러자 궁녀들 사이에서 킥킥거리는 웃음이 터져 나왔다.

"저 나인은 누군가?"

멋쩍어진 이역이 옆에 서 있던 상선에게 물었다.

"윤가 사인이라 하옵고 서사상궁 밑에서 일하고 있습니다."

"음, 그래서 과인이 오늘에야 본 것이구나."

"전하, 좋은 날 놀라게 해드려 송구합니다."

하지만 당사자인 사인은 부끄러워하지도 않고 담담한 얼굴로 조용히 용서를 빌었다.

붉은 입술에서 흘러나오는 목소리와 이런 상황에서도 맑고 침착한 눈빛은 선비가 알던 그 여인이 틀림없었다. 어리둥절했던 선비는 그제야 안도의 한숨을 내쉬었다.

궁녀라는 것이 마음에 걸리기는 했지만 그 여인은 살아서 지금 이렇게 그의 눈앞에 있었다. 사인이 무사하다는 것만으로도 선비는 그 모든 것이 용서가 되었다. 어째서 자신에게 궁녀라는 것을 속였는지, 어제는 왜 나오지 못했는지, 어찌 그런 얼굴로 살아가고 있는 것인지 모든 것이 궁금하기는 했지만 화가 나지는 않았다.

"무슨 일인가?"

하례연이 끝나고 소여에 오르던 이역은 입가에 웃음기를 지우지 못하고 있는 선비를 향해 퉁명스럽게 물었다. 궁인들이 계속해서 네 차례씩 절을 하고 물러가자 지루해진 이역은 고개를 돌리다 이제껏 본 적 없는 선비의 부드러운 표정을 보았었다. 선비는 분명 궁인들이 늘어선 쪽을 바라보고 있었는데 어째서 그런 표정을 짓고 있는 것인지 도무지 알 수가 없었다.

"예, 어인 말씀이신지?"

"자네가 웃는 것은 처음 보네."

언제나 가까이에서 붙어 지낸 이역이었으니 최훈의 표정만 봐도 속내를 알 수 있었다.

어제 최훈이 하루 종일 나타나지 않자 말은 하지 않고 있었지만 그가 걱정이었다. 이런 때 그마저 곁에 없다면 버틸 수가 없을 것 같다는 생각에 한숨이 절로 나왔다. 그런데 오늘은 입궐하면서부터 내내 멍한 것이 딴 생각을 하고 있는 것 같더니, 급기야 저 얼음 같은 얼굴이 웃기까지 하니 참으로 이상한 것이었다.

"제가 웃었습니까?"

선비도 당황스러웠던 것인지 잠시 생각에 잠겼다. 잠시, 아주 잠깐이었지만 그의 얼굴에는 만감이 교차했다.

"대체 무슨 일이 있었던 것인지 털어놓는 것이 좋을 것이야!"

이역은 소여를 출발시키며 곁을 따르는 선비에게 순순히 털어놓아라 눈치를 주었지만 그는 멍하니 딴 생각에 빠져 있었다.

그날 오후 선비는 사인이 있는 서고 앞을 서성이고 있었다.

그 여인이 궁녀이니 신중해야 한다고 생각했지만 어느새 발은 선비를 서고 앞으로 끌고 와버렸다. 얼마간을 지켜보던 선비는 서사상궁이 잠시 자리를 비운 틈을 타 서고로 들어갔다.

서고의 문을 들어서며 살펴보니 책꽂이들 사이에 놓인 책상에 앉아 무언가를 쓰고 있는 사인이 보였다. 차를 끓이려는 것인지 물이 끓고 있는데도 글을 쓰는 일에 몰두한 사인은 사람이 들어오는 것도, 탕관에 물이 끓고 있는 것도 모르고 있었다.

전립을 깊게 눌러써 얼굴을 가린 선비는 천천히 서고 안을 둘러보았다.

"응?"

먼지 한 톨 없이 닦여 있는 책장에 가지런히 정리되어 있는 서책들 사이를 걷던 선비는 작은 물그릇에 꽂혀 있는 버들가지를 발견했다. 따듯한 햇살이 드는 문 앞에 놓여 있는 그 버들가지는 놀랍게도 뿌리가 생긴 것인지 줄기에 파랗게 물이 올라 곧 잎이 움틀 것처럼 보였다.

"이제 흙에 옮겨 심어도 되겠소!"

선비는 일부러 목소리를 낮춰 부드럽게 중얼거렸다.

"에그머니!"

낯선 목소리에 놀라 고개를 든 사인은 넘어가는 오후의 햇살이 드는 문 앞에 서 있는 낯선 이를 눈이 부신 듯 바라보았다.

"나는 전하의 운검이오. 잠시 서고를 둘러보고 싶어서 들렀소."

막상 사인의 목소리가 들려오자 가슴이 떨린 선비는 바로 보지도 못하고 그대로 돌아서서 간신히 대답했다.

"예, 한데 이 버들가지를 이제 토분에 옮겨 심어도 살까요?"

사인은 왕의 운검이 서고에 들러야 하는 연유가 무엇일까 생각하며 잠시 의아했지만 조금 전 그가 했던 말을 떠올리며 문 앞으로 다가갔다.

"물빠짐이 좋은 흙에 심고 매일 물을 주면 뿌리를 내릴 것이오."

사인이 다가오는 것을 보고 화들짝 놀란 선비가 책장 뒤로 얼른 몸을 피하며 중얼거렸다.

"아, 그렇군요. 하면 당장 옮겨 심어야겠습니다."

사인은 버들가지가 살 것 같다는 말에 기뻐서 당장 물그릇을 들고 밖으로 나가 버렸다.

"허! 급하기는!"

사인이 물그릇을 들고 밖으로 나가자 책장 뒤에 숨어 있던 선비는 숲속에서도 텀벙거리던 귀여운 그 여인을 떠올리며 빙그레 웃고 말았다.

"기약 없이 떠나보내며 꺾어준 버들가지가 이곳에서 뿌리를 내리고 있었을 줄이야!"

뭉클한 감동이 가슴 가득 차오른 선비는 애틋한 눈빛으로 서고 안을 살펴보다 끓고 있는 탕관에 찻잎을 넣었다.

"제대로 심은 것인지 모르겠습니다."

우려진 차를 찻잔에 따라 마시고 있을 때 사인이 버들가지가 심어진 토분을 들고 들어왔다.

"물이 끓고 있기에 허락도 없이 차를 내려 마셨소."

사인이 토분을 문 앞에 놓고 돌아서자 선비는 얼른 찻잔을 들고 책장 사이로 몸을 숨겼다.

"잘하셨습니다. 이건 저 마시라고 둔 것인가요?"

사인은 책상 위에 놓인 하얀 찻잔을 들여다보며 다소곳이 앉았다. 자신의 모습을 드러내지 않으려는 것인지 상대를 똑바로 보지 않는 것이 지금 선비에게는 천만다행이었다.

"예."

선비는 책장을 사이에 두고 사인의 머리 위에서 달랑거리는 나비를 바라보았다. 돌연 가슴이 요동치기 시작했고, 입술이 바짝 말라왔다.

"항아님!"

"예?"

부르는 소리에 사인이 고개를 돌리자 그녀의 생김새가 선비의 눈에 꽂히듯 들어왔다. 순간, 등골을 타고 차가운 살얼음이 흐르는 것을 느꼈다. 아무리 못난이로 변장을 했어도 근본적인 아름다움을 감출 수는 없었다. 그런 사인을 보는 것만으로도 선비의 가슴에는 전율이 느껴졌다.

"차 맛이 어떻습니까?"

울컥 목이 멘 선비는 떨리는 목소리로 물었다.

"제가 차에 대해 아는 것은 별로 없지만 깊은 맛이 느껴지는 것을 보니 잘 내리신 것 같습니다."

"다행입니다."

둥근 이마와 곧게 뻗은 코, 찻잔을 들고 차를 마시는 그 움직임조차 품위가 있어 보였다. 책꽂이 뒤에 몸을 숨긴 선비는 그런 사인을 황홀하게 훔쳐보며 차를 마셨다.

상선이 침수들 시각이 되었음을 알렸지만 이역은 침전에 들 생각은 없는 것인지 그저 집중해서 서책을 읽고 있었다. 하긴, 텅 비어 있는 왕비의 침전인 서온돌을 비워두고 홀로 동온돌에 들기란 죽기보다 싫은 일일 것이다.

본디 조선의 왕이란 일거수일투족 마음대로 정할 수 있는 것이 없었다. 게다가 이역은 신하들이 세운 왕이었다. 신하들과 조정 대신들이 지켜보는 가운데 모든 것이 공개적으로 결정되어 움직인다.

"경회루에 올라 북쪽을 하염없이 바라보다 오셨습니다."

홀로 이역을 지키고 있던 용호가 서고에서 돌아온 선비에게 걱정스럽게 전해주었다.

"그랬습니까?"

선비는 깊은 한숨을 내쉬었다.

"전하의 상심이 너무 크시니 저대로 두어도 되는 것인지 모르겠습니다."

선비가 용호를 특히 좋아하고 믿는 것은 그가 많은 것을 알려고 하지 않는다는 것이었다. 혹 알게 된다고 해도 용호는 선비의 스승이었기에 언제나 그를 감싸주었다.

"하례연에서도 아무것도 드시지를 않던데."

신씨를 보내고부터 이역이 먹지도 잠들지도 못하니 지켜보는 선비도 속이 탔다.

그가 좀 더 적극적으로 신씨가 폐위되는 것을 막지 못했던 것은 혹시라도 있을 더 큰 불상사를 막기 위해서였다. 신씨를 계속 중전의 자리에 두려 하면 결국은 목숨을 잃고 말 것이었다. 차라리 지금 폐위되어 궁궐 밖 잠저로 나간다면 아직 자식도 없으니 공신들에게도 큰 위협이 되지 않을 것이고, 그러면 신씨의 목숨까지는 위험하지 않을 것이라는 계산이었다.

"수라상도 받지 않으시고 저녁 내내 경회루에 계셨습니다."

신씨를 궁 밖의 자신이 살던 잠저로 떠나보내던 날부터 이역은 홀로 경회루에 올랐다.

궁궐의 북쪽에 있는 잠저에 홀로 있을 신씨를 그리워하는 것임을 누구보다 잘 알고 있는 선비는 마음이 아팠다.

누군가를 연모한다는 것조차도 이역과 선비에게는 어찌 이리 어려운 것인지.

지난 시간 틈이 날 때마다 사인을 처음 만난 운종가 주위를 뒤졌지만 그가 알고 있는 웃는 모습이 단아하던 그녀는 어디에도 없었다. 이럴 줄 알았더라면 이름이라도 알아둘 것을, 후회하며 찾아 헤매는 것이 그가 할 수 있는 전부였다. 그러는 동안 선비의 속은 까맣게 타들어가는 것만 같았다. 어디로 간 것인지 어디에 있는지 모르는 채로 이렇게 더 지내다가는 피까지 다 말라 버릴 것 같았다. 그러나 막상 그토록 보고 싶었던 그 여인을 찾고도 그대로 돌아서 오는 선비의 마음도 이역의 마음과 크게 다르지 않았다.

차라리 숲속에서 누군가에게 쫓겨 손잡고 도망치던 때에는 그저 날아드는 검과 화살만 피하면 되었지만 궁궐 안에서는 어디서나 자신을 지켜보고 있는 수많은 눈 때문에 사인에게 다가가기조차 어려웠다.

게다가 사인이 그 아름다운 모습을 감추고 저리 추한 모습의 궁녀로 남에 눈에 띄지 않는 서고에 숨어 있을 때에는 연유가 있을 것이라 생각되었다. 일단은 눈앞에 안전하게 있는 사인을 확인했으니 방법을 찾아볼 생각이었다.

반정공신으로 큰 공을 세운 할아버지 최익순과 그동안의 공을 인정해 준 대비 덕분에 선비는 비교적 안전하게 있지만 그는 큰 벼슬만은 극구 사양하고 있었다. 그 나름대로 계획이 있었기 때문이었다. 그는 이역의 대역을 하며 살아왔던 지난날은 버리고 이제 곧 조선을 떠나 명나라로 가 세상을 둘러보고 공부도 하며 새로운 인생을 살 생각이었다. 더 이상은 그 누구의 인생도 아닌 자신의 인생을 살 생각이었다.

서고에서 나오며 선비는 계획보다 조금 늦어지더라도 그 새로운 인생을 사인과 함께하겠다고 다짐했다.

"전하!"

안으로 들어가니 이역이 문을 열어두고 홀로 앉아 달을 보고 있었다.

　오늘 밤은 달빛마저 푸르고 투명했다. 선비 또한 사인을 그리는 갈망에 목이 탔다.

　"달빛이 참으로 좋지 않은가?"

　이역 역시 신씨를 그리는 마음에 잠을 이룰 수 없을 것 같았다.

　"바람이 찹니다."

　"지필묵을 가져다주겠는가? 이 달빛 아래서 그리는 마음이라도 적어 보내게."

　이역은 곁에 번을 서는 선비를 돌아보며 기운 없는 얼굴로 부탁했다.

　"전하, 밤기운이 차옵니다. 그만 침전에 드시지요."

　"내 마음이 더 차니, 오히려 이런 추위쯤이야 시원하구먼. 지필묵이나 가져다주게."

　"서찰을 쓰시려는 것입니까?"

　"써보아도 보는 눈이 있으니 아니 된다 하지 않았더냐?"

　결국 선비는 지필묵을 가져다주었지만 밤새 써보아도 보낼 수 없는 서신임을 알고 있기에 이역은 더 우울해졌다. 이역이 서신을 보낸 것을 알게 된다면 또다시 신씨는 위험해질 것이었다.

　"어쩌면 방법을 찾을 것도 같습니다. 써서 주시지요."

　선비는 문득 사인이 서고에 앉아 뭔가를 쓰고 있던 것을 생각하고 이역과 신씨가 소식을 전할 수 있는 방법을 떠올렸다.

"참말인가?"

서찰을 전해줄 수 있다는 선비의 말 한마디에 이역의 안색이 한결 밝아졌다.

"다과상이라도 내오라 이를까요?"

"안 먹겠다고 하면 서찰을 전해주지 않겠다 하려고?"

이역은 그제야 선비를 보며 웃었다.

"드시고 힘을 내야 하지 않겠습니까?"

선비가 밝은 얼굴로 맞장구를 쳐주자 이역은 뭔가가 이상하다는 듯 눈을 가늘게 뜨고 바라보았다.

"아무리 봐도 뭔가 있는데? 들어주겠다 할 때 고만 털어놓지!"

"전하!"

이역을 부르는 선비의 얼굴이 사뭇 진지해졌다.

"허, 그렇다고 이리 정색을 할 것까지야?"

이역은 갑자기 정색을 하는 선비의 표정에 눈이 휘둥그레졌다.

"신에게 두 가지의 청이 있습니다. 꼭 들어주셨으면 합니다."

이역이 웃는 얼굴로 일관하자 선비는 갑자기 그 자리에 엎드리며 머리를 조아렸다.

"아니, 우리끼리 있는데 이 무슨 해괴한 짓인가? 이리 하면 내가 또 자네를 형님으로 불러야 하는가? 내 다 들어줄 것이니 일어나 앉게!"

이제껏 한 번도 청을 넣어본 적이 없는 선비의 태도에 화들짝 놀란 이역은 얼른 그를 일으켜 앉혔다.

"들어주겠다 약조하셨습니다."

"아니, 들어보지도 않고 약조부터 해야 하는가? 일단 들어나 보세."

들어주겠다는 확답을 받고야 말겠다는 선비의 기세에 이역은 슬슬 불안해지기 시작했다.

"첫째는 전하의 궁녀 하나를 신에게 주십시오."

"궁녀?"

뭔가 이상하다고는 생각했지만 여인이라고는 관심도 없던 선비가 반가의 규수도 아니고 난데없이 궁녀를 달라니 당황한 이역의 입이 딱 벌어졌다.

"예. 그것이 오늘에야 알고 보니……."

"허! 신중하기로는 둘째가라면 서러울 자네가 얼마나 다급했으면!"

이역은 지금의 이 상황이 도저히 납득이 가지 않았다.

"전하, 어려울 것이라 생각되지만……!"

"되었고! 자네가 마음에 둔 궁녀가 그리 절세가인인가?"

"예에? 그것이……."

절세가인이냐고 묻는 이역의 하문에 선비는 대답이 궁색해졌다.

사인이 아름다운 여인인 것은 틀림없었지만 지금의 모습으로는 그렇다고 대답하기에는 분명 무리가 있었다.

"허어! 큰일 났네, 큰일 났어. 그 궁녀가 얼마나 대단하기에 이리 냉철한 사내를 한순간에 대답도 제대로 못하는 바보로 만들었더란 말인가?"

허둥대는 선비의 모습을 처음으로 보는 이역은 손뼉을 치며 박장대소하고 말았다.

그러나 한편으로는 이 대단한 최훈이 자신의 앞에 무릎을 꿇고 청을 하는 모습을 보니 이제야 자신이 왕이라는 것이 실감이 나기도 했다.

"전하!"

"알았네, 알았어! 어차피 궁녀들이 너무 많아 궐 밖으로 내보내야 하지 않던가. 하나 궁녀의 신분으로는 자네에게 보내기가 곤란하지 않겠는가?"

난처해하는 선비를 골려먹으며 한바탕 웃고 난 이역이 정색을 하며 진지하게 물었다.

"전하께서 허락하신다면 방법을 찾아보겠습니다."

"좋네, 어떤 절색이라도 자네가 원한다면 허락하겠네. 하나 나도 조건이 있네."

"무엇입니까?"

"부인을 만나게 해주게!"

조금 전까지 웃고 있던 이역의 얼굴이 다시 굳어지며 초조한 듯 입술을 깨물었다. 선비가 마음에 둔 궁녀를 달라고 하자 좋으면서도 한편으로는 더욱 쓸쓸해지는 것이었다.

"전하!"

두 사람 사이에 잠시 무거운 침묵이 흘렀다.

이역의 그리움을 헤아리기에 선뜻 대답하지 못하는 것이기도 했지만 그들이 만날 수 있게 하려면 선비는 또다시 위험을 감수해야만 하는 것이었다. 그러나 이역으로서는 무리라는 것을 알면서도 선비에게 기댈 수밖에 없었고, 표정으로 보니 쉽게 물러설 것 같지도 않았다.

"방법을 찾아보겠습니다."

"하면 두 번째 청은 무엇인가?"

"그 여인과 함께 명으로 가고 싶습니다. 그동안 전하께서 보위에 오르시면 조선을 떠나 명으로 가, 세상을 둘러보며 좀 더 배우고 싶다는 생각을 했었습니다."

"허락하지 않겠네."

떠난다는 말에 마음이 상한 것인지 미간을 찌푸린 이역이 단호하게 거절했다.

"전하 곁에 오랫동안 있었습니다. 잠시 바람을 쐬고 돌아올 것입니다."

이역의 마음을 이해하기에 선비는 부드러운 어투로 그를 달랬다.

"허락할 수 없다는 것을 알지 않는가."

"고려라도 해주십시오, 전하!"

어차피 단번에 허락을 받기는 어려울 것이라 생각했었다.

그래도 사인을 허락 받았으니 그것만으로도 그에게는 크나큰 다행이었다. 아무리 좋아하는 여인이라도 왕의 여인인 궁녀를 만난다는 것은 자신이 정한 원칙을 중히 여기는 선비로서는 역시 어려운 일이었다. 하나 이제 왕의 허락을 받았으니 마음의 짐은 벗은 셈이었다.

이제는 어떻게 해야 사인이 궁녀라는 사실을 숨겼던 것을 미안해하지 않게 자신을 드러낼 것인가 그것이 문제였다.

또르르 뚜르르 풀벌레 소리 쓸쓸한 밤, 검푸른 하늘 저편에 복숭앗빛으로 둥글게 떠오른 푸른 달을 보며 이역은 신씨가 좋아하던 매화를 그리며 보고 싶은 마음을 적어내려 가고 있었다. 꽃잎 한 장에 감미로운 신씨의 웃음이 하나씩 하나씩 피어난다. 그렇게 연모의 마음을 소중히 그려내는 사이에 밤은 깊어가고, 막역한 지기였던 이역과 선비가 함께 바라보는 투명한 푸른 달빛이 그리움으로 그 밤을 지켰다.

이른 아침 눈을 뜨자마자 사인은 서고로 달려갔다.

밤에는 제법 쌀쌀한데 어제 옮겨 심은 버들가지가 어떤지 궁금했던 것이었다.

다행히 서고는 햇살이 잘 들고 통풍이 잘되는 곳에 위치해 있어서 그나마 다행이었다.

서고의 문을 열고 들어가니 아침 햇살이 드는 곳에 놓아둔 토분이 보였다.

"다행이다."

버들가지도 어제보다 더 싱싱해진 것 같아 사인은 안도의 한숨을 내쉬었다. 마치 사인을 반기기라도 하는 듯 버들가지의 싱그러운 향이 코끝을 스쳐갔다. 문득 버드나무 가지를 꺾어주던 선비가 생각나 아련한 그리움이 느껴졌다.

"네가 뿌리를 내리면 다시 만나게 될 것이야."

토분에 물을 준 사인은 책상 앞을 지나 각종 문서들이 종류별로 가지런히 정리되어 있는 책장 앞으로 걸어갔다. 사인은 많은 문서 속에서 부친이 작성한 일지를 찾고 있었다. 기록들을 하나하나 뒤져보고 읽어보는 일이 쉽지는 않았지만 궁궐을 나가기 전에 반드시 해야 할 일이었다.

"요즘 내가 어찌 이러는 것인지!"

초조하게 문서들 사이를 걸으며 사인의 입에서는 서글픈 한숨이 새어나왔다. 사인은 점점 신경이 예민해지고 참을성이 없어지는 자신이 한심해 그 자리에 주저앉고 싶었다. 궁궐을 나가기 전 그 어려운 때에도 무던할 수 있었는데 요즘은 이유 없이 신경이 날카로워지고 감정에 위태롭게 날이 섰다.

"어찌 이러는 것일까, 어찌 이리 초조한 것일까."

지난번, 궁궐을 나갔다가 선비를 만나지 못하고 돌아온 이후로 증세는 더 심해져 사인은 이유를 알 수 없는 초조와 불안감에 시달렸다. 정확한 원인을 알 수 없으니 스스로 고칠 수도 없었고 나아지지도 않았다.

"거기서 서책들과 이야기라도 나누는 것이야?"

"예에?"

사인은 등 뒤에서 들려오는 목소리에 가슴이 철렁 내려앉았다.

그러고 보니, 자신이 초조하고 불안한 데는 갑자기 궁궐에
나타난 류건에게 원인이 있다는 생각이 들었다.

"그것이 무엇입니까?"

사인이 깜짝 놀라 돌아보니 어느새 들어왔는지 국화꽃이 피
어 있는 화분을 든 류건이 서 있었다. 그를 멀리하겠다고 스스
로 그토록 다짐을 했건만, 무심해지려고 그처럼 노력했건만
해쓱해진 류건의 얼굴을 보니 매정해질 수가 없었다.

"그날은 내가 너무 무례했던 것 같아서, 그냥 화분만 두고
가려 했는데."

미우의 죽음에 대한 진실을 전해 듣고 충격에 빠진 류건은
어제 하루 넓고 쓸쓸한 그의 집 휑한 방에 틀어박혀 죽은 듯 누
워 있었다.

"조금 더 참아야 했는데 저도 너무 심했습니다."

풀죽어 있는 류건이 내민 화분을 받아든 사인은 그날의 기
억을 떠올리며 난처한 표정이 되어버렸다.

"한데 어찌 이리 일찍 나왔어. 밥은 먹고 다니는 거야?"

"화분에 물을 주려고 일찍 나왔습니다. 이제 밥을 먹으러 가
려던 길입니다."

이 상황이 어색한 사인은 서둘러 국화꽃이 피어 있는 화분
을 버들가지가 심어진 토분 옆에 내려놓고 돌아섰다. 류건이
손을 내밀며 한 발 다가서자 사인이 놀라며 한 발 물러섰다. 다
가서는 그를 조금도 허락하지 않겠다는 움직임이었다.

"마음이 풀릴 때까지 기다릴게."

류건은 냉랭하게 굳어지는 사인의 얼굴을 보자 안타까운 마음을 감출 길이 없었지만 여기서 무리하면 오히려 더 도망칠 것이라는 생각에 애써 발길을 돌렸다.

十五章・너에게로 가는 길

류건이 나가고 겨우 한숨을 돌리려는데 이번엔 또 한 사내가 들어왔다.

　용호는 서고로 오던 길에 마주친 사내가 어쩐지 낯이 익다고 생각하며 고개를 갸웃거렸다.

　"어찌 오셨습니까?"

　문서 관리를 위해 드나드는 몇 명을 제외하고는 통 찾지 않던 서고에 요즘 들어 웬 사내들이 이리 드나드는 것인지 알 수가 없었다. 사인은 당황스러웠지만 꾹 참고 다소곳이 용건을 물었다.

　"이곳에 윤가 사인이라는 항아님이 계십니까?"

　"제가 윤가 사인입니다만, 어찌 그러시는지요."

사인은 언제나처럼 고개를 숙인 채 그렇게 대답했다.

이제껏 그래왔던 것처럼 궁궐 안에서는 늘 고개를 숙이고 대답하는 사인이었다. 누군가와 시선을 마주치며 이야기를 나누다 행여 정체가 탄로날까 봐 두려운 것이었다. 사인은 이대로 조용히 궁궐을 나가 세상을 다 뒤져서라도 선비를 찾겠다는 마음 하나로 하루하루를 버티고 있었다.

"저는 용호라고 합니다. 어제 다녀가신 운검님의 서찰을 가지고 왔습니다."

용호는 서찰을 건네주기 위해 한 발 다가서다 고개를 드는 사인의 얼굴을 보고 말았다.

얼핏 보기에도 미인과는 거리가 먼 여인인데 어찌하여 선비는 자신의 명자를 절대 알려주지 말라고 하는 것일까. 대체 이 여인은 누굴까 처음으로 궁금해졌다.

"서찰을 말입니까?"

아니, 어제처럼 직접 와서 말을 하면 될 일을 무슨 연유로 서찰을 써 보냈다는 것인지 사인은 의아한 얼굴로 그가 내미는 서찰을 받아들었다. 사인이 열어보니 봉투 속에는 두 개의 서신이 들어 있었다. 사인은 그중 연서로 보이는 것을 책상 위에 내려놓고 다른 서신을 펼쳐 읽었다.

"하면 전하께서 쓰신 서신의 뜻은 모두 전해야 되지만 결코 전하께서 쓰신 것으로 보여서는 아니 된다는 말입니까?"

서신에는 비밀을 지켜 달라는 부탁과 함께 왕이 신씨에게 쓴 서신을 그대로 보낼 수 없으니 방법을 찾아달라는 말이 쓰여 있었다. 달리 부탁을 할 곳도 없고 어제 보니 믿음이 가서 부탁하는 것이니 이 일을 해준다면 꼭 사례를 하겠다고 되어 있었다.

"예, 행여 이 서신이 다른 이의 손에 들어가도 트집을 잡을 수 없도록 해달라고 부탁하셨습니다."

"그렇게만 해드리면 되는 것입니까? 점심때까지만 말미를 주십시오."

이역의 서신을 읽어본 사인은 왕이 신씨를 그리워하는 그 마음에 감동했다. 그녀 또한 선비를 마음에 품고 그리워하고 있으니 두 사람의 연정에 충분히 공감이 갔다. 게다가 혹시 이 일을 도와주는 것이 후에 왕에게 제 이름을 찾기 위해 상소문을 올릴 때 조금이라도 도움이 되지 않을까 하는 생각도 있었다.

결국 사인은 이것이 위험한 일인 줄 알면서도 도와주기로 하였다.

"뜻은 그대로 전하되 절대로 상감께서 쓰신 것이 아닌 것처럼 해야 한단 말이지."

이런저런 궁리를 하던 사인은 드디어 생각난 듯 첫 장에 '고운님 여의옵고' 라고 써 넣었다. 그 이야기는 한 궁녀가 상감의 하루를 지켜보는 이야기 형식을 하고 있어서 그가 오늘은 무엇을 했는지, 어떤 말을 했는지를 적을 수 있어 이역의 서신에 쓴 뜻을 모두 반영할 수 있었다.

용호에게 서신을 들려 서고에 보내놓고 돌아오기를 기다리는 내내 선비는 아무것도 할 수가 없었다. 침착해야 한다. 서두르지 말아야 한다. 보고 싶어도 참아야 한다고 생각하며 책상에 가득한 장계들을 펼쳤지만 글이 눈에 들어오지 않았다.

"영원부원군 댁에서 사람이 왔습니다."

문이 열리며 군사 하나가 들어와 서찰을 전해주고 나갔다.

"할아버님께서 부원군을 만난다고 하시더니!"

윤호의 서신을 꺼내보니 오늘 좀 보자는 내용이었다.

서신을 접어 봉투에 넣으며 선비는 잠시 생각에 잠겼다. 선비는 자신의 본가인 강릉에서 보낸 세월보다 윤호의 집과 진성대군의 잠저에서 보낸 시간이 더 길었다. 그들이 무슨 생각을 하고 있는지 어떤 계산을 하고 있는지는 이역보다 그가 더 잘 알고 있을 것이었다.

"어찌 되었습니까?"

문이 열리며 용호가 들어오는 것을 보자 선비는 자리에서 벌떡 일어났다.

"서찰을 읽어보더니 점심때까지는 해주겠다고 합니다."

"다행입니다."

선비는 그제야 한시름 놓이는지 얼굴이 밝아지며 자리에 앉았다.

"한데 이상한 일이 있었습니다."

용호의 미간이 좁혀지는 것을 보니 마뜩치 않은 일이 생긴 모양이었다.

"무슨 일이 생겼습니까?"

"서고를 나오는 내금위 종사관을 보았는데 그가……?"

용호는 얼핏 본 사내가 그가 아는 월산이 맞는지 긴가민가했다.

월산은 조선 최고의 살수단 흑월의 이인자로 낮에는 운종가의 한량으로 지내다가 밤이면 살수로 살아가는, 무사들 사이에서는 전설 같은 인물이었다. 그러나 그런 인물이 어찌해서 궁궐 안에 있다는 말인가.

"월산을 보셨습니까?"

"예에? 알고 계셨습니까?"

선비가 이미 알고 있다는 듯 되묻자 용호는 깜짝 놀랐다.

언제 어떤 순간에도 중심을 잃지 않고 늘 치밀한 것이 선비의 장점이기는 했지만 그렇다고 진성대군저를 급습해 그를 해치려 하고 수많은 수하들의 목숨을 빼앗은 월산을 살려두고 있다는 것은 도무지 이해가 되지 않았다.

"박원종 대감댁에서 그자를 보았습니다. 그렇지 않아도 사부님께 그자에 대해 알아봐 달라고 할 참이었습니다."

"알겠습니다."

"사부님!"

용호가 일어서 돌아서는데 선비가 잠시 불러 세웠다.

"예?"

"그 항아님은 언제 보였습니까?"

"언제 보이다니, 무슨 말씀이신지?"

"무탈해 보이던가요?"

"예, 아픈 곳도 없어 보이고 괜찮아 보이셨습니다."

용호는 씽긋 웃었다. 선비가 어찌 그 궁녀에 대해 묻지 않나 궁금하던 참이었다.

"그랬군요. 그럼 잠저에는 사부님께서 다녀오시지요."

"그리하겠습니다!"

용호가 물러가자 그제야 선비는 주먹으로 책상을 쾅 내리쳤다.

"이놈을 떼어놓아야 할 것인데!"

류건이 서고에서 나갔다는 것은 이미 사인을 찾았다는 것이었다.

필시 그날 사인이 오지 못한 것도 류건 때문이었을 것이라는 생각이 들었다. 마음 같아서는 당장에 없애 버리고 싶었지만 잠시 두고 보자 하는 것은 류건과 사인이 어떤 관계인지 궁금해졌기 때문이었다.

그날 오후 선비는 잠시 짬을 내어 윤호의 집으로 갔다.

"주상께서도 안정을 찾으셨으니 자네도 이제는 쉬어가며 하는 것이 좋지 않겠나?"

"아직은 마음을 놓고 있을 때가 아닙니다."

"어제 박원종 대감을 만나 자네 아버님을 대제학으로 모시기로 했네. 일간 교지가 내려질 것이니 부모님도 도성으로 모시도록 하게."

"예, 그래야지요."

예상하지 못한 것은 아니었으나 그가 내미는 열매는 너무 크고 달콤한 것이었다.

윤호가 내미는 손을 잡는다면 가문의 안위와 선비 자신의 안전과 출세까지도 보장될 것이었다. 어쩌면 미처 깨닫지 못하는 사이 내심 그도 그런 것들을 바라고 이제껏 그 수많은 고비를 넘겨왔을지도 모를 일이었다.

"할아버님, 서연입니다!"

"들어오너라!"

문이 열리며 다홍빛 치마에 노란 저고리를 곱게 차려 입은 서연이 찻상을 들고 들어왔다.

"서연이가 차 달이는 솜씨는 그만이라네."

서연은 수줍은 듯 얼굴을 붉히며 끓여온 찻물을 풍로 위에 올려놓았다.

"하나 물어봄세. 어찌하여 벼슬을 마다하고 운검 자리를 고집하는 것인가?"

"제게 따로 생각이 있습니다."

"때로는 공격이 최선의 방어가 된다네. 내 생각도 그렇고 자네 조부의 생각도 그러하네. 조정을 떠나는 것보다 남아서 자네와 자네 가문의 위치를 확고히 해두는 것이 좋지 않겠나?"

윤호와 최익순은 오랫동안 조정이 돌아가는 것을 몸소 체험하며 살아온 노련한 이들이었다. 분명 윤호의 제안은 선비의 출세에 큰 보탬이 될 것이었다.

"차 드시지요."

차를 내리며 곁눈질로 살피다 난처해하는 선비의 표정을 읽은 서연은 차탁에 찻잔을 올려 윤호와 선비에게 주었다.

"우선 차나 들게!"

윤호가 먼저 찻잔을 들고 맛을 보자 선비도 찻잔을 들고 향을 음미했다.

"하면 말씀들 나누시지요."

서연이 일어나 조용히 나가며 자리를 비켜주었다.

"저 아이와 혼인하는 것이 어떤가? 자네도 알다시피 내게는 눈에 넣어도 아프지 않은 손녀일세."

분명 할아버지와 윤호가 만난 자리에서 혼사 이야기가 나왔을 것이라 짐작이 되었다.

윤호는 그를 좋아하는 손녀의 마음을 헤아려서이기도 하겠지만 선비를 영원히 자신들의 편으로 묶어두고 싶었을 것이고, 최익순은 물론 손자의 안전을 위해 선비가 좋다고 하면 승낙하겠다고 하였을 것이다.

"저는 이 혼사를 할 뜻이 없습니다."

예전의 선비였다면 아마도 이 혼사를 받아들였을 것이다. 그 역시도 그동안의 고생에 대한 합당한 보상을 받고 싶었을 것이니.

"뭐라, 서연이와 혼례를 할 수 없다고?"

선비의 뜻밖의 대답에 윤호의 얼굴에는 당황한 기색이 역력했다.

"예, 대감. 송구합니다."

"마음에 둔 여인이 있는 것인가?"

"그러하옵니다."

이제껏 여인이라고는 모르던 선비였다. 지금에 와서 갑자기 마음에 품은 여인이 있다고 한다면 이미 집안끼리 말이 오고 간 혼사를 퇴짜 놓는 꼴이었지만, 그렇다고 거짓을 말하기는 싫었다.

"음!"

"오늘은 이만 물러가겠습니다."

불쾌한 빛을 감추지 못하는 윤호와 더 이상 마주 앉아 있기도 거북해 선비는 자리에서 일어섰다.

"도련님!"

목화신(구군복 아래 신는 신)을 신고 막 섬돌을 내려서려는데 등 뒤에서 서연의 맑은 목소리가 들려왔다.

"예?"

"그 여인이 어느 댁 규수인지 여쭤 봐도 되겠습니까?"

애써 눈을 내리깔고 신고 있는 꽃신을 내려다보는 척하면서도 서연은 다시 고개를 살짝 들어 선비의 모습을 훔쳐보았다.

"바빠서 그만 가봐야겠소."

서연은 슬픔을 삼키며 말을 건네보려 했지만 선비의 눈빛은 이미 돌아서고 있었다.

"도, 도련님!"

이대로 보내면 아니 된다는 손을 내밀어 잡으려 했지만, 그

순간 돌아보는 선비의 차가운 눈빛에 주눅이 들어 내민 손을
거둬들이고 말았다.

"휴!"

윤호의 사랑채를 나오며 선비는 또다시 한 고비를 넘어선
듯 후련한 마음이 들었다.

사인의 마음이 어떤 것인지는 아직 확인도 하지 못했지만
그는 그녀에게 한 발씩 다가가기 위해 많은 것들을 버리고 있
었다.

❀　　❀　　❀

"어떤가, 자네 같은가?"

풍성한 수염을 붙이고 눈썹을 좀 더 짙게 그리고 선비의 청
잣빛 도포를 입고 흑립을 눌러쓴 이역이 낮은 목소리로 물었
다.

"좋습니다. 저는 어떻습니까?"

어쩔 수 없이 다시 수염을 밀고 왕의 야장의를 걸쳐 입은 선
비가 덤덤하게 물었다.

"나보다도 더 나 같지, 언제나 자네는!"

궁궐 밖으로 나가 신씨를 만나게 되었다고 한껏 들뜬 이역
이 선비를 와락 끌어안으며 말했다. 여전히 그는 형에게 의지
하는 아우 같았다.

"사부님! 아이들은?"

"눈에 띄지 않게 단단히 채비를 했습니다."

"전하, 사부님 곁에서 떨어지지 마십시오. 사부님만 믿습니다."

이역만 궁궐 밖으로 내보내야 하는 선비는 마음이 놓이지 않아 몇 번이고 용호에게 당부했다.

"걱정하지 말게. 내 잘 다녀오겠네."

이역은 그렇게 선비를 안심시키고 용호와 함께 밖으로 나갔다. 그들은 이융이 뚫어놓은 담의 구멍을 이용해 밖으로 나갈 생각이었다.

그들이 떠나자 선비는 면경 앞에 서서 자신을 바라보았다.

어린 시절 누군가를 지켜주겠다는 정의감에 사로잡혀 그것이 어떤 결과를 가져올지도 알지 못한 채 가면을 받아 들었다. 오로지 살아남기만 하라는 명을 지키기 위해 가면을 쓰고 발버둥 치며 지내는 동안, 선비는 스스로도 알지 못하는 사이에 잔인한 괴물로 변해가고 있었다. 자신을 공격해 오는 이들을 잔혹하게 죽이고 그 피를 털어내면서도 감정조차 느끼지 못하는 괴물.

가끔은 개울가에 서서 붉은 피가 묻은 몸을 씻으며, 수면에 비친 괴물 같은 자신의 모습에 이 모든 악몽이 끝나도 제대로 된 삶을 살 수 있을까 두려워지는 때도 있었다.

그는 사실 저들이 생각하는 것보다 훨씬 더 완벽한 이역의 가면을 쓸 수 있었다. 다만 저들이 두려워하는 것을 염려해 그리하지 않았을 뿐.

"엄 상궁! 게 있는가?"

선비는 이역 특유의 속삭이는 듯한 목소리로 엄 상궁을 불렀다.

"찾아 계시옵니까?"

"잠시 주위를 물리라!"

엄 상궁의 눈짓 하나에 내관들과 궁녀들이 삼면의 방 문을 일제히 닫고 순식간에 물러났다. 엄 상궁은 중전을 폐위시키고 홀로 독수공방하던 왕이 무슨 일로 이 야심한 시각에 주위를 물리라고 하는 것인지 궁금해 귀를 쫑긋 세웠다.

"주안상을 들이고 궁녀 윤가 사인을 속히 데려오게!"

선비는 잠시 뜸을 들이다 조용히 말했다.

"예에?"

엄 상궁은 자신이 잘못 들은 것인가 해서 어리둥절해졌다.

"서고에 있는 윤가 사인 말이다."

선비는 엄 상궁이 무슨 생각을 하고 있는 것인지 잘 알고 있기에 최대한 목소리를 낮춰 이역처럼 역정을 내었다.

이미 늦은 밤이라 사인의 방으로 찾아갔던 엄 상궁은 방의 불이 켜져 있지 않은 것을 보고 그대로 돌아섰다. 한 방을 쓰던 방동무가 지병으로 궁을 나간 지 얼마 되지 않아 사인은 혼자 방을 쓰고 있었다.

"마마님!"

마침 사인을 만나러 왔던 이슬이 엄 상궁과 지밀나인들을 발견하고 황급히 달려왔다.

"마침 잘 되었다. 윤가 사인은 어디에 있느냐?"

"아직 오지 않은 것을 보니 서고에 있는 것 같은데, 어찌 그러십니까?"

"나는 서고로 가볼 것이니 혹 윤가 사인을 보면 전하께서 찾으신다고 일러라."

"예? 전하께서 어찌?"

갑자기 엄 상궁이 사인의 방 앞에 나타난 것도 이상한데 뜬금없이 임금이 찾으신다니, 대체 이것이 다 무슨 일이란 말인가. 이슬의 머릿속은 갑자기 복잡해졌다.

"서고로 가자."

사인을 은밀하게 데려가야 할 것 같아 직접 나온 엄 상궁은 서고로 발길을 돌렸다.

그러나 서고로 향하는 엄 상궁과 나인들을 바라보던 이슬은 이 상황이 너무 궁금해 그대로 돌아갈 수가 없었다. 이슬은 방으로 들어가 사인을 기다렸다.

마침 서고에 있던 사인은 오래된 문서들 속에서 신효섭이 쓴 일지를 발견하고 감격에 겨워 눈물을 흘리고 있었다. 일이 끝나고 홀로 남아 먼지를 뒤집어 쓴 문서들을 뒤지고 있었으니 머리카락에는 먼지가 뽀얗게 내려앉아 꼴이 말이 아니었다. 그러나 며칠 동안 고생한 끝에 문서를 찾았으니 마음은 뛸 듯이 기뻤다.

그런데 갑자기 초롱을 든 지밀나인들을 앞세우고 엄 상궁이 들어왔다.

"마마님!"

사인은 이 야심한 시각에 갑작스럽게 우르르 들이닥친 엄
상궁과 나인들을 보고 깜짝 놀라고 말았다.

"전하께서 너를 급히 찾으신다."

엄 상궁은 그렇게 말하면서 사인을 쭉 훑어보았다. 오늘따
라 더 꾀죄죄한 사인의 몰골을 보자니 아무리 생각해도 왕이
이 아이를 찾는 연유를 알 수가 없었다.

"예에? 상감마마께서 어찌 저를?"

"가보면 알게 되겠지."

앞서 가는 엄 상궁을 따라가며 사인은 혹 낮에 써준 글이 잘
못된 것인가 걱정했다.

"전하, 윤가 사인을 데려왔습니다."

엄 상궁이 사인을 데리고 들어가 고했을 때 선비는 막 주안
상을 받아 들고 술을 한 잔 따르는 중이었다. 사실 그는 지금
너무 긴장하고 있었기에 술 한 잔에 용기를 빌어보려 한 것이
었다.

"무엇하느냐?"

"예."

엄 상궁의 재촉에 사인은 급히 나와 왕을 향해 절을 올렸다.

왕의 용안을 올려다볼 생각 따위는 아예 없는 것인지 고개
를 푹 숙이고 있어 뽀얗게 먼지 묻은 머리에 하얀 나비잠만이
달랑거리며 선비를 반가워하고 있었다. 사인의 머리에서 달랑

거리는 그 나비잠은 너를 그리워하고 있다는 천 마디의 말보다 더 가슴을 뭉클하게 만들었다.

"주위를 물리고 나가 있으라."

나가 있으라 하여도 지밀의 상궁은 귀를 쫑긋 세우고 방 안에서 들려오는 모든 소리에 귀 기울이고 있을 것이 틀림없었다.

"예, 전하!"

엄 상궁이 나가자 선비는 고개를 푹 숙이고 서 있는 사인을 바라보며 따라둔 술을 한 잔 마셨다. 선비는 궁궐 안에서 사인을 발견했을 때 머리에서 달랑거리는 그 나비잠을 보며 그녀의 마음 또한 자신과 다르지 않음을 확신했다. 그리고 서고에 갔을 때 무심히 꺾어주었던 그 버드나무 가지가 뿌리를 내린 것을 보며 사인이 그의 반려임을 믿었다. 자신을 감추고 그런 모습으로 살아남느라 외롭고 고독했을 마음을 누구보다 잘 아는 그였기에 더더욱 사인이 조심스럽고 귀했다. 그는 어떻게 해야 그녀가 당황하거나 미안해하지 않게 자신을 드러내 보일 수 있을까 내내 고심했었다.

"과인을 위해 위험한 것을 알면서도 도와준 것이 고마워 그대를 불렀다."

술 한 잔으로 떨리는 마음을 가라앉힌 선비는 왕의 목소리로 물었다.

"저는 그런 것도 모르고 뭔가 잘못되었나 근심하였습니다, 전하."

선비의 말에 사인은 안도의 한숨을 내 쉬었다.

"혹 원하는 것이 있으면 말하라."

"무엇을 바라고 한 일은 아니옵니다."

"그래도 과인이 꼭 보답을 하고 싶어 그러는 것이니 주저 말고 말해보라."

"사실 소인이 전하께 올릴 상소문을 쓰고 있사온데 천한 것의 글이라 외면하지 마시고 꼭 읽어주셨으면 합니다."

선비는 이참에 사인에게 필요한 것이 무엇인지 알아두고 싶어서 물었던 것이었다. 그런데 뜻밖에도 큰 수확을 얻었다.

"무엇에 관한 것이냐?"

"오늘에야 겨우 자료를 찾았으니 준비가 되는대로 상소문을 올릴 것입니다. 하니 그때 읽어주십시오."

"그리하겠다. 달리 필요한 것은 더 없느냐?"

선비는 대체 사인이 상감에게 올리려는 상소문의 내용이 무엇일까 궁금했지만 더 이상은 묻지 않았다.

"예. 성은이 망극하옵니다, 전하!"

사인이 두 손을 바닥에 대고 고개를 조아리며 감사의 표시를 하고 보니 이상하게 방 안의 기운이 썰렁하게 느껴졌다.

잠시 기묘한 침묵이 흘렀다. 뭔가 이상한 기분이 들어 살며시 고개를 드니 어느새 이렇게 가까이 왔는지 눈앞에 큼직한 발이 보였다.

"윤가 사인?"

깜짝 놀라 흠칫한 사인이 다시 고개를 조아리려 하자 아주 익숙한 목소리가 들려왔다.

"한데 윤가 사인은 언제부터 그렇게 못난이가 된 것인가?"

분명 조금 전의 왕의 목소리와는 전혀 다른 목소리가 귓가에서 들려왔다.

"예에?"

머릿속을 퍼뜩 스쳐 가는 생각에 살며시 고개를 드는 사인의 눈동자와 그녀를 내려다보는 선비의 눈동자가 딱 마주쳤다. 분명 하얀 비단 야장의를 입은 왕의 차림이었지만 사인이 알고 있는 얼굴이었다. 깜짝 놀라 뒤로 자빠지려는 사인의 어깨를 선비의 두 손이 꽉 잡았다. 사인은 제 눈을 의심했다.

"쉿!"

숨도 제대로 쉬어지지 않아 입만 딱 벌리는 사인을 향해 선비는 조용히 하라고 했다.

분명 저 행동, 저 표정은 사인이 알고 있는 선비가 틀림없었다.

"어찌 이런 일이……"

사인은 믿어지지 않아 눈도 깜빡하지 않고 선비를 바라보았다.

'버들가지를 꺾어주면 반드시 다시 만나게 된다고 하지 않았소. 내가 왜 오늘 이런 자리에 당신을 불렀는지, 이런 초라한 나의 모습을 보여주고 있는 것인지 알아주었으면 좋겠소.'

아주 잠깐이었지만 선비의 눈은 수없이 많은 말을 하고 있었다.

선비의 시선이 사인의 둥근 이마와 곱게 흘러내린 콧날을 천천히 따라 내려가 붉은 입술에 멈추었다. 당장이라도 부둥켜안고 저 붉은 입술에 입 맞추고 싶은 욕망을 참느라 사인의 어깨를 잡은 선비의 손아귀에 힘이 들어갔다.

사인의 코끝을 스치는 익숙한 향기, 그토록 그리웠던 그의 체취에 가슴이 아렸다.

사인의 눈에 그렁그렁 물기가 도는 것을 본 선비는 꽉 움켜쥐었던 그녀의 어깨를 놓아주고 일어서 제자리로 돌아가 앉았다.

"이제 그만 물러가도 좋다."

선비는 자신을 바라보고 있는 사인을 향해 조용히 고개를 끄덕였다.

"성은이 망극하옵니다."

선비를 바라보던 사인도 가만히 고개를 끄덕이고 일어나 절하고 나갔다.

방 안에서 들려오는 소리에 귀를 기울이던 엄 상궁과 나인들은 별다른 이야기도 없이 금방 들어갔다 나오는 사인을 보며 '그러면 그렇지'하고 웃고 말았다.

그러나 방으로 돌아가는 사인의 머릿속은 한바탕 소용돌이가 치고 있었다.

"내가 꿈을 꾸고 있는 걸까?"

아침이면 깨어버릴 꿈을 꾸고 있는 것만 같았다. 하지만 꿈이라면 영원히 깨어나지 말았으면 좋겠다고 생각하며 방으로 돌아갔다.

"사인아!"

그때까지 기다리고 있던 이슬이 달려 나오며 반갑게 불렀지만 사인은 들리지도 않는지 그대로 방으로 들어갔다.

"상감마마께서 너를 찾으셨다는데 어디 갔다 오는 거야?"

"이슬아!"

사인은 묻는 말에는 대답도 않고 멍한 눈빛으로 이슬을 불렀다.

"응?"

"내 볼 한 번만 꼬집어 봐!"

"뭐어?"

"빨리!"

이슬이 보기에는 먼지를 뽀얗게 뒤집어쓰고 꾀죄죄한 얼굴로 그렇게 말하는 사인은 무엇에 홀린 사람 같았다.

"그래, 정신 차려!"

이슬은 망설이지 않고 사인의 볼을 정신이 번쩍 나도록 세게 꼬집었다.

"아야! 아픈 걸 보니 참말인가 보네!"

사인은 그렇게 말하더니 씻으러 가버렸다.

"뭐야, 대체 왜 저래?"

이슬은 해괴하게 구는 사인을 따라가 봤지만 평소와 다름없이 물을 길어 세수를 하고 있었다.

"아, 나까지 정신이 이상해지겠다."

결국 이슬은 더 이상 묻는 것을 포기하고 번살이를 하러 가 버렸다.

사인은 맑은 물에 얼굴을 씻고 먼지를 털어내니 머릿속이 맑아지며 어째서 선비가 왕이 되어 저곳에 앉아 있는 것일까 하는 생각이 들었다.

"어떤 것이 선비님의 본모습일까?"

그 이후로는 많은 질문과 궁금증이 꼬리에 꼬리를 물어 밤을 꼬박 새우고 말았다.

신씨는 넓적한 바위 위에 서서 하늘을 올려다보며 홀로 서 있었다.

혼인하기 전부터 줄곧 신씨를 모셔오던 몸종 하나가 바위 아래 서서 주위를 살피고 있었다. 이역이 남의 눈을 피해 최훈의 모습으로 만나러 나왔다고는 하지만 남들이 보기에 그는 외간 남자였다.

폐위된 신씨를 만나러 잠저로 갈 수는 없었다. 그래서 생각해 낸 곳이 바로 경회루에서 바라다보이는 산언덕이었다.

"부인!"

신씨를 발견한 이역은 기쁜 마음에 뛰어가다시피 걸었다.

이런 만남이 얼마나 위험한 것인지 잘 알고 있으면서도 혹시 오지 못하면 어쩌나 마음 졸이던 신씨도 달려오는 이역을 발견하고 뛰었다.

"서방님!"

서로를 향해 달려가는 두 사람은 이미 제정신이 아니었다.

"부인!"

깊은 밤 창백한 달빛 아래 숲으로 난 갈래 길에서 다시 만난 두 사람은 누가 먼저랄 것도 없이 부둥켜안고 뜨거운 눈물을 흘리며 통곡했다.

두 사람은 한참 동안, 면경을 들여다보듯 그렇게 꼭 닮은 서로를 바라보았다.

"보고 싶었습니다, 부인."

이역이 손을 내밀었다.

"어찌 이리 야위셨습니까, 서방님?"

내미는 손을 가만히 만져보던 신씨가 크고 단단한 이역의 손을 꼭 잡았다.

"달빛이 참으로 좋군요."

신씨가 손을 잡자 이역은 천천히 걷기 시작했다.

"걷기에 참으로 좋은 밤입니다."

이역의 얼굴에서 눈을 떼지 못하는 신씨는 그가 이끄는 대로 따라 걸었다.

"당신을 떠나보낸 나를 원망하겠지요?"

저 멀리 떠 있는 달을 올려다보며 이역이 중얼거렸다.

"저를 살리기 위해 어쩔 수 없었다는 것을 알고 있는데 그럴 리가 있겠습니까?"

신씨는 황급히 고개를 저었다.

"나는 미안해서 견딜 수가 없습니다."

이역은 아무렇지도 않은 듯 빤히 올려다보는 신씨의 눈과 마주치자 곧 무안한 얼굴이 되어버렸다. 신씨를 보고 있자니 아무것도 할 수 없는 자신이 더욱 한심스러웠다.

"서방님을 원망하지 않습니다. 다만 너무 그리울 뿐입니다."

"부인!"

이역은 더 이상 말을 잇지 못하고 신씨를 꼭 껴안았다. 그의 너른 가슴에 안겨 그녀는 얼굴을 묻고 울었다.

처음 이역을 만나던 날 하늘빛은 맑고 고왔다. 가마를 타고 이역의 집으로 가던 날, 구경 나온 사람들은 모두가 두 사람을 축복했었다. 즐겁고 기뻤던 날도 있었고 토라져 싸운 날도 있었지만 열세 살 신씨가 열두 살의 이역을 만나 오누이처럼 의지하며 칠 년을 살아왔다.

먼 옛날의 기억처럼 아련하면서도 바로 어제 일인 듯 그 선연한 기억들이 이제는 슬픔이 되어 신씨의 온몸을 저며왔다.

이제 막 피기 시작한 스물의 꽃다운 여인, 그리고 이제 겨우 뭔가를 알기 시작한 열아홉의 사내인데 이토록 잔인한 이별이라니.

서글픈 연인의 귓가에 어디선가 잠에서 깨어난 산새가 삐이익 삐이익 길게 우는 소리가 들렸다.

"가엾은 나의 반려, 그대를 지켜주지 못해 미안하오."

"전하, 곁에 있을 수 없는 죄인을 용서하여 주십시오."

이역은 자신의 품에 파고드는 신씨를 더욱 꼭 껴안았다.

한참을 부둥켜안고 울던 두 사람은 바위 위에 나란히 앉아 멀리 보이는 궁궐을 바라보았다.

"서방님이 너무 그리울 때면 저는 이곳에 앉아 궁궐을 바라봅니다."

처음 궁궐을 나와 이역이 그리워질 때는 이대로 미쳐 버리는 것은 아닐까 두렵고 무서워 견딜 수가 없었다. 그러다가 몸종의 권유로 산에 올랐고, 멀리 궁궐이 내려다보이는 이 바위를 발견했다.

"부인마저 곁에 없으니 나는 저 큰 궁궐에서 고립무원입니다."

신씨에게 기대앉은 이역은 풀죽은 사람처럼 어깨를 늘어뜨리고 말했다.

"최 운검이 계시지 않습니까?"

"그렇기는 하지요. 하나 훈은 내 곁을 떠나고 싶어 합니다."

"떠나다니요, 어디로?"

신씨는 늘 그래왔던 것처럼 이역이 하는 말을 단 한마디도 놓치지 않겠다는 얼굴로 듣고 있었다.

"갑자기 궁녀 하나를 달라더니 그 궁녀와 함께 명나라로 가고 싶다고 하오."

이역의 어투에는 섭섭함이 묻어 있었다. 신하들이 올려준 보위에서 왕 노릇을 하기는 쉽지 않은 일이었다. 심지어 삼정승들은 왕인 이역보다 경연에 늦게 나타나고 회의를 하다가도 먼저 가버리기 일쑤였다. 이역이라고 해서 이렇게 허수아비 왕 노릇을 하고 있는 것이 좋을 리 없었다. 그럴 때면 이역은

만약 내가 최훈이었다면 이렇게 당하고 있지는 않았을 것이라
는 생각이 들었다. 뻔히 그가 없으면 아무것도 할 수 없다는 것
을 알면서도 제가 좋아하는 여인과 함께 떠나 버리려 하는 최
훈에게 공연히 화가 나는 것이었다.

"궁녀를요?"

"예, 아직 보지는 못했지만 마음에 둔 궁녀가 있는 모양입니
다."

"여인에게는 눈길조차 주지 않더니, 서연 아가씨가 알면 서
운해 하시겠습니다."

"아 참, 서연이!"

궁녀를 달라는 선비의 말에 충격을 받아 다른 생각을 할 겨
를이 없었던 이역은 그제야 서연이 떠올랐다.

"최 운검께서 떠나려 하실 때에는 그만한 이유가 있을 것입
니다. 그동안 많이 힘드셨을 겁니다. 또 이제는 그분이 전하 곁
에 있는 것을 못마땅하게 생각하는 이들도 있을 것이고요."

"내 곁에 있는 것이 운검에게는 오히려 해가 될 것이란 말이
오?"

신씨 역시 언제나 지아비인 이역보다는 최훈을 믿고 신뢰했
었다. 오늘도 역시 최훈의 입장에서만 이야기를 하니 이역은
더 이상 할 말이 없어졌다. 궐 밖에 나와 그녀의 위로라도 받고
싶었던 것인데 신씨마저 이역의 편이 아니었다.

"그동안은 그분이 든든히 지켜주셨지만 이제부터는 전하께
서 그분을 지켜주셔야 합니다."

신씨는 지혜로운 여인이었다. 그러나 이역은 오늘만은 담담하게 말하는 신씨의 말 한마디 한마디가 서운하게 들렸다.

"당신 하나도 지켜주지 못한 내가 무슨 힘이 있겠소?"

이역은 신씨를 만나 답답한 속을 털어 놓고 나면 시원해질 줄 알았는데 제 여인 하나도 지키지 못하는 자신이 더욱 초라해 그녀의 얼굴을 제대로 볼 수 없으니 마음은 더 무거워졌다.

"그래도 이제 전하께서 하셔야 합니다. 이 나라의 임금이시고 백성들이 의지할 수 있는 이는 단 한 분이시지 않습니까?"

이역을 바라보는 신씨의 눈빛이 따뜻하게 웃고 있었다.

고개를 끄덕이며 신씨를 바라보는 이역의 눈동자에 슬픔이 어려 있었다.

그 밤 두 사람은 어깨를 맞대고 앉아 한참동안 궁궐을 내려다보았다. 멀리 보이는 궁궐은 산란하는 달빛에 쌓여 신비롭고 웅장하게 빛나고 있었다.

겨울을 향해 가는 계절의 끝에서 불어온 바람은 찼다.

대궐의 으슥한 곳을 살피던 류건은 어디선가 흘러드는 냉기에 팔뚝에 소름이 돋는 걸 느꼈다.

"응?"

손등에 일어선 털들을 잠시 바라보던 류건이 얼굴을 들었을 때였다.

무심한 그의 시선 끝에 두 사내의 모습이 걸렸다. 앞서 가는 사내는 최훈이 틀림없었지만 류건의 시선은 뒤를 따르는 짙은

남색 도포의 사내에게 머물렀다. 류건은 그들의 모습이 사라
질 때까지 미동도 하지 않고 노려보고 있었다.

"갑자기 어디서 튀어나온 것이지?"

류건은 그 자리에 쭉 서 있었고, 저들은 갑자기 불쑥 나타났
다. 분명 어딘가 출입구가 있다는 것이었다. 생각이 거기에 미
친 류건은 그들이 나타난 주위를 샅샅이 뒤지기 시작했고, 그
로부터 얼마 후 풀숲에 숨어 있는 출구를 발견했다.

"대체 무슨 일을 꾸미고 있는 거지?"

미심쩍은 눈으로 저들이 사라진 쪽을 바라보던 류건은 일단
발견한 비밀 출구를 풀로 덮어 본래대로 해두고 박원종의 집
으로 갔다.

"대감!"

"들어오게!"

류건이 문을 열고 들어가니 덕배가 와 있었다.

류건이 내금위에 있으면서 대궐 안과 상감의 주위를 감시하
고 있다면 덕배는 궐 밖에서 지나치게 세력이 비대해지는 공
신들의 동태를 살피고 있었다. 그들은 어제는 함께 반정을 일
으킨 동지였지만 오늘은 경계해야 할 대상들이었다.

"부원군과 최익순을 좀 더 살펴보게."

"예, 대감!"

덕배가 나가고 박원종의 미간이 좁아지는 것을 본 류건은
그에게 좋지 않은 일이 생겼음을 직감했다.

"궁에는 별일 없는가?"

"예, 별다른 조짐 없이 조용했습니다. 한데 무슨 일이 있었습니까?"

박원종이 묻는 말에 잠시 망설이던 류건은 그 일은 좀 더 알아보고 난 뒤에 보고하기로 했다.

"부원군의 손녀와 최훈의 혼담이 오가고 있네."

지금 궐내에서 제일 큰 소리를 낼 수 있는 것은 대비 쪽이었다.

그렇지 않아도 중전의 자리가 비어 있어 차기 중전을 어느 집안에서 낼 것인가에 이목이 집중되어 있는 이때에 대비의 세력이 점점 커진다는 것은 좋지 않은 소식이었다. 게다가 이역의 절대적인 신임을 받고 있는 최훈이 윤호의 손녀와 혼인이라도 하게 된다면 그에 따라 제일 큰 득을 보는 것은 대비 쪽일 것이었다.

이대로 있다가는 그동안 닦아놓았던 그의 기반이 송두리째 흔들릴 것이 틀림없었다.

"감이 좋지 않아. 최훈을 지켜보도록 하게."

"겸사복을 말입니까?"

이융을 몰아내고 반정에 성공한 박원종은 자신의 직관이 예사롭지 않다고 믿고 있었다.

이제껏 제 편이라고 열외로 제쳐 두던 최훈을 지켜보라는 말에 류건은 심상치 않음을 느꼈다.

"공신들이 세운 왕이라 지금은 숨죽이고 있지만 저들이 어떤 연유로든 야합을 한다면, 게다가 최영섭이 대제학으로 임

명된다면 유림의 지지도 얻어낼 것이고, 그렇게 되면 조정에서 공신들은 설 자리가 없어진다."

언제까지나 그들의 뜻에 따라 움직여 주는 편안한 왕을 원하는 공신들이었다.

왕의 주위가 튼튼해지고 이융처럼 통제하기 곤란한 상태로 폭주하게 되는 것을 막기 위해서라도 걸림돌이 될 것들은 미리미리 잘라내야 한다는 것이 그들의 생각이었다.

"하면 어찌하시려는 것입니까?"

"저들을 떼어 놓을 방법을 찾아봐야겠지."

박원종이 잠시 생각에 잠긴 듯 손가락을 만지작거리자 뭔가 알 것 같다는 듯 류건의 눈이 번쩍 빛났다. 선비와 윤호의 손녀가 혼인을 하게 되는 것이 박원종에게는 나쁜 소식이었지만 그에게는 더없이 좋은 일이었다.

"그만 가서 쉬게."

"예."

박원종의 집을 나오며 류건은 생각에 잠겼다.

이미 박원종의 생각이 굳어졌으니 아마도 왕과 최훈 사이를 이간질하려 들 것이 틀림없었다. 가뜩이나 겁이 많은 왕이라고 하는데 누군가 곁에서 최훈이 보위를 노리고 있다고 속닥거리기라도 한다면 의심하는 것은 당연지사. 왕에게 가까운 이를 박원종의 편으로 끌어들인다면 그것은 얼마든지 가능한 일이었다.

"아무렴 어떠하리."

어느 쪽이라도 선비가 사인에게서 떨어져 나가주기만 한다면 류건에게 그보다 더 좋은 일은 없을 거라 생각하니 절로 웃음이 나왔다.

다음 날 아침 눈을 떴을 때 세상에는 온통 화사한 빛이 가득했고 하늘은 푸르렀다.

사인은 어젯밤 보았던 하얀 야장의를 입은 선비의 모습이 눈앞에 아른거렸다. 참으려 해도 저절로 웃음이 나와 눈을 감아보았지만 감은 눈 속에서도 선비의 얼굴이 보였다. 어젯밤 이불 속에 누워서는 자신의 처지가 궁녀라는 것이 둘 사이를 가로막는 결계가 되어 한없이 절망적으로 느껴졌었다. 하지만 오늘 아침 눈을 뜨니 이제 그가 진정한 최훈의 모습으로 찾아올 것이라는 기대가 세상을 환하게 밝혔다.

"아무것도 바라지 않고 그저 보기만 할 것이야! 아니 어찌된 일인지 이야기도 좀 들어보지, 뭐."

그렇게 들떠서 세수를 하고 변장을 했다.

서둘러 준비한 사인이 이른 아침부터 서고로 가기 위해 방에서 나오다 마루 끝에 멈춰 서고 말았다.

"어찌 이리 일찍 나가는 것이야?"

이제는 제조상궁의 자리에 오른 이모가 언제나처럼 엄한 모습으로 서 있었다.

"해야 할 일이 있어서요."

사인은 굳은 얼굴로 자신을 바라보는 이모를 향해 잔잔하게 웃어보였다.

"얼굴 꼴 하고는! 들어오너라!"

정 상궁은 못난이 얼굴을 하고 웃어보이는 사인이 측은해 부러 더 면박을 해댔다. 하지만 그런 이모의 마음을 누구보다 잘 아는 사인은 조용히 따라 들어갔다.

"전하께서는 어찌 너를 찾으신 게냐?"

정 상궁은 방에 들어가 자리에 앉자마자 물었다.

새벽에 일어나자 번살이를 마치고 달려온 엄 상궁에게 사인이 어젯밤 왕에게 불려갔었다는 소식을 듣고 놀라서 달려온 것이었다.

"별일 아니었습니다."

"그러니 무슨 일로 부르셨느냐 말이다!"

대답을 회피하는 사인이 못마땅했는지 정 상궁은 다시 한 번 다그쳐 물었다.

말려도 궁궐을 나가겠다고 이름까지 올려놓은 사인 때문에 속이 잔뜩 상해 있는 정 상궁이었다. 이제 정 상궁이 제조상궁의 자리에 올랐으니 궁궐에 남아 있기만 한다면 궁녀로서 사인의 출세도 보장이 될 것이었다. 그런데도 고향으로 내려가 홀로 살겠다는 사인의 고집을 알 수 없었다. 어찌 그러는 것인지 시원하게 털어놓지를 않으니 속을 알 수도 없었다.

"제게 서고에 있는 문서에 대해 물어보셨습니다."

폐위된 신씨와 관련된 일이라 사인은 어쩔 수 없이 그렇게 대충 둘러댔지만 구중궁궐에서 제조상궁의 자리에까지 오른 정 상궁을 완전하게 속일 수는 없었다.

"참으로 그뿐이더냐?"

왕이 사인을 찾았다고 하니 정 상궁은 내심 걱정이 되었다.

경국지색의 미모라는 청운스님의 말이 여전히 마음에 걸렸다. 사인이 <후궁>이라는 서책을 써서 민심을 흔들었기 때문인지, 아니면 이융이 연못가에서 사인을 본 뒤로 그녀를 잡아들이는 데만 정신을 쏟다가 반정을 막을 기회를 놓친 것인지는 알 수 없었다. 그러나 분명한 것은 사인이 폐주 이융을 이 궁궐에서 내쫓는 데 일조를 한 것이 사실이었다. 그런데 이번엔 또 새로 보위에 오른 젊은 왕이 사인에게 관심을 보이니 지레 걱정이 될 수밖에 없었다.

"예."

"앞으로는 어찌할 생각이냐. 이참에 네 생각을 좀 들어보자."

"아버님께서 주신 제 이름을 찾기 위해 상소문을 올릴 것입니다."

"전하께서 그 상소문을 읽어주실 것 같으냐?"

"전하께서 약조하셨습니다."

사인이 살포시 웃으며 정 상궁의 손을 잡았다.

"네 이런 꼴을 보고도 말이더냐?"

말은 그렇게 했지만 정 상궁은 그런 사인을 흐뭇하게 바라보았다.

기쁨에 들떠 있는 사인의 얼굴은 변장으로 덮어도 빛이 났다. 그것은 꿈을 꾸는 사람만이 지닐 수 있는 아름다움이었다. 그제야 정 상궁은 사인에게 연모하는 이가 생겼고 또 다른 행복을 꿈꾸고 있다고 확신했다.

"혹 마음에 둔 이가 따로 있는 것이더냐?"

"예?"

얼굴에 그렇게 쓰여 있기라도 한 것처럼 제 마음을 콕 집어 읽어내는 귀신같은 이모의 말에 사인은 내심 혀를 내둘렀다.

"네 살 때부터 너를 보았다. 내가 모를 것 같으냐?"

"어찌 아셨습니까?"

"세상에는 감추려 해도 감출 수 없는 것이 몇 가지 있지."

정 상궁은 만약 그렇기만 하다면 사인이 원하는 대로 신분을 회복할 수 있도록 도와줄 것이었다. 그 과정에서 설령 자신에게 해가 되어 제조상궁 자리를 내놓게 되더라도 사인이 보통의 규수들처럼 고운 옷을 입고 분단장을 하고 자신의 아름다움을 마음껏 누리며 연모하는 이와 함께 행복하게 살 수 있다면 그것으로 족하다는 생각이 들었다. 결코 제 어미와 같은 일은 당하게 하지 않겠다고 다짐하는 정 상궁이었다.

"마마님, 저 가봐야겠습니다."

혹 자신이 없는 사이에 선비가 서고에 찾아오기라도 할까 마음이 급해진 사인이 벌떡 일어나 밖으로 나가려 하자 정 상궁도 따라 나갔다.

"네가 마음에 둔 이가 누군지 알려주지 않을 것이냐?"

"사실은 저도 그분이 누군지를 정확히 알지 못합니다. 이제 곧 알게 되겠지요."

사인은 기대에 차 설레는 눈빛으로 말하며 서고로 가버렸다.

"저런, 저런 천방지축 나대는 꼴 하고는!"

정 상궁은 못 말리겠다는 듯 연신 혀를 차면서도 자신도 즐거워지는 마음을 어쩔 수 없었다.

"그저 평범한 집안에 고만고만한 사내였으면 좋으련만!"

정 상궁은 구겨진 당의를 펴고 치마를 탁탁 털어 옷매무새를 정리하며 하늘을 올려다보았다.

구름 한 점 없는 참으로 맑은 날이었다.

서고로 들어간 사인이 문을 열고 제일 먼저 한 일은 토분에 심어둔 버드나무와 국화 화분에 물을 준 것이었다. 청소를 하던 사인은 불안하고 초조한 얼굴로 주위를 둘러보았다.

선비를 기다리고 있는데 아무 때나 불쑥불쑥 나타나는 류건이 들어올까 봐 두려웠다. 사인이 싫은 내색을 해도 류건은 막무가내였다.

혹시 선비가 올까 봐 사인은 청소를 하면서도 열어둔 문을 돌아보았다.

"가슴이 떨려."

먼지를 다 털어낸 뒤에도 문을 닫지 못하고 사인은 그대로 서 있었다.

맑고 시원한 공기를 마시며 얼마쯤 서 있었을까, 이른 아침이라 아직 인적이 드문 중문 사이로 한 사내가 들어섰다.

"겸사복님이네."

왕의 운검이라며 그가 처음 이곳으로 들어왔던 날이 생각났다.

걸어오는 모습만 봐도 단번에 알 수 있는데, 그날은 어째서 전혀 알지 못했을까. 한 발 한 발 가까이 다가올수록 수염을 붙인 선비의 얼굴이 또렷이 보였다. 문을 열어두고 기다리는 사인을 발견했는지 선비의 걸음걸이가 점점 더 빨라졌다.

선비는 침착하게 주위를 살피고 서고의 문을 닫으며 사인을 돌아보았다.

사인은 미친 듯 뛰는 가슴을 진정시키며 선비를 올려다보았다.

서고 안은 숨 쉬는 소리조차 나지 않았다. 바늘 떨어지는 소리조차 들릴 정도로 숨 막히는 정적이 지나가자 이번엔 불규칙한 숨소리가 들려오기 시작했다.

민망해진 사인의 가슴도 크게 오르내렸다.

"운검님이셨군요."

도저히 믿기지가 않는다는 눈빛으로 사인이 속삭이듯 말했다.

"다시 만날 거라 하지 않았소."

문득 이 여인을 떠나보낸 그 참혹한 밤이 생각났다.

그때는 자신이 한 선택이 옳은 일이었다고 생각했었다. 사인을 위해 떠나보내는 것이 옳다고 여겼기에 자기 자신에게 그리하여야 한다고 설득할 수 있었고 그 아픈 선택을 받아들일 수 있었다. 그러나 두고두고 후회했었다. 위험해도 같이 있어야 했다고, 죽어도 함께 죽어야 했다고, 서로 떨어져 목숨을 부지하는 것은 아무런 의미가 없다는 것을 뼈저리게 느꼈었다.

너무나 소중했던 여인이었기에 떠나보낼 수밖에 없었던 그 순간이 떠올라 가슴이 먹먹했다.

그의 얼굴에 떠오르는 뜨거운 마음을 보자 사인도 그 밤이 생각나 주체할 수 없이 눈물이 흘렀다.

"선비님!"

어제 본 그의 모습이 떠올라 마음이 아팠다.

"많이 놀랐소?"

"대체 어찌 된 일입니까?"

"나는 지금 보위에 오르신 왕의 그림자 무사였소. 오랜 세월을 그분을 대신하며 살아 왔소."

"아!"

그렇게 남의 인생을 살아오며 지옥의 고통을 맛보았을 그에게서 여전히 따뜻한 눈빛이 느껴져 사인은 슬펐다.

"얼마나 힘드셨습니까?"

선비의 여원 얼굴을 올려다보며 사인은 목이 메어 말을 잊지 못했다. 목으로 뜨거운 불덩이가 치밀어 오르는 것 같았다.

사인의 뜨거운 마음이 선비에게로 고스란히 전해져 왔다.

"이제 울지 마시오."

선비는 떨리는 손을 내밀어 사인의 뺨에 흐르는 눈물을 닦아주었다.

"네, 네."

선비도 울고 있는 것처럼 느껴져 사인은 고개를 끄덕였다.

"언제부터 알고 계셨습니까?"

"하례연에서 보았소."

"하면 꽤 되지 않았습니까. 한데 어찌?"

"당장이라도 달려와 당신을 안고 싶어 미칠 것 같았지만 그러지 못했소."

자신을 위해 많이 참고 고민했을 그를 생각하니 고맙기보다 미안하고 가슴이 아파왔다.

"그렇게 떠나보내고 마음이 아픈지도, 슬픈지도, 기쁜지도 모르고 살았소. 그저 잘 지내고 있을 거라고 믿을 뿐."

"다시는 못 뵙는 줄 알았습니다."

사인은 가슴이 터져 버릴 것 같았다.

"이제 헤어지지 맙시다."

선비는 한없이 넓고 뜨거운 가슴으로 사인을 끌어안았다. 그의 따뜻한 가슴이 미친 듯 뛰고 있는 사인의 가슴에 맞닿았다. 스멀스멀 그리운 온기가 사인의 가슴을 타고 배어들었다.

선비의 거친 심장소리에 몸이 떨리고 폐가 녹아내리는 것 같아 숨을 쉴 수가 없었다.

"이젠 죽어도 헤어지지 않아요."

선비의 서늘한 눈동자 속에 떨고 있는 사인의 눈망울이 들어온다.

선비의 입술이 촉촉하게 젖어 있는 도톰한 입술로 천천히
내려앉는 순간, 사인은 가만히 눈을 감았다.

十六章 · 위험한 연쿵

선비의 거친 숨결에 섞여, 서고 밖을 스치는 바람소리가 들렸다.

  얼마나 그리워했던 여인인가. 선비는 두 손을 들어 떨고 있는 사인의 얼굴을 감싸 쥐고는 조심스럽게 입술에 가져다 대며 눈을 감았다. 부드러운 입술의 감촉이 그를 설레게 했다.

  사인은 자신도 모르게 팔을 뻗어 선비의 목을 끌어당겼다. 선비의 혀가 입 안을 희롱하며 빠져나가자 사인은 수줍은 듯 볼을 붉히며 눈을 떴다.

  전립 아래 환하게 빛나는 관옥(冠玉) 같은 선비의 얼굴이 눈에 들어왔다. 깊고 강렬한 눈매와 고집스럽게 우뚝한 코, 선이 뚜렷한 입술은 보고만 있어도 마음을 빨아들일 것 같았다. 한데 그렇게 잘난 그의 눈빛이 아주 미묘하게 흔들리고 있었다.

"어찌 그러십니까?"

사인은 홀린 듯 올려다보다가 자신을 빤히 들여다보는 선비의 눈과 마주치자 수줍어 고개를 숙였다.

"큰일 났소."

심각하게 말하는 선비의 눈에 낭패의 빛이 스쳤다.

"예?"

"얼굴에 온통 검은 얼룩이……."

"에그머니나!"

그제야 사인은 지금 자신에게 무슨 일이 일어났는지를 깨닫고 두 손으로 얼굴을 가리며 주저앉았다. 간장으로 밑바탕을 깔고 검은 가루로 점점이 그려놓은 점들이 눈물에 씻겨 어찌 되었을지 상상만 해도 끔찍했다.

"돌아서 계십시오!"

사인은 너무나 부끄러워 쥐구멍에라도 숨고 싶었지만 당장이라도 누가 들어올까 봐 그런 짓을 하며 한가하게 있을 틈은 없었다.

"이미 다 봤는데 어떻소."

선비는 그렇게 투덜거리면서도 사인이 시키는 대로 돌아섰다.

"너무 부끄러워 그럽니다!"

"한데 말이오?"

돌아선 선비는 잠시 주저하다 말을 꺼냈다.

"말씀하시지요?"

"내 입안에서 맴도는 이 짠맛은? 그러니까 짭짤한 것이?"

선비의 말을 듣고 있던 사인이 웃겨 죽겠다는 얼굴로 쿡쿡 웃었다.

"어찌 그러시오?"

"장물입니다. 장물을 발라서 얼굴이 자연스럽게 검게 보이는 것입니다."

"아!"

그 짠맛을 떠올린 선비의 미간이 심하게 구겨졌다.

"기왕에 이렇게 된 것 그냥 물로 씻어버릴까요?"

흉한 꼴을 보여 속이 상한 사인이 책상 안에 감춰 두었던 종이함 속에서 분장 도구들을 꺼내 놓으며 중얼거렸다.

"아, 아니 되오!"

물로 씻어버리겠다는 말에 선비는 급히 다가와 앉았다.

"어, 어찌 이러십니까?"

사인이 놀라 머뭇거리며 바라보자 선비는 종이함 속에서 둥근 면경을 꺼내 들었다.

"자, 빨리 그리시오."

선비는 면경으로 사인의 얼굴을 비춰주다가 주춤거리며 앉아 있는 것이 답답한지 손에 나뭇가지를 태워 만든 검은 숯도 쥐어 주었다.

"면경 좀 흔들지 마십시오."

사인은 이제껏 얼굴에 이런 분장을 하는 것을 부끄러워 해

본 일이 없었는데 막상 선비가 보고 있는데 점을 그려 넣는 것은 참말 싫었다.

"눈썹은 내가 그려주겠소."

그러자 보다 못한 선비가 나뭇가지를 빼앗아 들더니 사인의 눈썹을 더 짙게 그려 넣었다.

"어머나! 그래도 이것은 너무 심하지 않습니까?"

"가만히 좀 있어 보시오. 점도 좀 더 큰 것이 좋겠소."

사인이 나뭇가지를 빼앗자 선비는 손가락으로 눈썹과 점을 좀 더 만지작거렸다.

"이게 뭡니까?"

면경으로 점점 더 못생겨지는 자신의 얼굴을 지켜보던 사인이 발끈하며 지우려고 하자 선비가 얼른 손을 잡았다.

"되었소, 이제야 안심이 되오."

손을 빼려는 사인의 손가락에 깍지를 끼며 선비는 빙그레 웃었다.

"재미지십니까?"

"이곳엔 흑심에 가득한 사내들이 너무 많소. 이 정도는 해야 안심을 하지."

선비는 깍지 낀 손가락을 조물거리며 발끈해서 흘겨보는 사인의 귓가에 대고 속삭였다.

"제가 예쁩니까?"

자신의 손을 만지는 선비의 말이 싫지 않은지 사인은 살포시 웃으며 물었다.

"큰일 낼 미색이요!"

사실 사인이 궁궐에 있다는 것을 안 그 순간부터 그녀의 뛰어난 미색을 혹시라도 이역이 보게 될까 선비는 내심 걱정이었다. 평생의 지기인 이역을 못 믿는 것이 아니라 청춘의 펄펄 끓는 피를 가진 사내인 왕을 못 믿는 것이었다. 사실 미색에 흔들리지 않는 사내가 어디 있겠는가. 게다가 꽃 같은 부인 신씨가 있는데도 어쩌다 기방에 바람이라도 쐬러 가면 미모의 기생에게 혹하기 일쑤였던 이역인데.

"그런 말씀도 하실 줄 아십니까?"

사인은 깔깔거리며 웃었지만 선비는 진심이었다.

"특히 전하의 눈에 띄지 않도록 조심해야 하오."

선비는 초조한 얼굴로 사인의 두 손을 꼭 잡았다.

생각하면 이 궁궐이야말로 도처에 못 믿을 야수들이 득실거리는 위험한 곳이었다. 다른 사내들이야 선비의 힘으로 어찌해볼 수 있을 것이었지만, 막상 이역이 마음이 바뀌어 궁녀는 왕의 것이라 주장한다면…… 여인을 두고 싸울 수도 없을 것이고 생각만 해도 아찔했다.

"저, 저것들이!"

그랬다. 선비가 걱정해야 할 사내는 이역뿐이 아니었다.

입궐하자마자 서고로 오던 류건은 앞서 가는 선비를 발견하고 얼른 몸을 숨겼다. 선비가 결국 사인을 찾아내고 말았다는 것을 알자 허탈해졌지만 그대로 돌아설 수는 없었다.

열린 창문으로 사인과 붙어 있는 선비를 보았다. 당장 달려가 죽여 버려도 시원치 않을 만큼 화도 났지만 보는 이들의 눈이 많은데 너무 꼭 붙어 있는 것이 염려되어 류건은 그곳에 서서 노심초사하였다.

"사인이 저것은 뭐가 저리 좋다고!"

그러다 보니 졸지에 저들을 위해 망을 봐주고 있는 꼴이 되고 말았다.

아니나 다를까, 류건이 안절부절못하고 있는데 서사상궁이 문서를 한 꾸러미 안고 나타났다.

"아이고 서사상궁 마마님께서 어찌 이리 일찍 나오셨습니까?"

류건은 일부러 사인이 들으라고 목소리를 높였다.

"마마님이 벌써?"

서고에서 꼭 붙어 앉아 있던 사인과 선비는 후다닥 떨어졌다.

"가봐야겠소."

선비는 아쉬운 얼굴로 사인에게서 떨어져 서고의 문을 향해 갔다.

"사인이, 벌써 나온 게야?"

선비가 몇 발자국 옮기지 않았는데 문이 벌컥 열리며 서사상궁이 들어섰다.

"예, 마마님!"

책상에 앉아 문서를 보는 척하고 있던 사인이 자리에서 일어서며 대답했다.

"뉘신지?"

서사상궁은 서고에 서 있는 운검을 야릇한 눈빛으로 훑어보았다.

상세한 것은 알 수 없었지만 눈치 상으로 볼 때 서고 안에서 뭔 사달이 났었다는 생각이 들었다. 게다가 우뚝 걸음을 멈추고 서 있는 이 운검이 조금 전 자신의 문서 꾸러미를 받아 들고 들어오는 내금위 종사관을 노려보는 눈빛을 보니 그야말로 일촉즉발, 여간 불안한 것이 아니었다.

"전하의 운검 최훈입니다. 찾는 문서가 있어 잠시 들렀습니다."

선비는 그래도 사인과 서고에 함께 있는 서사상궁이라 깍듯이 예를 갖추었다.

"예, 그러셨구먼요."

"마마님, 이 문서는 이곳에 둘까요?"

보고 있던 류건이 문서 꾸러미를 사인이 있는 책상을 가리키며 물었다.

"이리 주시지요."

사인은 쌀쌀한 얼굴로 류건에게 문서를 받아들며 여기는 어찌 또 온 것이냐고 눈치를 주었다.

"어떻게, 바람도 찬데 따듯한 차라도 한잔 하시고 가시련지?"

두 남자의 눈치를 살피던 서사상궁이 슬며시 물었다.

"아니 됩니다! 아직 불도 피우지 않았는데 언제 물을 끓이겠습니까? 청소도 해야 하고요!"

하지만 사인은 재빨리 문을 활짝 열어두고 류건을 향해 나가라고 눈짓했다.

"저희들은 이만 가보겠습니다."

사인을 향해 고개를 끄덕인 선비는 류건의 팔을 잡아끌며 밖으로 나갔다.

"세상에 저리 훈훈하게 생긴 사내가?"

서고의 문을 나서는 선비와 류건의 뒷모습을 홀린 듯 바라보던 서사상궁은 고개를 돌려 사인을 힐끗 보고는 다시 두 남자를 바라보았다.

"게다가 하나도 아니고?"

서사상궁은 다시 고개를 돌려 아리송한 눈빛으로 사인을 째려보았지만 그녀는 이미 책장 사이로 사라져 버렸다.

"네가 어떤 연유로 저 여인의 곁을 맴돌고 있는지 알 수 없으나 그러지 않는 것이 좋을 것이다. 내가 이미 너의 정체를 알고 있는데 전하의 곁에 너 같은 자들이 있도록 두고 보지는 않을 터. 그날을 생각해 기회를 주는 것이니 조용히 떠나라!"

류건을 끌고 서고를 나온 선비는 돌아보지도 않고 그대로 서서 조용히 경고하고 가버렸다.

"누가 떠나게 될 것인지는 두고 봐야겠지."

류건은 멀어져 가는 선비를 노려보며 자신만만하게 중얼거렸다.

언제나 그렇듯이 이번에도 선비의 예감은 정확하게 들어맞았다.

모든 일의 시작이 그랬던 것처럼 아주 사소하고 작은 말 한마디에서 비롯되었다.

"혼자 있는 과인에게 어찌 이런 약을 주는 것인가?"

그날 아침, 이역은 홀로 잠에서 깨어나 어의가 가져온 약을 마시고 있었다.

"마시고 무엇을 하라고?"

약을 마시고 입가심을 하던 이역이 피식 웃으며 중얼거렸다.

중전도 없고 곁에 정을 나눌 여인도 없는데 기력을 보강하는 약은 먹어 어디다 쓸 것인가 싶어 한숨이 나는 것이었다.

"전하, 어제 밤 나인 사인은 어찌 부르신 것입니까?"

왕의 어깨가 기운 없이 축 늘어져 있는 것이 안쓰러웠던 상선이 은밀하게 물었다.

딴에는 새로운 왕에게 친밀하게 대한다고 한 말이었다.

"과인이?"

그러나 어젯밤 궁궐 밖을 나가 신씨를 만나고 온 이역에게는 뜬금없는 소리였다.

"혹, 사인의 소문을 들으신 것입니까?"

한번 입을 연 상선은 하지 않아도 좋을 말까지 하고 말았다. 왕이 공연히 멋쩍어 시치미를 뗀다고 생각한 것이었다.

213

"소문? 무슨 소문?"

"예, 아니 그것이!"

뭔가 이상하다고 생각한 이역이 빤히 쳐다보자 그제야 아차 싶었던 상선은 서둘러 약사발을 들고 나가버렸다.

"뭐라는 것이야?"

상선의 말을 들은 이후로 이역은 경연에 나가서도 그 말에 대해 곱씹어 생각했다.

"훈이 마음에 둔 궁녀를 부른 것인가?"

가만히 앞뒤를 맞춰보니 어젯밤 선비가 마음에 두고 있다는 궁녀를 부른 것 같았다.

"어찌 생긴 궁녀이기에 목석같은 훈이 고새를 못 참고 불렀단 말인가?"

정사를 돌보지 않는 왕의 자리란 무료하고 쓸쓸한 것이었다. 아직은 바쁜 일이 별로 없는데다가 한번 궁금하다고 생각하니 이역의 머릿속은 온통 그 생각뿐이었다.

"엄 상궁을 들라 하게!"

이역은 마침 다과상을 들여오던 대령상궁에게 엄 상궁을 부르도록 했다.

"찾아 계시옵니까, 전하?"

엄 상궁은 왕이 무슨 일로 찾는 것인지 궁금해 서둘러 들어왔다.

"어젯밤 그 아이 좀 데려오게!"

"윤가 사인을 말입니까?"

"윤가 사인? 그 아이는 지금 어디에 있는가?"

엄 상궁의 입에서 윤가 사인이라는 말이 나오자 이역은 직감적으로 그 궁녀가 틀림없다고 생각했다.

"서고에 있을 것입니다."

"아, 서고!"

이역은 그제야 뭔가를 알 것 같았다. 자신이 써준 서신을 받아서 글로 적어준 것이 바로 윤가 사인이라는 궁녀일 것이다.

"어찌할까요, 전하?"

"과인이 궁금해서 한 번 더 보겠다는데, 데려오게!"

이역은 결국 궁금증을 참지 못하고 궁녀 사인을 불러오게 했다.

"보기만 하는 것인데!"

사인을 데리러 엄 상궁이 나가자 이역은 홀로 차를 마시다 한숨을 내쉬었다.

갑작스럽게 왕의 자리에 오르고 보니 마치 맞지 않은 옷을 입은 것처럼 불편하고 거북했다. 게다가 선비는 쓸쓸하고 외로운 이 자리에 그를 홀로 남겨두고 떠나겠다고 한다. 그것도 연모하는 여인과 함께. 말은 하지 않았지만 그 여인에게 선비를 빼앗긴 것 같아 조금은 섭섭하기도 하고 가을을 타는 남자처럼 마음이 착잡했다.

"전하 윤가 사인이 들었사옵니다."

이역이 이런저런 생각에 홀로 우수에 젖어 있을 때 엄 상궁이 사인을 데려왔다.

"들라!"

들라는 이역의 명에 문이 열리며 고개를 숙인 궁녀 하나가 조심스러운 몸짓으로 들어왔다.

이역은 한눈에 그 여인이 여리여리하고 고운 몸을 지녔음을 직감하고는 느긋하게 기대앉았다. 궁녀는 조심스럽게 다가와 절을 했다.

"전하, 찾아 계시옵니까?"

"너, 너는?"

한데 이것이 어찌된 일인가. 절하고 앉은 궁녀가 얼굴을 드니 분명 지난번 하례연에서 기겁하며 보았던 그 못난이 궁녀였다.

서사상궁과 함께 부친이 쓴 연행 일지를 읽어보며 서신과 필적을 대조해 보고 있던 사인은 왕의 부름에 당황했다. 곁에 있던 서사상궁도 당황하기는 마찬가지였다. 아침에는 사내 둘이 서고 주위를 얼쩡거리더니 이번엔 임금까지 사인을 불러대니 아무리 봐도 심상치가 않은 모양이었다. 서사상궁은 이대로 그냥 있을 일은 아니라고 제조상궁에게 알리러 득달같이 달려가 버렸다. 사인은 또 이모의 폭풍 같은 잔소리를 듣게 되었다고 긴 한숨을 내쉬고 따라 나섰다.

엄 상궁의 뒤를 따라 대전으로 오는 길에 아침에 선비가 상감을 조심해야 한다고 했던 말이 생각났다. 남들의 눈이 많으니 선비와 긴 이야기를 나눌 틈도 없었기에 그가 어찌해서 왕을 대신하고 있는지도 물어볼 수 없었다.

잠깐 사이에 너무 많은 일이 있었다. 갑자기 궁궐을 나가게 되었고, 그곳에서 선비와 류건을 만나 영문도 모른 채 쫓겨 다녔었다. 그리고 결국엔 이용을 만나 묻어두었던 과거의 일도 털어내고, 미우의 소원도 들어 주었으니 가슴을 짓누르던 짐도 벗었다. 그러나 그것도 잠깐, 세상이 뒤집어지며 새로운 임금이 들어서더니 이번엔 류건이 내금위 종사관이 되어 나타나 사인을 놀라게 했다. 거기다 한술 더 떠 왕을 대신하는 선비까지. 머리가 복잡하고 혼란스러워 정신을 차릴 수가 없었다.

그나저나 이번엔 부르는 이는 선비일까, 정말 왕인 것일까?

정작 임금 앞에 서서 절을 올리는 동안에도 사인의 머릿속은 그런 생각들로 가득 차 있었다.

"너, 너는 하례연에서 보았던 그 나인?"

이역은 전혀 예상치 못한 이 상황에 눈동자가 점점 더 커지더니 눈꺼풀이 빠르게 껌뻑거렸다.

"예, 전하! 윤가 사인이옵니다."

그 모습을 본 사인은 그가 선비가 아니란 것을 확신했다.

언제나 고개를 숙이고 있어서 왕을 이처럼 바로 본 것은 처음이었지만, 사인이 아는 선비는 이런 상황에 저리 경망하게 눈을 깜박일 리가 없었다. 하지만 닮긴 참말 많이 닮았다. 만약 깊은 밤 어둠 속에서 마주친다면 사인도 둘을 구별하기는 어려울 것 같았다.

"그, 그래. 과인이 물어볼 것이 있어 불렀다."

이역은 그렇게 말하고는 두 사람을 이상하다는 듯 바라보는 엄 상궁에게 눈치를 주었다.

"전하, 더 필요한 것은 없으십니까?"

"되었으니 주위를 물리고 나가 있게."

"예, 전하!"

엄 상궁은 고개를 갸웃거리며 밖으로 나가 안에서 일어나는 일에 촉각을 곤두세우고 있던 상선과 대령상궁을 멀뚱히 바라보았다.

"어찌 되어가는가? 전하께서 눈치를 채신 것 같은가?"

"글쎄요, 그것이 아시는 것도 같고, 모르시는 것도 같으니?"

상선의 말에 대령상궁은 고개를 갸웃거렸다.

어제부터 아무리 생각해봐도 분명 사인에 대해 알고 불렀다면 뭔가 다른 명이 있어야 하는데 어젯밤도 별다른 명을 내리지 않고 그냥 그대로 돌려보냈고 지금도 또 저처럼 아리송한 표정을 지으니 임금이 사인을 왜 불렀는지 도무지 알 수가 없었다.

"전하께 다른 뜻이 있는 것을 공연히 헛물을 켜고 있는지도 모르지요."

"어허! 한창때의 사내가 여인을 불러놓고 다른 생각을 할 것이 무엇이란 말이오?"

왕이 바뀌었는데도 용하게 살아남아 있는 대령상궁의 말에 상선은 모르는 소리 말라고 혀를 찼다.

"지금 사인의 꼴이 보통의 여인으로 보이기는 어렵지 않습니까?"

두 사람의 말을 듣고 있던 엄 상궁이 조용히 말했다.

"하면 어찌해야 한단 말인가?"

"일단은 좀 더 지켜보시지요."

엄 상궁이 머리가 아프다는 얼굴로 시큰둥하게 대답하고 가 버리자 대령상궁과 상선내관은 다시 한 번 문 가까이에 다가 가 귀를 기울였다.

방 안에서는 두 사람 사이에 미묘한 공기가 흐르고 있었다.

느긋하게 앉아서 왕의 하문을 기다리는 사인과 달리 여인에 관한 한 눈썰미가 좋다고 자부하는 이역은 눈앞에 앉아 있는 이 못난이 나인을 살피느라 잔뜩 경직되어 있었다.

"과인의 서신을 읽고 이야기로 써 준다고 들었는데 네가 그 나인인가?"

사인의 구석구석을 꼼꼼하게 살피던 이역은 한참이 지나서 야 입을 열었다. 분명 이 궁녀의 어딘가가 특별히 좋아서 최훈 이 무릎까지 꿇고 간청을 하였을 것인데, 오히려 사인의 너무 못난 외모가 마음에 걸렸다.

"그러하옵니다, 전하!"

사인은 걱정스러운 마음을 누르며 다시 고개를 숙이고 조용 히 대답했다.

"과인이 고마워서 차나 한잔 나눠 마시자고 부른 것이니 이 리 가까이 오너라."

"예, 전하!"

사인은 다과상을 사이에 두고 왕과 마주 앉는 것이 어쩐지 내키지 않았지만 그렇다고 거절할 수도 없는 처지였다.

"일관성이 없단 말이지."

옥구슬이 굴러가는 듯 맑고 청아한 목소리, 들어올 때 느꼈던 곱고 단아한 맵시는 아무리 봐도 저 얼굴과는 어울리지 않는다. 사인이 고운 자태로 걸어오는 것을 물끄러미 보고 있던 이역은 피식 웃었다.

"서고에서는 무슨 일을 하는 것이냐?"

사인이 다과상 앞으로 다가 앉자 이역은 차를 따라 주었다.

"웃전들의 서신을 써드리기도 하고 문서와 서책들을 정리하고 관리합니다."

이럴 때일수록 정신을 차리고 담대해져야 한다고 다짐했지만 찻잔을 든 사인의 손은 흔들리고 목소리는 떨렸다.

"그래, 그랬구나."

사인이 떨고 있는 것을 느끼자 이역은 이 궁녀와 최훈이 뭔가를 숨기고 있다고 확신했다.

이제껏 자신과 최훈 사이에 비밀이라고는 없다고 생각해 왔던 이역은 울컥 화가 치밀었다. 하지만 당장은 만져볼 수도, 벗겨볼 수도 없으니 그저 머릿속으로만 눈앞에 앉아 있는 사인을 상상해 보고 있을 뿐이었다.

"전하, 달리 하문하실 것이 없으시면 이만 물러가도 되겠습니까?"

사인이 그만 가보겠다고 하자 마음이 다급해진 이역의 눈에 산딸기 즙에 말아둔 창면이 보였다.

"아니 벌써? 그러지 말고 이 창면 좀 들어보거라! 산딸기 즙이 맛이 좋구나!"

이역은 산딸기 즙이 차랑차랑하게 담겨 있는 그릇을 사인에게 내밀다가 얼굴에 훅 뿌려 버렸다.

"아니!"

놀란 사인이 당황해 얼굴을 가리려고 하는데 이역이 다가와 손목을 움켜쥐었다.

손을 빼내려 하였지만 사인의 손목을 움켜쥐고 있는 이역의 손에 다시 힘이 들어갔다.

"아픕니다. 놓아주십시오."

왕이 작심하고 자신의 얼굴에 산딸기 즙을 뿌렸다는 것을 깨달은 사인의 눈동자가 흔들렸다.

"널 놀라게 하려던 것이 아니었는데 과인이 큰 실수를 하였구나."

사인의 얼굴에서 검은 물이 흘러내리는 것을 보던 이역은 옆에 놓여 있던 수건을 들어 조심스럽게 닦아주었다.

"전하……."

왕이 들고 있는 비단 수건에 검은 물이 묻어난 것을 본 사인은 무언가 말을 하려다 말고 입술을 깨물었다.

"과인의 짐작이 맞는 것인가?"

궁금증을 하나 해결한 이역의 얼굴은 더없이 평온해 보였지만 이상하게 가슴은 흥분해서 뛰고 있었다. 그토록 철석같이 믿고 있었던 최훈에 대한 믿음이 깨지는 순간이었다. 이역은 그동안 자신이 그를 너무 믿었고 지나치게 의지하고 있었다는 생각이 불현듯 들었다.

"죽여주시옵소서, 전하!"

이제 모든 것이 끝났다는 생각에 사인은 고개를 숙였다.

"과인은 아무것도 보지 않았다. 그러니 그만 돌아가도 좋다."

"예?"

뜻밖의 말에 놀란 사인이 고개를 들자 걱정과는 달리 이역은 따뜻한 눈빛으로 웃고 있었다.

"겸사복에게는 비밀로 하자."

이역은 놀란 얼굴로 자신을 올려다보는 사인의 귓가에 작은 목소리로 속삭였다.

"성은이 망극하옵니다, 전하!"

가도 좋다는 말에 사인은 얼굴을 가리고 허둥지둥 도망치듯 밖으로 나갔다.

"어머나!"

그러다 문 앞에 서 있던 윤서연과 부딪칠 뻔한 사인은 급히 허리를 숙이며 인사를 하고는 모습을 감췄다. 서연은 보위에 오른 이역을 만나 하소연이라도 하려고 입궐한 것이었다.

"대체 어느 정도의 미색이기에?"

이역은 도망치듯 나가버리는 사인의 뒷모습을 바라보며 그녀에게 어떤 사연이 있는지보다는 본 모습이 어떨지가 궁금해졌다.

"전하, 늦었지만 감축드리옵니다."

사인이 나가자 마침 윤호의 손녀인 서연이 들어섰다.

"어서 오너라!"

"어디 불편하시옵니까? 신색이 좋지 않사옵니다."

어딘지 기운 없어 보이는 이역을 보자 서연이 걱정스럽게 물었다.

"아니다, 그동안 별고 없었느냐?"

"별고가 없기는요, 전하! 저는 어찌하면 좋습니까?"

왕의 입에서 별일 없었냐는 하문을 하자마자 서연은 기다렸다는 듯 하소연을 쏟아냈다.

어린 시절 함께 자라서 그런 것인지 아직도 이역을 보면 오라비에게 어리광을 부리는 기색이 그대로 남아 있었다.

"어찌 그러는 것이야?"

"양가 어른들께서 만나 혼인날까지 잡자 하였는데 도련님께서 저와 혼례를 올리지 못하겠다 하지 뭡니까?"

"훈이 그랬단 말이지."

마음속에 사인을 품고 있으니 당연히 그럴 수밖에 없겠다 싶으면서도 대체 얼마나 좋으면 대비의 집안과 혼인하는 것을 마다하려는 것일까 다시금 궁금해졌다.

"예에?"

제 딴에는 속이 타 벼르고 별러서 입궐하였는데 이역의 시큰둥한 대답에 서연은 마음이 상했다.

"어찌하겠느냐. 훈의 마음에 이미 다른 여인이 있는 것을!"

이역의 입에서 선비에 대한 섭섭함인지 질투인지 알 수 없는 탄식이 새어나왔다. 사인이 못난이가 아니라는 것을 확인하고부터 그동안 그 무엇에도 관심이 없던 이역의 마음속은 울화와 심통으로 들끓고 있었다.

"다른 여인이라니요? 전하께서는 그 여인이 누군지 아시는 것입니까?"

"혹 보지 못했느냐, 조금 전까지 이곳에 있다가 나갔는데?"

분명 머릿속에서는 하지 않아야 하는 말인 것을 잘 알고 있으면서도 이역의 입에서는 그 말이 툭 튀어나오고 말았다.

"예, 저는 들어오다가 궁녀와 부딪쳤는데……. 하면 그 궁녀가?"

"아뿔싸! 쉿, 조용히 하거라!"

공연히 심통이 나서 사인과 선비 사이를 훼방 놓고 싶어졌지만 차마 자신이 그럴 수는 없는 일이었다. 그런데 때마침 서연의 얼굴을 보니 후딱 일러주고 만 것이었다.

"하면 참말 그 궁녀를?"

서연이 목소리를 낮추고 다시 묻자 이역이 은밀한 표정으로 고개를 끄덕였다.

"절대 다른 이들에게 이 말이 새어나가서는 아니 될 것이다!"

사인에게 미안한 마음이 없지는 않지만 보잘 것 없는 궁녀보다야 부원군의 여식이 최훈의 앞날을 위해서는 월등히 낫다. 이역 자신은 최훈과 한 약속이 있으니 나설 수 없지만 서연이 대신 해준다면 두루두루 다 좋은 것이었다.

"설마, 그럴 리가요? 도련님이 그러실 분이십니까?"

"그러니 과인도 기가 찰 노릇이다! 구미호에게 홀렸나 싶기도 하고!"

여인에게 눈길 한번 주지 않던 최훈이 절대 그럴 리가 없다고 펄쩍 뛰는 서연을 보니 이역은 또 화가 끓었다.

"아니 궁궐에 들어오신 지 얼마나 되었다고 궁녀를?"

"그러게 말이다, 어여쁜 너를 두고!"

이역은 슬슬 서연의 속을 긁었다.

"과인도 자세한 것은 알지 못한다. 그저 홀로 근심하다가 너를 보니 심란하여 하지 않아야 할 말을 하고 말았구나."

"나가기 전에 소녀가 그 궁녀를 한번 만나봐야겠습니다."

"어허, 궁에서 큰소리를 냈다가 소문이라도 새어나가면 어찌하누? 공연히 일만 더 크게 만들어놓는 것 아니겠느냐. 차라리 훈의 집안 어른들과 상의를 하는 것이 어떠냐?"

이역은 일이 너무 커지지 않는 선에서 최훈이 스스로 사인을 단념하기를 바란 것이었지만 이미 질투로 보이는 것이 없는 서연의 귀에 그 말이 들릴 턱이 없었다.

사인은 간신히 위급한 상황에서 벗어났지만 선비에게는 비밀로 하자는 왕의 말이 이해되지 않았다.

"상감이 부르다니? 대체 일이 어찌 되돌아가고 있는 것이야."

서고에 갔던 류건은 서사상궁에게 사인이 왕의 부름을 받고

갔다는 말을 듣고 초조하게 기다리고 있었다.

얼마를 기다렸을까. 가만히 보니 어깨가 축 늘어진 사인이 고개를 숙이고 허겁지겁 들어오고 있었다.

"이제 오는 것이야?"

가엾고 딱한 마음이 들어 달려간 류건은 멍하니 고개를 드는 사인의 얼굴을 보았다. 변장한 얼굴은 얼룩져 있고, 울었는지 눈은 붉게 출혈되어 있었다.

"무슨 일이야? 전하께서 부르셔서 갔다더니, 혹 너를 부른 것이 그놈이었어?"

창백한 사인의 얼굴에 화가 치밀어 불쑥 튀어나온 말이었다.

"뭐라 하셨습니까?"

하지만 사인은 그 말이 그저 하는 말이 아닌 것 같았다.

"아니, 그게 아니라!"

"무슨 말이냐고 묻지 않습니까?"

류건이 하는 말이 무슨 뜻인가 싶었지만 머릿속이 텅 비어 아무 생각도 나지 않았다.

"아, 그래! 그놈이 왕 행세를 하고 너를 불러들인 거냐고!"

"왕 행세?"

사인은 그제야 류건이 하는 말의 의미를 알 것 같았다.

대체 류건은 선비에 대해 무엇을 얼마나 알고 있는 것일까, 그는 왜 궁궐에 들어온 것일까, 무관도 아니었을 그가 어떻게 내금위 종사관이 될 수 있었던 것일까…… 수많은 의문이 꼬리를 물었다. 갑자기 심장이 옥죄어드는 것 같았다.

만약 류건이 선비의 비밀을 알고 있다면 큰일이라는 생각에 앞이 아득했다.

"건아! 대체 너는 누구야?"

더 이상 미우와의 고통스러운 기억을 떠올리기 싫어 류건으로부터 도망치려고만 했던 사인은 마음을 바꿨다.

"궁궐에 들어와 단 한 번도 나를 바로 보지 않더니!"

류건은 이제껏 말 한마디 제대로 하지 않고 도망치려고만 하던 사인이 선비와 관련된 이야기를 꺼내자 자신에게 관심을 갖는 것을 보니 씁쓸해졌다.

"일단 안으로 들어가자! 얼굴이 엉망이야."

류건은 자신을 빤히 노려보는 사인을 데리고 서고 안으로 들어갔다.

"여긴 어찌 온 것이야? 준이는? 네 아우는 어디에 있어?"

"살려고 왔다."

서고 안으로 들어서기 무섭게 다그치는 사인을 물끄러미 바라보던 류건이 쓸쓸하게 말했다.

"뭐?"

살기 위해 왔다는 류건의 말에 이상하게 가슴이 철렁 내려앉았다.

"누가 오기 전에 네 얼굴부터 어떻게 해야겠다. 내가 보고 있을 것이니 빨리 해."

류건은 당황하는 사인을 끌어다가 책상 앞에 앉혀주고 돌아서 밖을 살피고 있었다. 잠시 멍해 있던 사인은 그래도 정신을 차려야 한다고 스스로 타이르며 책상 밑에 숨겨두었던 상자를 다시 꺼내 얼굴을 매만졌다.

"사인아!"

류건은 돌아서 작은 문으로 보이는 중문과 꽃담을 바라보며 작은 목소리로 사인을 불렀다.

"말해."

"언제 내 집에 한번 와주지 않겠니? 보여주고 싶은 것이 있는데."

"준이?"

"응? 어."

아우를 보여주려는 줄 아는 사인의 말에 가슴이 아파 숨 쉬기조차 힘이 들어 류건은 손바닥으로 자신의 심장을 꾹 누르고 겨우 말을 하였다.

"내가 여기 왜 왔느냐고 물었더냐?"

류건은 고개를 돌려 이제 거의 변장을 끝내고 궁궐 안 최고의 못난이로 돌아온 사인을 물끄러미 바라보았다.

"그래, 내금위 종사관은 무관만이 받을 수 있는 높은 관직이지. 너는 누굴 위해 일하는 거야?"

무관도 아닌 이를 내금위 종사관으로 앉힐 수 있을 만큼 큰 힘을 지닌 이가 누군지 궁금해진 사인은 의심스러운 눈빛으로 류건을 바라보았다. 미우를 생각하면 결코 미워해서는 안 되는 그였지만, 분명 그 옛날처럼 이번에도 무언가 위험한 일을 꾸미고 있는 것 같다는 생각이 들자 그냥 있을 수 없었다.

"내게는 누구를 위해 일하느냐가 중요하지는 않아. 언제나 살아남기 위해 일하니."

그동안 그에게는 언제나 살아남아야 할 이유가 있었다.

"그래서 살려고 여기 왔어?"

"그래, 지금은 살아남아야 할 이유가 이 궁궐 안에 있으니."

류건은 자신을 뚫어져라 바라보는 사인의 눈을 마주보며 고개를 끄덕였다.

"좋아, 내일 준이를 만나러 갈게."

"진심이냐?"

"응, 갈게."

믿을 수 없다는 얼굴로 바라보는 류건을 향해 사인은 고개를 끄덕였다.

"그, 그럼 내일 아침 요금문 앞에서 기다린다."

내일 집으로 오겠다는 사인의 말에 얼굴이 환하게 밝아진 류건은 들떠서 서고의 문을 나섰다.

"응?"

류건이 막 문을 열고 나왔을 때 미색 당의를 곱게 차려 입은 규수 하나가 몸종을 거느리고 서고를 향해 오고 있었다.

류건은 본능적인 감으로 그 규수가 사인을 만나러 오는 것 같아 서고의 작은 문 쪽으로 몸을 숨겼다.

"말이 되냐고!"

서연은 이미 자존심에 단단히 상처를 입은지라 걸음걸이가
얌전할 리 없었다.

"감히 궁녀 따위와 견주려고!"

아예 여인에게 관심이 없던 선비였기에 이제껏 워낙에 목석
인 사내라고만 생각하며 오매불망 목을 매고 기다려왔다. 서
연도 미모라면 빠지지 않는다고 자신하였었다. 그런데 그런
저를 두고 대체 어떤 계집을 마음에 두었다는 것인지 생각할
수록 괘씸했다.

"어찌 나를 두고 이럴 수가 있어!"

한낱 미천한 궁녀라니. 서연은 생각할수록 복장이 터질 노
릇이었다.

"예서 주위를 살피고 있거라!"

서연은 서고 앞에서 몸종을 기다리게 하고 안으로 들어갔다.

기척도 없이 문이 벌컥 열리며 처음 보는 규수 하나가 들어
오자 사인은 자리에서 일어났다.

"잘못 오신 듯합니다. 이곳은 외부인이 들어올 수 없는 곳입
니다."

연분홍 치마에 미색 당의를 입은 기품 있는 규수에게 사인
은 이유 없이 기가 죽었다.

"자네가 윤가 사인인가?"

언제나 기품 있게 행동하던 서연이었지만 막상 정적을 앞에
놓자 매서운 기색을 사정없이 드러냈다.

"예, 맞습니다만 뉘신지요?"

누구인지 전혀 알 수 없는 규수가 자신을 찾는다는 것에 사인은 의아해졌다.

"하!"

그러나 여윈 몸에다 못나디못난 사인의 볼품없는 몰골을 본 서연은 할 말을 잃었다.

아니 이 계집의 어디가 나보다 낫더란 말인가. 서연은 선비의 독특한 취향에 혀를 내두르고 말았다.

"어찌 저를 찾으십니까?"

"나는 대비마마의 조카딸이 되는 윤서연일세. 겸사복님 일로 왔네."

상감은 그냥 돌아가 최훈의 집안 어른들과 상의하라고 신신당부했지만 서연은 대체 얼마나 미색이 빼어나기에 부원군의 손녀인 자신을 마다하고 그 궁녀와 혼인을 하려는 것인지 궁금해 그냥 돌아갈 수 없었다. 그 목석같은 선비를 홀린 미색이 얼마나 대단한지 얼굴이나 한번 보자고 왔건만 이럴 수는 없는 일이었다.

"겸사복님과는 어찌 되시는지요?"

눈앞에 위세 당당하게 서 있는 규수가 선비의 일로 찾아왔다고 하자 사인은 또다시 가슴이 떨려왔다.

"이리 좀 앉게."

"예."

서연은 제 처소인 양 당당하게 책상 앞으로 가 앉았고 사인은 마치 큰 죄인이라도 된 것처럼 따라가 앉았다.

"나와 겸사복님은 어려서 함께 자랐고 양가에서는 당연히 혼인할 것으로 알고 계시네. 얼마 전엔 양가의 어른들이 만나 혼인날을 잡기로 하셨고 말일세. 한데 그분이 갑자기 혼인을 망설이시네."

서연은 잘 되어가던 혼사를 꼴 같지 않게 생긴 네가 감히 훼방 놓고 있다고 매섭게 꼬나보고 있었다.

"그렇습니까?"

서연의 말에 사인은 가슴이 두근거리고 속이 울렁거렸지만, 다시는 헤어지지 말자고만 하였지 선비와 앞날을 약조한 사이도 아니었으니 달리 할 말은 없었다.

"그렇습니까라니! 겸사복님 댁이 어떤 집안인지 알고나 하는 말인가?"

"알지 못합니다."

서연의 말을 듣고 보니 사인은 왕의 운검이며 겸사복이라는 것 외에는 선비에 대해 딱히 아는 것이 없었다.

"그 집안은 대대로 대장군을 낸 집안이고 조부이신 최익순 장군은 모든 무신들의 귀감이시며 부친이신 최영섭 대감께서는 이번에 대제학에 오르실 유림의 큰 스승이시네. 한데 지금 감히 궁녀인 자네가 그분의 앞길을 막겠다는 것이 아닌가!"

"예에? 최영섭 대감이시면, 강릉에 계신?"

"어찌 놀라는 것인가? 하면 알고 있었으면서 그런 것인가?"

"어찌 이런 일이?"

부친이 지어준 제 이름을 찾기 위해 죽을힘을 다해 찾아갔던 최영섭 대감의 아들이 바로 그라는 말에 사인은 너무 놀라 말을 잃었다.

"알고 있었다면 그분의 신세를 망치려고 작정을 한 것인가?"

서연은 새파랗게 질린 사인의 얼굴을 보며 사정없이 몰아붙였다.

"아닙니다, 그럴 리가 있겠습니까?"

사인은 선비가 최영섭의 아들이라는 말을 듣고 보니 온몸에 기운이 빠지며 더 이상 그 어떤 대답도 할 수 없었다. 사인의 머릿속은 오만가지 생각으로 혼란스러웠다.

"그런 집안의 자식이 궁녀를 마음에 두었다는 사실이 밖으로 새어나간다면 어찌 될 것 같은가?"

서연은 백지장처럼 창백해져 가는 사인을 빤히 노려보았다.

"잠시 도움을 받은 것뿐, 저 같은 것이 어찌 그분과 혼인을! 당치 않습니다. 하니 심려치 말고 돌아가시지요."

사인은 더 이상 생각할 것도 없이 서연에게 백기를 들고 말았다.

오늘은 너무 많은 일이 있었다. 이미 임금이 자신의 정체를 알아차려 선비마저 위험하게 되었다. 혹시라도 서연의 말처럼 나 같은 것이 누가 되어 그분의 앞길을 막게 된다면 어찌하는가. 강릉에 계신 그 어른들이 알게 되신다면 은혜를 원수로 갚으려 한다고 노발대발하시지는 않을까, 지난번 강릉에 갔을 때 그토록 다정하게 대해 주신 그 어른들께 상처를 주게 되는 것은 아닐까, 그런 생각들을 하니 모든 것이 두려웠다.

"내 자네의 말을 믿고 오늘은 이만 가겠네. 하니 두 번 다시 내가 자네를 찾지 않게 처신을 단단히 해주게!"

풀이 죽은 사인을 보자 서연은 더욱 기세등등해져 쐐기를 단단히 박아두고 일어섰다.

"그만 가자!"

서고를 나선 서연은 그제야 마음이 좀 풀렸는지 가벼운 걸음걸이로 돌아갔다.

"저, 저런!"

서고의 쪽문 앞에 서서 안에서 들려오는 소리를 다 듣고 서 있던 류건은 혀를 찼다. 서연이 서고를 나간 뒤에도 망연자실해 앉아 있는 사인을 보자니 속이 터졌다.

"거기! 서시오!"

울컥 마음이 상한 류건은 빠른 걸음으로 다가가 서연을 불러 세웠다.

"어찌 그러십니까?"

서연의 몸종이 돌아보며 물었다.

"뉘신데 나라의 기밀문서들이 보관되어 있는 서고에 함부로 들어온 것이오?"

류건은 한껏 고압적인 자세로 물었다.

"부원군의 손녀인 윤서연이오. 잠시 일이 있어 들렀으니 모른 척해주오."

앞서 가던 서연이 걸음을 멈추고 돌아보았다.

"외부인은 서고에 들어올 수 없소. 출입증 좀 봅시다!"

그러거나 말거나 고생 좀 시키리라 마음먹은 류건은 들은 척도 하지 않았다.

"출입증은 없습니다만!"

"하면 같이 가셔서 서고에 출입한 연유를 해명하셔야겠습니다!"

"예?"

서고에 간 연유를 해명해야 한다는 말에 서연의 얼굴은 하얗게 질렸다. 이것이 무슨 망신이란 말인가.

"어찌 이러십니까? 저희 아기씨는 상감마마를 뵙고 나가는 길입니다. 하니 한 번만 봐주시지요."

서연의 질린 얼굴을 본 몸종이 놀라 류건에게 매달려 사정하였다.

"사정이 딱하신 듯하여 내 이번 한 번은 넘어가 주겠소. 하나 두 번 다시 이런 일이 없어야 할 것입니다. 약조하실 수 있겠습니까?"

류건은 다시 한 번 서연을 노려보며 눈을 부라렸다.

"약조하겠으니 이번 한 번만 봐주시오."

서연도 별 수 없이 류건에게 사정할 수밖에 없었다. 끌려가 망신을 당하느니 이렇게 숙이고 넘어가는 것이 나을 것 같았다.

十七章 · 산 넘어 산

궁궐에 한바탕 난리가 벌어진 것도 모르고 정작 당사자인 선비는 자신의 방에서 곤히 잠들어 있었다.

　"저런, 고단했던 게로구나. 응?"

　방문을 열어보던 최익순은 또다시 수염을 밀어버린 손자를 발견하고 입매가 굳어졌다. 그는 조용히 문을 열고 들어가 잠들어 있는 선비의 곁에 앉았다.

　최익순은 그의 대쪽 같은 명성만큼이나 꼬장꼬장한 성미를 지닌 노인이었다. 일평생 언제나 한 치의 오차도 없이 같은 시각에 일어나 스스로 우려낸 차를 한 잔 마시고 아무리 추운 한겨울에도 상의를 탈의하고 검술을 연마해 왔다. 이른 나이에 부인을 여의었지만 그 흔한 첩실 하나 들이지 않았으며, 평생을 기방 근처에도 가본 일이 없었고, 바른길이라고 생각되지 않는 길은 목에 칼이 들어온다 해도 돌아보지 않았다. 집안 대대로 물려받은 토지에서 나는 곡식들은 농사짓는 소작인들과 넉넉히 나눴으며, 흉년에는 곳간 문을 열고 모아둔 곡식들을 남김없이 나누었다. 그렇게 평생을 한 치의 어긋남 없이 살아왔던 그였지만 아무리 생각해도 손자를 윤호에게 보낸 것은 평생의 후회로 남을 것 같았다.

"엇! 깨우시지 않고요."

잠결에 뒤척이다가 잠들어 있는 저를 지그시 내려다보는 최익순을 발견한 선비는 급하게 일어나 앉았다.

"공연히 잠든 너를 깨웠구나."

"아닙니다."

"어찌하여 수염을 밀었더냐?"

거두절미하고 묻는 최익순의 말에서 노여움이 묻어났다. 이미 모든 것을 다 알고 묻는 할아버지께 할 말이 없는 선비는 고개를 바닥에 떨어뜨리고 침묵했다.

"서연이와 혼인할 수 없다고 하였다지?"

선비의 기색을 살피던 최익순은 다시 물었다.

"그렇습니다."

"앞으로 어찌할 생각이더냐?"

"사실 저는 어린 나이에 한 선택이라도 마지막까지 제 선택에 책임을 다하고 싶었습니다. 하나 가짜 진성대군으로 사는 것에 점점 지쳐갔고, 그대로는 저 자신조차 괴물이 되고 말 것 같았습니다. 해서 폐주를 쫓아내고 이 일을 끝내고 싶었습니다."

입을 다물고 생각에 잠겨 있던 선비가 드디어 속을 터놓았다.

"한데?"

"그러나 또 그것으로 끝날 일은 아닌 듯싶습니다. 왕이 되려고 생각해 본 일이 없는 그분을 보위에 올렸으니, 그분이 정사를 돌보실 수 있을 때까지 도와야 할 것 같습니다. 폐주가 없애버린 홍문관과 성균관을 다시 세워야 할 것이며 새로운 인재를 뽑아야 하고……."

"어찌하여 그 모든 것을 네가 해야 한다고 생각하느냐. 그런 마음이 어느 날 욕심이 되어 너를 삼킬 수도 있다는 것을 모르느냐?"

"예?"

나라를 근심하는 손자를 바라보던 최익순은 쯧쯧 혀를 찼다.

"그래, 그리되면 너는 어찌 하려는 것이냐?"

"저는 정치에는 뜻이 없으니 명으로 가서 천천히 돌아보며 백성들에게 꼭 필요한 쓸모 있는 것들을 들여올까 합니다."

이미 오래전부터 반정을 끝내고 살아남는다면 모든 것을 훌훌 털어버리고 떠나기로 하였으니 더 이상의 미련은 없었다.

"그리 생각한다면 그나마 다행이다. 하나 말이다, 전하께도 기회를 드려야 하지 않겠느냐? 스스로 백성을 위해 근심해 보지 않았는데 어찌 왕 노릇을 하겠느냐? 너도 전하도 늙은 내가 보기엔 아직 한참 멀었다. 홀로 근심하지 말고 너의 마음을 전하는 법부터 배워야 할 것이야!"

"예, 명심하겠습니다."

듣고 보니 할아버지의 말이 모두 일리가 있는 것이었다.

"또 서연이를 마다하였다면 네가 마음에 둔 이는 뉘 댁의 여식이냐?"

"그것이, 궁녀입니다."

"뭐, 뭐라?"

너무 턱없이 기가 막혀도 말이 나오지 않는 모양이었다. 산전수전 다 겪은 백전의 노장도 채 말을 잇지 못하고 손자를 멍하니 바라보기만 하였다.

"궁녀?"

"예, 서고에서 문서를 정리하는 궁녀입니다. 전하께는 이미 말씀을 드렸습니다."

"내가 너를 잘못 보았더냐? 고작 궁녀 하나를 얻기 위해 전하께 청을 넣어? 네 이놈!"

내가 이놈을 잘못 보았는가, 그러게 내 밑에서 끼고 가르쳤어야 하는 것을, 그리 어린 나이에 떠나보내는 것이 아니었는데. 순간 수없이 많은 후회가 뇌리를 스치며 좀체 화를 내지 않는 최익순도 큰소리를 내고 말았다.

"혹 그 궁녀의 미모에 혹해 공을 내세워 청을 올렸다 생각하시는 것입니까?"

할아버지의 얼굴에 낭패의 빛이 스치는 것을 본 선비는 서둘러 무릎을 꿇었다.

"그것이 아니면 무엇이더냐?"

"그 여인은 지난번 폐주에게 쫓길 때 제 목숨을 구해주었습니다. 뿐만 아니라 심성 또한 반듯한 여인입니다."

"내 집안에서는 첩실은 들이지 않는다!"

"혼인하겠습니다."

"은혜는 달리 갚으면 될 것이고, 목숨을 구해준 은인이라고 다 혼인을 한다더냐?"

최익순이 보기에는 손자란 놈이 제정신이 아닌 것이었다. 생각이 모자라고 어리석어 세상 물정을 모르는 것도 아닐 것이고, 그 궁녀에게 홀려도 단단히 홀린 것이었다. 그렇지 않고서야 어찌 이리 꽉 막힌 소리를 할 수가 있단 말인가.

"처음으로 마음에 품은 여인입니다. 혼인하여 평생을 함께하고 싶습니다."

"집안의 안주인을 들이는 일이다! 어찌 너에게 맡겨둘 수 있겠느냐? 네 아비에게 기별을 넣어야겠구나!"

최익순은 손자라는 놈이 저리 부득부득 우기니 더 이상 말을 해보았자 소용이 없을 듯하여 자리에서 벌떡 일어났다.

"온 집안에서 반대하신다면! 소손이 이 집안을 나갈 것입니다!"

"뭐라! 이런 고얀 놈을 봤나? 하면 이제 네가 너의 명자조차 버리겠다는 것이더냐?"

부글부글 끓는 속을 간신히 가라앉히고 나가려던 최익순이 집안을 버리고 나가겠다는 선비의 말에 기어이 다시 돌아서고 말았다.

"어차피 이름을 버리고 산 지 오래 되지 않았습니까. 무엇으로 산들 어떠하겠습니까?"

어린 손자를 떠나보낸 것을 후회하는 최익순의 약점을 이렇게 이용하는 것은 손자 된 도리로 할 짓이 아니었지만, 이 엄청난 싸움에서 선비에게는 아군으로 잡고 늘어질 이가 할아버지밖에 없으니 어쩔 수 없는 일이었다.

"음! 몸을 정히 하고 후원으로 나오너라!"

최익순은 부글부글 끓어오르는 속을 간신히 누르며 방을 나갔다.

"음, 이거 큰일인데. 내가 할아버님과 어찌 겨루지?"

선비는 꿇었던 무릎을 펴며 회심의 미소를 지었다.

사람이란 하루아침에 변하지 않는 법이었다. 아주 어렸을 때나 지금이나 말 안 듣는 손자를 가르치는 최익순의 방법이 바뀌지 않은 것을 보면 어차피 할아버지는 눈에 넣어도 아프지 않을 귀한 손자놈에게 져주게 되어 있는 것이었다.

선비가 몸을 씻고 정갈한 무복으로 갈아입고 후원으로 나갔을 때 최익순은 이미 무복으로 갈아입고 나와 있었다.

"손자라는 놈이 잘못된 길을 가니 어찌 하겠느냐. 매를 들 수밖에!"

"이젠 할아버님이 안 되실 텐데요."

최익순이 내미는 검을 두 손으로 받아 쥐며 선비가 중얼거렸다.

"너의 실력이 아무리 출중하다고 이 할애비를 이길 것이더냐?"

굳은 얼굴로 조용히 지껄이며 화를 돋우는 손자놈이 얄미워 최익순은 또다시 버럭 성을 내고 말았다.

"겨루어 지면 매를 맞겠습니다. 하나 이기면 아군이 되어 주십시오, 할아버님!"

선비는 웃는 낯으로 그렇게 말하며 천천히 허리를 숙였다.

"이기기나 하고 청하거라, 이놈!"

뻔뻔한 손자놈이 속을 뻔히 내보이며 아부를 하자 할아버지는 다짜고짜 목검으로 어깨를 한 대 내려치는 것으로 답했다.

서사상궁이 달려와 미주알고주알 고해바친 덕분에 정 상궁은 앉아서도 사인에게 일어나는 일을 대부분 알고 있었다. 정 상궁은 홀로 생각에 생각을 거듭한 끝에 저녁나절이 되어서야 사인을 찾아왔다.

"네 결심에 변함이 없느냐?"

"예?"

이모의 얼굴을 보자 한바탕 잔소리를 들을 것이라 각오했던 사인은 뜻밖의 물음에 의아했다.

"참말 궁을 나갈 것이냔 말이다."

정 상궁은 그동안 사인의 미모가 나라를 흔든다 하였으니 평탄한 인생일 수는 없을 것이라고 생각했었다. 그러나 이미 액땜을 했으니 불운은 끝나지 않았을까 기대했지만 서사상궁의 말을 듣고 보니 주위의 사내들이 사인을 그냥 둘 것 같지 않았다. 더 큰 사달이 나기 전에 결정을 해야겠다고 생각한 것이었다.

"예, 그리할 것입니다."

"이미 국고가 바닥나 궁궐의 궁인들도 먹이고 입히기가 버겁다. 한데도 지금 궁궐에는 폐주가 뽑아들인 궁인이 일천 명에 가깝다. 흥청과 운평들은 이미 다 돌려보냈으니 남아 있는 궁인들의 수도 이삼백 명 선으로 줄여야 한다. 하나 그 많은 수의 궁인들에게 살 곳을 마련해 주고 돌봐줄 여력이 없다. 흥청과 운평을 내보냈을 때처럼 궁적에서 이름을 지우고 모두 고향으로 돌려보낼 것이다. 그래도 괜찮겠느냐?"

"예, 이미 알고 있는 일입니다. 모아둔 것도 있고 어찌 살지도 생각해 두었으니 앞으로는 제가 알아서 살아갈 것입니다."

그동안 키워준 이모를 홀로 두고 궁을 떠나는 것이 마음에 걸렸지만 사인에게는 이번이 하늘이 주신 기회였다.

"하면 이번에 궁을 나가거라."

"예, 전하께 올릴 상소문이 다 되었으니 우선은 도성에 기거할 곳을 마련하고 기다리겠습니다."

사인은 이제야 이모가 제 뜻을 이해해 준 것 같아 그나마 다행이다 싶어 기뻤다.

"네가 신원을 회복할 때까지 살 집을 마련해 두마."

숨겨두고 가슴 졸이며 키워온 사인을 떠나보내는 것은 살점을 도려내는 것처럼 아픈 일이었지만 정 상궁은 더 이상 미련을 두지 않기로 마음먹었다.

"예."

이모가 서고를 나가려고 일어서는데 마침 오늘 밤 입직을 서려고 입궐한 선비와 마주쳤다.

"겸사복께서 서고에는 어인 일이십니까?"

서사상궁에게 들은 것이 있는 정 상궁은 서고로 들어오는 선비를 곱지 않은 시선으로 보았다.

"제 이모님이십니다."

당의 자락에 손을 넣고 매섭게 노려보는 제조상궁을 보고 의아해하는 선비에게 사인이 급히 다가가 속삭였다.

"아, 예! 제조상궁님이 이모님이셨습니까?"

"겸사복님께서 서고에는 무슨 볼일이 있어 이리 자주 출입하시는 것입니까?"

깍듯하게 예를 갖춰 인사하는 선비를 보면서도 정 상궁은 여전히 쌀쌀하게 물었다.

"멀리서 뵙기는 했지만 인사를 드리는 것은 처음입니다. 저는 최훈이라고 합니다."

"이 아이는 수일 내로 궁을 나갈 것이고, 그리되면 궁녀도 아닙니다. 하니 겸사복님도 이 아이에게 허투루 딴 마음 품지 마시고 서고에 드나드는 것은 그만두세요."

"일간 찾아뵙도록 하겠습니다."

"제가 겸사복님을 볼 일은 없을 것입니다."

산 넘어 산이라더니, 선비는 제조상궁의 냉대에 무심결에 한숨이 나왔다.

내내 최익순의 매서운 검에 수없이 맞고 오는 길이었다. 아무리 철없는 손자라 하더라도 할아버지를 공격할 수 없어 죽도록 얻어맞고 또 맞아 결국 최익순 스스로 지쳐서 항복하게 만들었던 거였다. 그렇게 간신히 최익순의 허락을 얻어 기쁜 마음으로 달려왔더니 이번엔 사인의 이모가 냉대를 한다.

"하나 사람 일을 어찌 알겠습니까. 조만간 저를 보자 하실 것입니다."

그래도 어찌하겠는가 사인의 이모인 것을. 선비는 웃는 낯으로 매섭게 돌아서 나가는 정 상궁을 바라보았다.

"괜찮으십니까?"

이모에게 사정없이 냉대를 당하는 선비를 보자니 서연에게 당하던 자신이 생각나 사인은 피식 웃었다.

"아니, 괜찮지 않소. 이것 좀 보시오, 내가 괜찮겠나."

그래도 웃고 있는 사인을 보니 선비는 기분이 좋아져 멍든 목덜미를 보여주었다.

"에그머니나, 이게 어찌된 일입니까?"

선비의 멍든 목덜미를 본 사인은 깜짝 놀라 어쩔 줄을 몰랐다.

"얼마나 맞았는지 이 팔을 들 수가 없소!"

놀라 울 것 같은 사인의 얼굴을 보자 선비는 엄살을 피우며 자리에 앉았다.

"대체 누가 선비님께 이런 짓을 한 것입니까?"

지함 속에 둔 약을 꺼내 선비의 멍든 목덜미와 어깨에 발라주며 사인이 물었다.

"소저와 혼인하겠다고 했다가 할아버님께 죽도록 맞았소."

선비는 자신의 어깨에 약을 발라주는 사인의 손을 잡았다.

"예?"

"나는, 그러니까 나는 할아버님의 허락을 받아 왔소."

수없이 많은 죽음의 고비를 넘기고 수많은 살수들과 맞서면서도 겁먹어 본 적이 없던 선비도 막상 혼인해 달라 말을 하려니 떨렸다. 선비는 별수 없이 감춰둔 옥가락지를 불쑥 내밀었다.

"이것이 무엇입니까?"

가슴이 덜덜 떨려서 어렵게 말을 꺼내고 가락지를 주었건만 눈을 동그랗게 뜨고 바라보는 사인을 보자니 선비는 숨이 턱 막혀 버렸다.

"나를 다시 웃게 해준 사람이오, 당신은. 나와 혼인해 주시오."

그제야 정신이 든 선비가 위엄을 갖추고 다시 말했다.

"저와 혼인하면…… 저는!"

이제는 제 목숨보다 귀해진 이 사내가 무엇 때문에 온몸에 멍투성이가 되었을지 너무나 잘 알고 있는 사인이었다.

"저는 다시는 겸사복님의 웃음을 보지 못할 것입니다. 하니 혼인할 마음 없습니다."

선비의 손바닥 안에 놓여 있는 가락지를 들여다보다 가슴이 아파 사인은 더 이상 말을 잇지 못했다.

"그것이 무슨 말이오? 헤어지지 말자 하지 않았소?"

"헤어지지 말자 하였지 혼인하겠다고 하지는 않았습니다."

선비의 손에 잡혀 있던 손을 빼 멍든 그의 어깨에 약을 발라주며 사인은 냉정하게 말했다.

"어찌 그러는 것이오. 내가 무엇을 잘못했소?"

"그저 혼인 같은 것은 생각해 보지 않았다고 하는데 어찌 그러십니까."

선비의 옷을 들추다보니 어깨 아래도 온통 멍투성이다. 그가 다친 만큼 아프고 미안한 마음에 울컥 눈물이 고였다.

"아픈 곳은 그곳이 아니오. 지금 아픈 곳은 이곳이란 말이오."

선비는 약을 발라주는 사인의 손을 잡아 자신의 가슴으로 가져갔다. 그 모습을 보고 있는 사인의 야윈 볼을 따라 눈물이 주르륵 흘러내렸다.

"하니 내가 아플까 근심한다면 그러지 마시오."

"저는 이렇게 보고 있는 것만으로도 되었습니다. 하니 더 이상 애쓰지 마십시오."

선비의 옷깃을 여며주며 사인은 그를 밀어내고 돌아섰다.

"너무 갑작스러워 당황했다면 기다리겠소. 하니 나를 믿고 허락해주오."

"저는 그만 나가야 하니 돌아가십시오."

돌아서 멀어져 가는 사인을 잡을 수 없어 선비는 그저 멍하니 서 있었다.

"이제 오는가?"

이역은 홀로 앉아 술을 마시고 있다가 어깨를 늘어뜨리고 들어오는 선비를 발견하자 난처한 표정을 지었다.

"침전에 드셔서 어찌 술을?"

"잠이 오지 않아서 말일세."

"옥체를 생각하셔서 그만하시고 침수 드시지요."

왕의 옥체가 근심되어 아뢴 말이지만 이역은 못 들은 척 술잔을 기울였다.

"바람이 찹니다."

이역을 바라보던 선비는 말리는 것을 포기하고 일어나 열어 둔 문들을 닫았지만 한숨이 나오는 것은 어쩔 수 없었다.

"모두들 물러가거라!"

선비의 표정이 뭔가 이상하다고 생각한 이역은 주위를 물렸다.

"예, 전하!"

내관과 나인들이 모두 나가자 이역은 다시 술을 한 잔 마시며 조용히 선비를 바라보았다.

"무슨 일이 있는 것인가?"

선비를 잠시 지켜보던 이역이 낮은 목소리로 물었다.

"혼인하자 말했다 보기 좋게 거절당했습니다."

선비와 이역은 한 살 차이의 사내인지라 잠저 시절부터 여인에 대한 이야기는 서로 숨기는 것이 없었다. 최익순의 충고도 있고 보니 선비는 순순히 털어놓았다. 공연히 이역이 왕이 되었다고 미리 근심하며 거리를 두는 것은 좋지 않을 듯싶었다.

"참말인가?"

선비에게 지은 죄가 있어서 마음이 편치 않아 술까지 하던 이역은 놀라서 뜨끔했다.

"그러하옵니다."

"기방에 가면 절세가인들이 줄줄이 목을 매는 천하의 최훈이!"

공연히 기분이 좋아진 이역은 재차 확인하였다.

"그러게 말입니다."

선비는 허탈하게 대답했다.

"어째서 혼인할 수 없다던가?"

분명 서연이 찾아가 한바탕 난리를 피웠을 것이라 짐작한 이역은 어찌 된 일인지 궁금해서 다시 물었다.

"혼인하면 신이 웃는 모습을 볼 수 없을 거라 하더이다."

그토록 힘들게 할아버지의 허락을 받아내고 공들여 가락지를 준비했건만, 마음이 상한 선비는 기가 막혀 실소만 나왔다.

"어허, 믿을 수가 없구만."

낙심하는 선비를 보자니 속이 찔려 이역은 더 이상 아무 말도 하지 못했다.

무슨 생각으로 서연에게 불쑥 말해 버린 것인지 이역 자신
도 알 수 없었다. 아무것도 모르고 낭패를 당했을 사인에게도
미안했고, 혹시라도 알게 된다면 선비를 볼 면목도 없었다.

"별일은 없는지 나가봐야겠습니다."

"그, 그러겠나?"

이역은 기운 없이 나가는 선비의 뒷모습을 바라보며 또다시
후회하다가 안도했다. 의심 많고 변덕스러운 제 마음을 알 수
가 없었다. 분명 선비가 오기 전까지 줄곧 후회하고 있었는데
사인이 혼인하지 않겠다고 했다는 말을 듣자 안심이 되는 것
이었다. 이역도 긴 한숨을 내쉬었다.

선비가 홀로 술잔을 기울이고 있는 이역을 두고 밖으로 나
와 막 흑목화를 신고 있을 때였다.

"나으리!"

류건에 대해 알아보기 위해 나갔던 용호가 돌아왔다.

"이제 오십니까? 어떻게 좀 알아보셨습니까?"

"예, 흑월의 정보원으로 일하는 큰놈이를 잡았습니다."

용호는 구군복을 입고 언제 어디서고 흐트러지지 않는 자세
로 서 있는 선비에게로 다가왔다. 예전에는 미처 몰랐는데 구
군복을 입고 전립까지 쓴 그에게서는 태산 같은 장중함이 느
껴졌다. 무기를 숨긴 도포를 입었을 때와는 전혀 다른 느낌이
었다.

"어디에 있습니까?"

"성담스님께 맡겨졌습니다."

큰놈이를 잡아 어르고 달래 류건의 정보를 빼내고는 암자에 맡겨두고 온 것이었다. 다시 놓아주었다가는 류건에게 정보를 흘릴 수도 있었기 때문에 일단은 가둬두고 선비의 명을 받기 위해 달려온 것이었다.

"월산에 대해서는 입을 열었습니까?"

"예, 청계천의 거지 패거리들이 아우를 데리고 길을 떠도는 어린아이를 데려다 흑월에 팔았다고 합니다. 흑월에서 줄곧 자란 듯합니다."

"아우가 있었다?"

용호가 전해주는 이야기를 들은 선비는 심각한 표정이 되어 팔짱을 끼고 잠시 생각에 잠겼다. 깊은 생각에 빠질 때마다 나오는 선비의 버릇이었다.

"한데 그것이……."

용호가 고개를 갸웃거리며 목뼈를 우두둑 꺾는 것을 보니 뭔가 마음에 걸리는 일이 있는 모양이었다.

"무엇입니까?"

무언가 심상치 않음을 느낀 선비의 미간도 찌푸려졌다.

"지난번 대군저를 습격했을 때 죽었다고 합니다."

"하면 혹?"

"그자의 집을 알아두었습니다."

선비의 상태를 살피던 용호가 말했다.

"잘하셨습니다."

류건의 집을 알아두었다는 용호의 말에 흡족한지 선비가 고개를 끄덕이고 있을 때 대비전의 나인이 다가왔다.

"대비마마께서 잠시 들라고 하십니다."

"대비마마께서?"

선비는 이렇게 늦은 밤 야심한 시각에 어째서 대비가 자신을 부르는 것인지 이상하다고 생각하며 대비전 나인의 뒤를 따라갔다.

"대비마마께서 기다리고 계십니다."

선비가 대비전으로 들어가자 대비전 상궁이 나와 허리 숙여 맞았다.

방문이 열리자 나이가 들었지만 여전히 깨끗하고 단아한 모습의 대비가 선비를 기다리고 있었다.

서안에 펼쳐 놓은 서책을 덮으며 대비는 웃는 낯으로 천천히 걸어 들어오는 선비를 바라보았다.

"오랜만에 뵙습니다."

선비는 대비를 향해 큰절을 올렸다.

"이리 다가와 앉아라."

대비가 가까이 앉으라고 권하자 선비는 몸을 일으켜 그녀의 곁으로 가 앉았다.

"밤이 늦었는데 어찌 침수 드시지 않으시고……?"

"주상은 어찌하고 계시더냐?"

대비는 선비가 이역의 대역을 할 때와 다름없이 대했다.

"막 침수 드시려는 것을 보고 나왔습니다."

왕을 걱정하는 대비의 마음은 잘 알겠지만 바른대로 아뢸 수는 없었다. 공연히 왕이 신씨를 잊지 못해 잠을 못 이루다 술을 한잔 해야만 잠이 든다는 것을 알려 대비까지 근심하게 할 필요는 없다고 생각했지만 바른대로 말하지 못하는 선비의 마음도 불편했다.

"아직도 많이 힘들어 하느냐?"

"시간이 좀 더 흘러야 할 것 같습니다."

이미 모두 알고 있는 대비에게 공연히 거짓을 고한 것이 멋쩍어 선비는 기운 없이 대답했다.

"빨리 좋아져야 할 터인데."

여전히 여리고 연약하기만 한 아들을 믿을 수 없어 대비는 울먹이며 수건으로 눈가를 찍어냈다.

"차차 나아질 것입니다, 마마."

문득 대비를 처음 봤던 날이 생각났다. 너는 대군을 위해 기필코 살아남아야 한다. 너는 오직 살아남아라. 대비 역시 굳은 얼굴로 그렇게 말했었다.

"받거라."

대비는 갑자기 서안 옆에 두었던, 보자기에 곱게 싸둔 패물함을 밀어 주었다.

"이것이 무엇입니까, 마마?"

"그동안의 노고를 어찌 보답할 수 있겠느냐만 내 마음이라 생각하고 받아두어라."

친가에서 어린 최훈을 처음 본 그날이 생각났다. 쪽빛 복건을 쓰고 옥빛 전복을 입은 아이의 얼굴에서는 결핍의 흔적이라고는 찾아볼 수 없었다. 그것은 누구의 눈치도 보지 않고 부모의 정을 듬뿍 받고 자란 아이에게서만 볼 수 있는 환한 얼굴이었다.

"아닙니다!"

이제는 그때의 밝고 따듯한 모습은 전혀 찾아 볼 수 없이 냉정하고 차가워 보이는 그는 예상대로 단번에 받을 수 없다고 거절했다.

"훈아! 나는 가끔씩 네가 참말 내 자식이었으면 좋겠다고 생각했었다."

최훈이 아들 이역을 대신하며 처음 입궐하던 날이 떠올랐다. 오랜만에 입궐한 그를 본 성종은 늘 병약한 세자와는 달리 진성대군은 강건하게 자라고 있어서 대견하다고 흡족해 했었다. 밝게 웃으며 살갑게 대하는 아이에게 그녀는 굳은 얼굴로 엄하게만 대했었다. 어쩐지 정을 주고 말 것 같은 자신이 두려워 아이의 맑은 눈을 바로 보지 못했었다. 혹여 이 아이가 잘못해 자신이 꾸민 일이 드러나기라도 할까 두렵고 무서웠었다.

"갑자기 어찌……?"

선비는 늘 엄하고 강인하게만 느껴졌던 대비의 갑작스러운 변화를 받아들이기 어려웠다.

"처음 너를 부른 것은 내 아들을 지켜야 했기 때문이었다. 하지만 언제부터인지 내가 너를 믿고 의지하게 되었구나."

어린 훈은 하나를 가르치면 단숨에 열을 깨치는 영특한 아이였다. 너무나 영리한 아이를 보며 탐이 나는 마음을 어쩔 수 없었다. 그래서 언젠가부터 이 아이를 내 자식이라 믿게 되었고 의지하였다. 한데 그런 아이가 이제 내 곁을 떠나려고 한다.

"마마!"

그러나 믿을 수 없는 그 말에서 대비의 진심이 느껴져 도리어 선비가 당황했다.

"서연이와 혼인을 하지 않겠다고 했다지? 달리 마음에 품은 이가 있다면 어쩔 수 없겠지."

대비는 긴 한숨을 내쉬었다.

"송구합니다."

"훈아, 너와 네 집안이 힘을 보태주지 않으면 주상은 언제까지나 공신들의 뜻대로 움직일 수밖에 없다."

대비는 절박한 얼굴로 가까이 다가와 선비의 손을 잡았다.

"마마! 오랫동안 이 날을 기다려왔습니다. 이제 떠날 수 있게 윤허하여 주십시오."

대비가 무엇을 근심하는지 잘 알고 있었지만 그는 이제 모든 것을 내려놓고 자유로워지고 싶었다. 또다시 책임감이나 신하의 의무에 짓눌려 살아가고 싶지 않았다.

"아직은 주상이 보위에 오른 지 얼마 되지 않았으니 네가 없으면 아니 된다. 알지 않느냐, 다시 생각해 다오!"

최훈과 그의 집안이 도와주지 않는다면 공신들에게 짓눌린 이역은 평생 제대로 된 왕 노릇을 해볼 수 없을 것이고 대비 또

한 설 자리가 없으니 포기할 수 없었다.

선비는 서운해하는 대비에게 거듭 떠나겠다는 뜻을 전하고 대비전을 나왔다.

금침 속에 누워서도 이역은 잠을 이루지 못했다.

사인의 본 모습이 궁금하다는 생각을 떨쳐 버릴 수 없었기 때문이었다. 처음엔 그저 저 못난 얼굴을 걷어내면 어떤 모습이 드러날 것인가 궁금하기만 하던 것이 한 번만 봤으면 좋겠다는 간절한 마음으로 바뀌었다.

"아니 되겠다."

결국 뜬눈으로 밤을 샌 이역은 파루의 북이 울기도 전에 자리에 일어나 소세를 하였다.

몸을 씻으면 끈끈하게 달라붙는 욕망을 떨쳐 낼 수 있을 줄 알았지만, 정신을 가다듬자 오히려 한 번쯤 본들 어떠하리 하는 생각이 들었다.

"사인이 기거하는 방을 알고 있겠지?"

"그러하옵니다만?"

밤새 뒤척이며 잠을 이루지 못하던 왕이 갑작스럽게 사인의 방을 묻자 엄 상궁은 예감이 좋지 않았다.

"가자!"

이역은 야장의 차림 그대로 엄 상궁을 앞장세워 사인의 방으로 향했다.

궁궐을 한 바퀴 돌아오던 선비는 전립의 끈이 끊어지며 흰색 면사에 엮여 있던 붉은색과 황색을 입힌 구슬이 흩어지자 당황해 몸을 숙였다.

"어?"

황급히 구슬을 주워 모으려 했으나 이미 모두 흩어져 버린 뒤였다. 이런 일이 없었던지라 이상하다고 생각하면서도 선비는 남아 있는 끈을 다시 묶고 전립을 바로 썼다.

"튼튼한 끈이었는데?"

선비는 간 지 며칠 되지 않은 줄이 끊어지자 예감이 좋지 않았다.

다시 궁을 한 바퀴 돌아 침전을 향해 가던 선비는 저만치 야장의 바람으로 새벽 산책에 나선 왕과 내관들을 보고 가까이 가려다 멈칫했다. 이상하게도 엄 상궁을 앞세워 왕이 가고 있는 방향이 사인이 기거하는 쪽이었던 것이다.

이른 새벽이었지만 사인은 저절로 눈이 떠졌다.

이제 곧 궁을 나갈 살 수 있을 것이라는 생각에 잠이 오지 않았다. 꿈도 꿔보지 못했던 삶이 이제 현실이 되려는 것이었다. 오늘 궁을 나가 살 집을 알아보고 오겠다고 서사상궁에게 말해두었다. 보나마나 이모가 구해주는 집은 사인이 잠시 기거하기에는 너무 크고 화려할 게 분명했다. 이모가 집을 구하기 전에 자신이 직접 적당한 곳을 고르려는 것이었다. 또 나간 길에 류건의 집에도 가서 준이도 보고 그간의 이야기도 들어볼 생각이었다.

"에그머니!"

이불을 개어두고 소세 물을 뜨러 밖으로 나오는데 엄 상궁이 사인이 기거하는 처소의 중문을 들어서는 것이 보였다.

"마마님!"

엄 상궁이 또 어인 일이지?

큰일이라고 생각하며 고개를 숙이며 보니 뒤를 따라 왕이 홀로 들어오고 있었다.

"전하!"

소스라치게 놀란 사인은 허리를 깊이 숙였다.

"잠시 나가 있게!"

문 앞에 궁인들과 내관들을 세워둔 이역은 엄 상궁에게도 나가 있으라고 명했다.

"예, 전하!"

"고개를 들라!"

이역은 엄 상궁이 문을 나가는 것을 확인하자 사인에게로 다가섰다.

"어명이다, 고개를 들라 하지 않더냐?"

고개를 들라는 말에도 허리를 숙이고 꼼짝 않는 사인의 얼굴을 보기 위해 이역은 그녀의 턱을 잡으려 했다.

"어이쿠!"

놀란 사인은 자신의 얼굴을 만지려는 왕의 손을 쳐낸다는 것이 있는 힘껏 밀어내고 말았고 이역은 그대로 넘어지며 엉덩방아를 찧고 말았다.

"전하!"

워낙에 갑작스런 일이라 사인의 눈동자는 놀라서 커질 대로 커졌다.

"손이 제법 맵구나!"

비록 살짝 밀친 것이라고는 하지만 뒤로 넘어진 충격이 가벼운 것만은 아니었다.

"그러게 어찌 그러셨습니까?"

사인은 이역의 손을 잡아 일으켜주며 퉁명스럽게 말했다.

이역의 눈앞에 깎아놓은 백옥같이 하얀 사인의 얼굴이 보였다. 풍성하고 긴 속눈썹에 쌓인 깊이를 알 수 없는 검은 눈동자와 곧은 콧날. 숨이 막히도록 아름다웠다.

이역은 간신히 입안 가득 고인 침을 삼키며 입을 열었다.

"네가 이리 아름다웠구나."

사인이 내민 손을 잡고 일어난 이역은 눈이 부신 듯 멍하니 그녀를 바라보고 있었다.

그동안 나름대로 기방도 가보고 운종가에 나가 여인들도 보았지만 이렇게 아름다운 여인은 처음이었다. 역시 그의 짐작대로 최훈은 궁궐에서 제일 어여쁜 궁녀를 빼돌려 제 것으로 만들려고 한 것이었다. 그러나 분명 사인은 궁녀이고 이역이 그녀에 대해 잘 알지 못했으니 최훈과의 약조는 무효라는 생각이 들었다.

"누추한 곳엔 어찌 오신 것입니까?"

닿을 듯 가까이 서 있는 이역이 부담스러워 사인은 건조한 목소리로 물었다.

"네 본모습이 보고 싶어서, 이렇게 갑자기 들이닥치면 볼 수 있을 것 같아서 말이다."

이역은 자신을 빤히 바라보는 사인의 깊은 눈동자를 마주보며 대답했다.

"때로는 보지 않아야 좋을 것들도 있지 않겠습니까?"

이역의 눈동자에서 이미 그의 마음을 헤아린 사인은 다시 허리를 숙이며 말했다.

이제 조금만 버티면 궁을 나갈 수 있을 것인데 일이 점점 어렵게 꼬여가고 있다는 생각에 착잡해졌다.

선비는 문 앞에 대기하고 서 있는 궁인들의 눈을 피해 안으로 들어가 나무 뒤에 몸을 숨겼다. 그리고 그는 그곳에 서서 사인을 바라보는 이역의 얼굴을 보았다. 사내가 보면 사내를 알수 있다고, 오랫동안 이역을 곁에서 봐왔던 선비는 그가 원하는 것이 무엇인지를 단번에 알아차렸다.

선비는 미동도 없이 그들을 바라보고 있었다. 분노로 손이 부들부들 떨리고 금방이라도 그대로 그 자리에 주저앉고 싶었다.

"음!"

굳게 다문 선비의 입술 위를 굵은 눈물이 적시고 있었다.

주체할 수 없는 배신감이 그를 삼켜 버릴 것 같았다. 칼집을 단단히 움켜쥔 커다란 손에 굵은 힘줄이 도드라졌다.

"흠!"

끓어오르는 분노를 삼키며 고개를 드니 마지막 잎새에 맺힌
이슬이 영롱하게 빛난다.

물기 젖은 그의 눈앞에 어른어른 떠오르는 기억.

"형, 가지 마. 나는 세자 형님이 너무 무서워. 형이 내 곁
에 있어주면 안되겠어? 형이 있으면 나는 무섭지 않을 것
같은데!"

어린 이역은 돌아가겠다는 최훈의 손을 잡고 매달렸었다.

"그럼 대군마님이 성년이 될 때까지입니다. 대군께서 더
이상 세자저하를 두려워하지 않을 때까지만 있을 겁니
다."

"진짜? 참말이지? 남자대 남자로 약조 하는 거다."

"그래요, 남자대 남자로!"

이역이 우는 것을 본 최훈은 그렇게 손을 내밀었고 두 아이
는 그날 이후 쭉 잡은 손을 놓지 않았었다.

선비는 고개를 흔들어 신음을 삼키며 자신이 목숨을 걸고
지켜왔던 이역과 그가 제 몸처럼 아끼는 여인을 바라보고 있
었다.

"막아보려 했지만 전하께서 이미 작정을 하신 듯하여……."

엄 상궁은 일이 끝나자 곧바로 제조상궁에게 오늘 새벽 있었던 일을 알리러 왔다.

"이미 알고 그러는 것을 자넨들 어찌 하겠나. 애썼네."

"전하께서 사인이를 괴이는 눈친데 이제 어찌 하시렵니까?"

대전의 다른 궁인들은 사인이 거처하는 문 밖에서 대기하고 있었으니 상황을 알지 못하지만 처음으로 대령상궁이 쉬쉬하던 사인의 본모습을 본 엄 상궁에게는 크나큰 충격이었다.

"어찌 버텨온 세월인데……."

결국 심려하던 일이 터졌다는 것을 알자 정 상궁은 온몸에 기운이 쭉 빠져나가는 것 같았다. 미쳐 날뛰는 폭군과 표독하고 독살스러운 장녹수가 있는 궁궐에서도 그토록 꼭꼭 숨겨 놓았었는데, 이제 겨우 열아홉의 새파란 풋내기 왕에게 들키고 말았다니.

"사인이는 궁궐을 나가 새로운 삶을 살 수 있다는 생각에 한껏 들떠 있는데!"

자기가 살 집은 제 손으로 구하겠노라고 바득바득 우기던 사인이 생각나 정 상궁은 허탈해 그저 웃고 말았다.

"그렇다면 더더욱 큰일이 아닙니까?"

"이미 궁을 나갈 궁인들의 명부가 작성되었으니 오늘이라도 대비마마께 올려야겠네."

"그리하시는 것이 좋겠습니다. 아무리 전하라지만 이미 출궁한 사인이를 어찌하겠습니까?"

"그동안만 자네가 막아주게!"

"애는 써보겠지만 쉽지는 않을 것입니다."

엄 상궁은 그리 대답하고 나왔지만 자신은 없었다. 이미 왕이 마음에 두고 있는 것을 자신이 어찌겠는가. 게다가 오늘 처음 사인의 모습을 보았지만 그녀가 보기에도 사내라면 누구나 혹할 미모를 지니지 않았던가. 그런 사인을 보았는데 홀로 있는 왕이 마음을 접기란 쉽지 않을 것이었다.

"하면 다녀오겠습니다."

새벽에 그 난리를 겪었지만 사인은 꿋꿋하게 변장을 하고 서고로 갔다.

"아니, 전하께서 너를 내보내 줄지 잡아둘지도 알 수 없는 판국에 집주름을 만나러 나가겠다는 것이더냐?"

"그럴수록 빨리 도망가야지요."

펄쩍 뛰는 서사상궁과는 달리 사인은 덤덤하게 대답했다.

"하! 뭐 이런 기 다 있노?"

"제가 뭐 서고에만 숨어 있던 예전의 못난이 사인인 줄 아십니까?"

"하면?"

"궁궐 밖에 나갔다가 산전수전 다 겪은 사인이랍니다. 대비전의 똑똑이!"

"그러다 전하께서 너를 후궁으로 삼겠다 하시면?"

서사상궁은 대체 사인이 뭘 믿고 저런 배포를 부리는 것인지 기가 막혀 한참을 보았다.

"어림없습니다. 저도 취향이라는 것이 있는데!"

사인은 그리 대답하며 꾸벅 절하고 궁궐을 빠져나왔다.

"이상하네?"

사인이 궁궐을 나와 한참을 걸어도 궁궐 밖 요금문에서 기다리겠다던 류건은 보이지 않았다.

"항아님!"

이상해서 주위를 살피는데 갑자기 쪼르르 달려오며 사인을 부르는 소녀가 있었다. 매무새로 보아서는 뉘 댁의 어린 하녀가 틀림없었다.

"무슨 일이시오?"

"종사관 나으리께서 항아님을 뫼셔오라고 하셨습니다."

"류 종사관댁에서 온 것이오?"

"예, 가마를 가져왔습니다."

소녀가 가리키는 곳을 보니 가마꾼과 가마가 기다리고 있었다.

"걸어가도 될 것인데?"

"나으리께서 항아님을 운종가 매분구에게 모셔다 드렸다가 댁으로 다시 모시라고 하셨습니다."

어린 하녀는 또랑또랑한 목소리로 제 주인의 뜻을 전했다.

틀림없이 분장도 지우고 옷도 갈아입고 오라는 류건의 배려

일 것이다.

"그랬군요."

사인은 고개를 끄덕이며 가마에 올랐다.

운종가 매분구에게 들러 곱게 단장을 마친 사인은 다시 가마를 타고 류건의 집으로 향했다.

때마침 선비도 말을 타고 류건의 집을 살펴보려고 매화골로 가고 있었다.

새벽부터 이역에 대한 배신감으로 분노한 선비는 사실 그 무엇도 하고 싶은 마음이 생기지 않았다. 무슨 의욕이 있어서 일을 할까 싶었지만, 그래도 해야 할 일은 또 해야 하는 것이니 용호를 앞세워 류건의 집을 알아두고자 온 것이었다.

"저 집입니다. 뒤뜰에 매화가 많다고 매화골이라고 불리는 곳입니다."

먼저 말에서 내린 용호가 번듯한 기와집들 사이에 서 있는 매화나무가 유난히 많은 기와집을 가리켰다.

"응? 저 여인은?"

말에서 내린 선비는 용호가 가리키는 쪽을 바라보다가 막 도착한 가마에서 내리는 여인을 발견하고 흠칫 놀랐다.

"어찌 궁궐에 있어야 할 사람이?"

어찌 궁궐에 있어야 할 사인이 류건의 집 앞에 서 있는 것일까. 혹 사인과 류건이 저가 알지 못하는 인연으로 엮여 있는 것인가 속이 탔다. 게다가 새벽부터 그녀와 마주칠 때마다 가슴을 철렁하게 하는 바람에 선비는 슬슬 울화가 치밀었다.

"왔느냐?"

하녀가 문을 두드리자 대문이 열리며 하인들을 앞세우고 류건이 나왔다.

"집이 좋네?"

생각했던 것보다 집의 규모가 크고 호화로워 사인은 당황해서 들고 온 붉은 주머니를 만지작거렸다.

"들어가자."

류건이 앞서 가자 사인도 조심스럽게 대문턱을 넘어 들어갔다. 화류목 중방은 보드라운 기운이 돌고 박달나무 대청은 향기가 어렸다. 안으로 들어갈수록 정갈하고 단아한 집이었다.

"참으로 아름다운 집이네."

장엄한 용마루가 눈앞에 이어지고, 단청은 칠하지 않았으나 벽마다 꽃무늬에, 섬돌에는 모란을 새겼다.

"어서 들어오지 않고 뭘하고 있니?"

사인이 아름다운 집을 구경하느라 느릿느릿 걷자 앞서 가던 류건이 돌아보며 재촉했다.

"집이 참으로 단아하다."

"매화나무가 많다고 사람들이 매화골이라 불렀지."

뒤뜰로 들어선 류건은 꽃담 주위로 길게 늘어선 나무들을 가리키며 환하게 웃었다.

"이집 주인이 매화를 좋아하셨나 보구나?"

"응, 내 아버님이."

류건이 고개를 끄덕였다.

"네 아버님?"

사인은 오늘따라 유난히 쓸쓸하게 보이는 류건의 옆모습을 바라보았다.

"응, 언젠가는 찾겠다고 했던 집."

"이곳이 미우 항아님이 늘 그리워하던 그 매화골이었어?"

그제야 사인은 매화골을 기억해냈다.

"맞아."

사실 이 매화골은 어린 시절 미우와 류건 형제가 살던 집이었다. 이곳에서 부모님과 미우, 아우인 준이 모두 모여 살 때 류건은 행복한 도령이었다. 그렇게 큰 불행이 덮쳐 오지만 않았어도 이 집에서 류건은 아버지처럼 서책을 끼고 살고 있었을 것이다.

그는 언제나 이 집을 다시 찾아 미우와 아우 준이 모여 사는 것을 꿈꾸었다.

류건의 간절한 소망처럼 집은 찾았지만 이곳에서 함께할 사람들은 모두 떠나고 없었다.

"올라와!"

"어, 그래."

류건은 후원이 내려다보이는 누마루로 사인을 인도했다.

"앉아, 나는 들어가 먹을 것 좀 내올게!"

사인이 제 집에 와주었다는 것만으로도 고마웠던 류건은 서둘러 꽃방석을 내어주며 앉으라 권했다.

"그래."

사인이 겨우 숨을 고르며 자리에 앉자 허둥지둥 밖으로 나가던 류건이 기둥에 이마를 찧어 쿵 소리가 났다.

"괜찮니?"

"어, 어! 괜찮지, 그럼!"

사인을 힐끗거리다 기둥에 이마를 된통 찧고도 류건은 바보처럼 실실 웃었다.

류건이 안채로 가버리자 사인은 소맷자락에 넣어두었던 붉은 주머니를 꺼내 보았다. 그것은 이용이 헤어지며 사인에게 주었던 것이었다. 궁궐로 돌아와 주머니를 열어보니 커다란 금덩어리가 들어 있었다. 이용이 준 것이니 미우의 동생인 류건에게 주어야 할 것 같았다.

"이것을 주려고 했는데."

사인은 이것을 가지고 멀리 떠나 편안하게 살면 어떻겠냐고 류건을 설득하려고 온 것이었다.

"시장하지?"

"아니야."

류건이 돌아와 자리에 앉자 사인은 밝고 온화한 기운이 퍼지는 환한 미소를 지어 보였다. 사인의 웃는 얼굴을 보자 공연히 들뜬 류건의 얼굴이 붉어졌다.

"그만 좀 봐. 내 얼굴에 뭐가 묻었니?"

"아니, 그저 고와서."

"뭐?"

사인은 그런 류건을 어이없다는 듯 쳐다보았다.

"참말인데?"

그러자 류건은 쑥스러운 듯 소리를 내어 크게 웃었다. 그의 웃음소리는 그 옛날 대비전 후원에 숨어 살던 미우를 찾아올 때의 어린 류건의 웃음처럼 가볍고 투명했다.

어쩐지 그 밝은 웃음소리를 듣자니 눈물이 날 것 같아 사인은 서둘러 고개를 돌렸다.

"이것이 다 무엇이야?"

하인들이 음식이 가득 차려진 커다란 교자상을 내려놓았다. 백봉령죽, 물김치, 수수부꾸미, 삼색전, 생선회, 홍어와 수육, 조기구이, 서대구이, 가오리찜, 산나물 구절판, 신선로, 두부선, 호두장과, 죽순잡채, 더덕양념구이, 건구절, 홍합, 생선찜, 오화당(五花糖), 귤병, 당대추, 개피떡, 꿀합떡, 화전에 영계찜, 어회, 어선, 머루, 다래, 유자, 왜화병, 당화병……. 사인이 어디에서도 보지 못했던 최고의 상차림이었다.

"나으리께서 말씀하신 대로 잘한다는 찬모들을 불러 밤새 장만한 것들입니다."

그러자 사인을 안내했던 소녀가 작은 상을 들고 들어와 내려놓으며 부러운 듯 쳐다보았다. 소녀는 사인이 앉아 있는 상 위에 작은 접시들을 놓아주고 갔다.

"자, 어서 먹자."

류건은 젓가락으로 고기 한 점을 가만히 집어 사인의 접시에 놓아주었다.

"잘 먹을게. 근데 준이는 어디 갔어? 같이 먹으면 좋을 것을."

사인은 젓가락으로 고기를 들고 먹으려다 말고 물었다.

"먹어. 먹고 나서 이야기 해줄게."

"음식이 아주 맛있네."

"다행이다."

음식을 먹어본 사인이 흡족해하자 류건도 아주 환하게 웃었다. 그의 웃음이 투명하고 맑아서 답답하고 우울했던 속이 시원해지는 것 같았다.

"한데 어찌 나를 매화골로 오라 한 것이야?"

"미리 걱정할 것 없다. 내 무엇을 어찌 하자는 것이 아니니. 그저, 내 집에 불러 그간의 이야기도 나누며 밥이나 한 끼 먹이고 싶었을 뿐이다."

담담하게 대답하는 류건의 목소리는 차분했다. 살수의 그 날카롭고 냉랭함은 사라져 버린 지 오래였다.

"국화차 좋아하나?"

"그럼, 서사상궁마마님이 워낙 차를 좋아하셔서."

밥을 다 먹고 다과상이 나온 뒤에도 류건은 서둘지 않았다.

사인이 온다는 생각에 밤새 한잠도 자지 못하고 집안을 서성거렸다. 사인이 대문 앞에 당도했다는 말을 듣고 몸이 둥둥 떠오르는 것만 같았다. 류건의 머릿속에는 이제 어찌하면 눈앞에 앉아 있는 사인의 마음을 얻을까 하는 생각으로 가득 차 있었다.

"준이는 언제와?"

"준이는 없어."

"벌써 혼인을 했나? 여기 같이 안 살아?"

"그날 준이와 나는 조방꾼을 따라 멀리 도망쳤지, 그러나 명창인 누님이 없는 패거리들은 먹을 것을 구하기도 어려워 굶는 날이 더 많았다. 결국 나는 준이를 데리고 도망쳐 청계천 거지 패거리로 들어갔는데 왕초가 준이와 날 살수단인 흑월에 팔아버렸던 거야. 준이와 난 쭉 살수로 키워졌다."

류건은 다시는 꺼내고 싶지 않았던 그 이야기를 사인에게 들려주었다.

"세상에, 그래서 준이는? 준이는 어디 있는데?"

"준이는 죽었다."

그 말을 입 밖으로 내놓는 순간 조금 전까지 행복했던 마음은 어디론가 사라져 버리고 가슴속을 온통 무겁게 채워오는 건 이유를 알 수 없는 분노와 슬픔뿐이었다.

"어떻게 그런 일이!"

사인은 울 것 같은 얼굴로 류건을 바라보았다.

궁궐에서 류건을 다시 보았을 때 이상하게 어두웠다. 절망이 그를 짓누르고 있는 것만 같았다. 준이 죽었다는 말을 듣는 순간 그 아픈 예감은 더욱 선명해졌다. 그래서 사인은 달리 위로할 말을 찾지 못해 어찌할 바를 모르고 있었다.

"괜찮아, 이제는 네가 있잖아."

류건이 쓸쓸하게 웃으며 내미는 찻잔을 사인은 말없이 받아

들었다.

"내가 어찌 궁궐에 왔는지 궁금하다 했니?"

늘 궁금했던 일이었으나 류건의 갑작스러운 물음에 사인은
오히려 당황하였다. 어쩐지 듣지 말아야 할 것 같았다. 이제는
그의 비밀을 한 겹 한 겹 벗겨보는 것이 두려워졌다.

"너를 찾으려고."

"나를 찾아 어쩌려고?"

"이 집에서 같이 살고 싶어서. 이제 내게는 너밖에 없으니까."

사인은 잠자코 류건을 바라보았다. 이제야 그가 무엇을 하
려고 하는 것인지 조금은 알 것 같았다.

"나는 이것을 주려고 왔어."

"이것이 무엇이야?"

사인이 내미는 붉은 주머니를 풀어 금덩어리를 본 류건은
허탈해져 피식 웃었다.

"나으리! 대문 밖에 웬 선비가 찾아왔다고 하는데요?"

공기가 한껏 무거워져 있을 때 하인 하나가 달려와 고했다.

"뭐라?"

류건은 직감적으로 그것이 누구인지 단번에 알아차렸지만
내색하지 않았다.

十八章・배신의 계절

"오늘은 바쁘니 다음에 오시라고 해라!"

"예, 나으리!"

류건은 하인에게 그리 일러 보내고 다시 돌아 앉아 사인을 보았다.

"나는 볼일도 있고 이만 가봐야 하니 찾아오신 분을 만나도록 해."

하인이 바쁘게 뛰어가는 것을 지켜보던 사인이 걱정스러운 얼굴로 류건을 바라보았다.

"올 사람이 없으니 개의치 마라. 그보다 나는 네 대답이 듣고 싶은데?"

"나는 곧 궁을 나오겠지만 누구와도 혼인을 하고 싶은 마음은 없어."

"하면, 내게 이 금덩이를 주는 것은 멀리 떠나라는 것이냐?"

"세자를 시해하려는 일에 가담한 네가 내금위 종사관이 되어 다시 돌아왔다는 것은 뭔가 이상하지 않니? 항아님을 생각해서라도 예전처럼 어리석은 짓은 하지 마."

사인은 말은 하지 않았지만 류건이 뭔가 나쁜 일에 연루되어 있을 것만 같아 걱정이었다.

자신의 속내를 훤히 꿰뚫어보는 듯한 사인의 눈빛을 마주하기란 힘든 일이었다.

"내가 궁에 들어간 것은……."

류건은 잠시 말을 끊고 생각에 잠겼다. 아주 잠깐이었지만 그의 얼굴에는 만감이 교차했다.

"궁에 들어간 것은 살아야 할 이유가 그곳에 있기 때문이었다. 하나는 너를 찾는 것, 그리고 또 하나는 준이의 원수를 갚는 것!"

"준이의 원수?"

류건의 입에서 흘러나온 말이 충격이기도 했지만 그냥 흘려듣기에는 너무나 비장하게 들렸기에 사인은 다시 물었다.

"네가 이 집에서 나와 함께 살기를 거절했으니 이제 남은 것은 하나."

류건은 착 가라앉은 목소리로 아주 담담하게 말했다.

"준이를 죽인 이가 궁에 있니?"

사인의 물음에 류건은 고개를 끄덕였다.

처음 류건을 만났을 때 어쩐지 자꾸만 마주치는 것이 우연이라고 하기는 이상하다 생각했었다. 그것이 그럼? 뇌리를 스치는 두려운 생각에 사인의 얼굴이 굳어졌다.

"혹 겸사복 나으리가?"

"맞아, 그놈이야. 최훈!"

내뱉듯 말하는 류건의 대답에 사인의 얼굴은 핏기가 사라지며 창백하게 질리기 시작했다.

"사인아……."

천천히 고개를 들고 사인을 바라보는 류건의 눈빛이 처연해졌다.

"어린 내게는 누님과 아우가 전부였다. 그런 내 마음에 사인이란 작은 계집아이가 들어온 거야. 나는 너를 사랑한다, 진심으로. 그것이 집착이라 할지라도 너는 나를 찾아온 단 하나의 사랑이었다. 준이를 잃은 뒤로 나는 숨이 막혔다. 살아가는 것이 고통스러울 만큼 외로웠지. 그런 나를 살게 해준 것이 바로 너야. 이제 너를 잃는다면 나는 숨이 막혀 죽을 것이다. 그럴 바에는 차라리……!"

그의 입에서 흘러나오는 것은 말이 아니었다. 그것은 사인을 향해 너의 선택에 네가 가장 아끼는 정인의 목숨이 걸려 있다고 내미는 칼날이었다.

류건은 이제 누구를 찌를 것인지 선택하라는 눈빛으로 사인을 바라보았다.

"건아!"

그가 쏟아내는 칼날이 사인의 마음을 찢어놓았다.

"이러면 아니 되십니다!"

"놔라! 네 주인을 봐야겠다고 하지 않더냐!"

웅성거리는 소리에 내려다보니 막아서는 하인들을 뿌리치며 선비가 누마루 쪽으로 걸어오고 있었다. 기다려도 나오지 않는 사인에 대한 걱정에 이성을 잃은 선비는 엄청난 괴력으로 하인들을 들어서 던져 버리고 있었다.

"아니, 나으리가 어찌?"

선비를 발견한 사인은 반갑기도 하고 두렵기도 해서 벌떡 일어섰다.

"이리로 모시거라!"

그 모습을 지켜보던 류건이 손을 들어 하인들을 제지하였다.

"안으로 드십시오!"

주인의 명이 있자 하인들은 못마땅한 얼굴로 선비를 들여보냈다.

"이쪽으로 모시고 차를 새로 내오게!"

선비를 말리던 하인 하나가 황망히 달려오자 류건은 그렇게 말하고 누마루 아래로 걸어내려갔다.

"예, 나으리!"

하인이 허리를 숙이며 물러가자 선비는 전각 위에 일어서 있는 사인을 무뚝뚝하게 바라보았다.

"별일 없소?"

"예, 한데 어인 일이십니까?"

사인은 예를 갖추어 고개를 숙여 보이고는 눈을 살짝 들어 선비의 낯빛을 살펴보았다.

"지나던 길에 잠시 들렀소."

하인과 실랑이를 한 조금 전의 일이 우세스러운 듯 그 차가운 인상이 더욱 굳어 있었다. 사인이 들어가 한참을 기다려도 나오지 않자 용호의 만류에도 불구하고 도저히 참을 수 없어 문을 두드리고 만 것이었다.

"어찌하여 내 집을 찾았는지 모르겠지만 이리 드시지요."

류건은 양반가의 품위가 배어나는 여유로운 걸음걸이로 앞장서 걸어가며 선비를 인도했다. 저 또한 처음부터 어둠 속을 구르는 살수는 아니었다는 일종의 시위 같은 것이었다.

"앉으시오."

류건이 자리를 권하자 선비는 사인의 옆으로 가서 앉았다.

"참으로 좋은 집일세."

선비는 치밀어 오르는 울화를 지그시 누르며 마치 오랜 지기의 집을 찾은 벗처럼 운을 떼었다.

"내 할아버님이 지으신 집이었지."

마주 앉은 두 사람의 시선은 모두 잘 가꾸어진 정원을 향하고 있었지만 그들 사이에는 팽팽한 기가 흐르고 있었다.

소녀가 다시 차를 들여오고 세 사람은 서로 차를 나눠 마셨다.

두 사람의 악연을 알게 된 사인은 숨도 쉬지 못하고 눈치를 살피고 있었다.

"한번은 만나야 할 것 같아서 왔네."

찻잔에 띄워져 있는 국화꽃을 물끄러미 들여다본 선비는 단숨에 차를 마셨다.

"자네와 내가 만나서 해야 할 이야기가 있는가?"

류건은 서두르지 않고 차향을 충분히 음미한 뒤에 천천히 찻잔을 비웠다.

"그날 이 여인을 자네에게 맡겼던 의리로 한 번 더 경고하는 것일세. 이곳을 정리해서 떠나게."

선비는 더 이상은 기다릴 수 없다는 단호한 눈빛으로 류건을 바라보았다.

"이미 내가 그럴 수 없다는 것을 알고 왔지 않은가?"

그러나 류건은 이미 결심을 굳힌 것 같았다. 그는 문득 선비와 그를 번갈아 바라보며 어쩔 줄 몰라 하는 사인을 바라보았다.

"사인아, 너를 위해 꾸며둔 안채를 돌아보지 않을래?"

"그, 그래."

류건의 생각을 알고 있는 사인은 이대로 그냥 있을 수만은 없다고 생각했지만 지금 이 상황에서 두 사람의 이야기에 끼어들 수는 없었다.

"나으리, 저는 안채를 돌아보며 기다리겠습니다."

사인은 자리에서 일어나 선비에게 기다리겠다고 말하고 자리를 떴다. 사인이 사라진 것을 확인한 선비는 차가운 눈빛으로 류건을 바라보았다.

"네가 원하는 것이 정녕 살수로 살다가 개처럼 죽는 것이냐?"

선비는 답답하다는 듯 소리쳤지만 그 역시 류건이 쉽게 물러서지 않을 것임을 알고 있었다.

"개죽음? 너와 내가 다를 바가 무엇이더냐? 나는 양반의 자식으로 태어났지만 집안이 멸문하여 살아남기 위해 살수가 되었고, 양반으로 태어났지만 집안을 위해, 대군을 지키겠다는 명목으로 나보다 더 많은 사람들을 죽여왔으니 너 역시 충성스러운 개보다 나을 것이 무엇이더냐?"

손에 든 찻잔을 빙글빙글 돌리는 류건의 입술꼬리가 의미심장하게 올라갔다.

"뭐라?"

그 순간 류건의 그 말이 선비의 온 살갗으로 스며들며 소름이 돋았다.

"너는 왕을 만들었다고 자부하고 있겠지만, 사냥이 끝나면 개는 잡아먹히는 법. 그는 틀림없이 너를 배신할 것이다."

문득 눈앞에 죽여 버리고 싶도록 미운 원수를 두고도 류건은 울고 싶어졌다. 어찌 보면 선비는 그와 너무 닮아 있었다. 하필이면 이 야속한 세상에 동시에 던져진 것을 원망해야 할 만큼.

"내가 선택한 왕이다. 그럴 리가 없다."

"확신할 수 있나?"

"물론."

선비는 그렇게 대답했지만 어쩐지 그 목소리에 힘이 실리지 않았다.

"할 말은 다 했으니 이만 가봐야겠네."

누마루에서 내려온 선비는 문 앞에서 기다리고 있는 사인에게로 갔다.

"이제 가도 됩니까?"

선비를 보자 사인은 이제 되었느냐는 듯 바라보았다.

"되었소, 갑시다."

선비는 보란 듯이 사인의 손을 잡았다.

"금일 먹어본 음식은 참말 훌륭했어."

선비에게 잡힌 손을 그대로 둔 채 사인은 다소곳이 고개를 숙여 고마운 마음을 전하였다.

"다행이다."

그러자 사인과 선비가 잡은 손을 아주 묘한 표정으로 바라보던 류건은 씁쓸하게 웃었다.

선비의 구석구석까지 노려보는 류건의 시선과 마주치자 사인은 가만히 눈길을 피해버렸다.

"가보겠네."

사인을 태운 가마가 움직이자 류건은 천천히 발걸음을 옮겼다. 그는 높은 곳에 서서 말을 탄 선비가 앞서고 뒤이어 사인을 태운 가마가 긴 담을 돌아 사라지는 것을 지켜보고 있었다.

선비는 말위에 앉아 사인이 탄 가마의 옆을 따라가며 생각에 잠겨 있었다.

알 수 없는 일이었다. 류건은 그동안 무수히 그를 공격해 왔던 많은 적들 중 하나일 뿐이고, 왕의 근처에서 꼭 철저하게 척결해야 하는 인물임에도 불구하고 어쩐지 마음에 걸렸다.

가마에 타고 있는 사인은 곁문을 열어 말을 탄 선비를 훔쳐보았다.

복수를 다짐하는 류건을 생각하면 이럴 때가 아닌데 선비의 뒤태만 보아도 가슴이 철렁, 마음이 소란스레 기웃거린다.

"멈추어라!"

가마가 산 중턱에 들어섰을 때 선비가 말에서 내렸다.

"잠시 걷지 않겠소?"

가마의 문을 열고 선비가 물었다.

"그리하지요."

사인은 수줍게 고개를 끄덕였다.

"춥지 않소?"

"괜찮습니다."

겨울로 가는 공기는 차가웠지만 바람은 없었다.

"궁을 나오겠다는 생각은 변함이 없소?"

선비는 새벽에 이역과 서 있던 사인이 생각나 퉁명스럽게 물었다.

"아주 오래전부터 꿈꾸던 일인걸요."

오랫동안 갈망했던 자유. 그렇게 말하고 나니 괜스레 제 연민에 겨워 코끝이 아파왔다.

잠시 손을 잡고 나란히 함께 걷던 선비와 사인은 큰 바위 위에 서서 도성을 내려다보았다.

"어찌, 마음이 아프신 것입니까?"

오늘따라 유난히 쓸쓸해 보이는 선비의 얼굴을 가만히 올려다보던 사인이 물었다.

"꾸지 말아야 할 꿈을 꾸었소."

"꿈이라는 것을 알고 계시면서 어찌 그러셨습니까?"

선비의 어깨가 너무 무거워 보여 사인은 가슴이 아팠다.

"사내아이가 있었소. 어른들은 그 아이에게 참말 뛰어난 신동이다, 제 할아버지를 닮아 훌륭한 장군감이다, 큰일을 할 아이다, 그렇게 칭찬해 주었소. 사내아이는 그 말을 믿었던 거요. 그래서 꿈을 꾸었소. 나도 할아버지처럼 백성을 지키는 천하무적의 장군이 될 것이다."

"그리 되시지 않았습니까?"

"한데 그때는 몰랐던 거요. 장군은 아무것도 할 수 없다는 것을!"

선비는 농담처럼 웃으며 말했으나, 이번엔 사인의 마음이 아팠다.

"나는 당신을 욕심내서는 안 된다는 것을 아오."

사인을 내려다보는 선비의 눈동자가 강렬하게 빛났다.

"알고 계시면 아니 하시면 되지 않겠습니까?"

사인은 빛나는 그의 눈을 들여다보았다. 따뜻하고 신뢰가 가는 눈빛이 사인을 들여다보고 있었다.

"머리로는 내게 넘치는 미모의 여인이니 아니 된다 하였으나 내 마음이 그리 되지 않는 것을 어찌하겠소?"

그렇게 말하면서 쑥스러운지 선비도 웃었다.

"제게 반하셨군요."

"그렇소."

선비를 웃게 해주려고 한 말이었는데 너무 선선히 대답하자 사인은 기가 막혀 웃고 말았다.

"생각해 보니 내가 가진 것이 아무것도 없소. 그렇다고 앞날이 어떻다고 약조를 할 수도 없소. 내가 줄 수 있는 것은 오래 묵어도 바래지 않을 마음 하나뿐이오."

사인은 그의 가문과 부모 그리고 선비의 창창한 앞날을 위해 걸림돌이 되지 않겠다는 마음에 물러나려 했지만 이제는 그런 마음이 부질없다는 생각이 들었다. 어차피 선비와 사인에게 지난 세월은 목숨을 지키기에도 급급한 한 치 앞도 보이지 않던 시간이었다. 이제 겨우 되찾은 귀한 시간을 가문의 명예나 출세를 위해 허비할 수는 없다는 생각이 들었다. 지금 선비가 오래 묵어도 바래지 않을 마음을 주겠다고 하니 사인 역시 다른 것은 아무것도 필요 없었다. 그 마음 하나면 족한 것이었다.

"그 마음이면 족합니다."

선비는 목이 메어 가라앉은 목소리로 중얼거리는 사인을 와락 끌어당겨 가슴에 품어 안았다. 사인의 몸은 바스락거리는 나뭇잎만큼이나 가벼웠지만 선비에게는 오랫동안 잊고 있었던 따뜻한 온기가 느껴졌다.

"나와 평생을 함께해 줄 수 있겠소?"

선비가 줄에 꿰어 목에 걸고 있던 반지를 내밀었다.

"이 생애서나 저 생애서나 당신이 어디서 무엇이 되어 있건 나는 언제나 당신 곁에 있을 것입니다."

사인은 그 반지에 실려 있는 선비의 마음을 보았기에 그렇게 약조하며 손가락을 내밀었다. 선비는 환하게 웃으며 사인의 손가락에 반지를 끼워주었다.

"이제 집주름을 만나러 가야겠습니다."

반지를 낀 손가락을 행복하게 들여다보며 사인이 말했다.

"집을 구할 필요가 있겠소? 그냥 몸만 오면 될 것인데?"

"혼례도 올리기 전에 그리했다간 이모님께 등짝을 불이 나게 맞습니다."

사인이 그리 말하자 선비가 피식 웃었다.

"그럼 우선 집을 구할 때까지만이라도 내 집에 있으시오."

"이모님과 의논해 보겠습니다."

사인이 선선히 고개를 끄덕이자 선비는 힘주어 당겨 안았다.

"언제나 당신 곁에 있겠습니다."

사인은 너무 행복해 그의 가슴에 얼굴을 묻고 눈을 감았다.

한순간 모든 걱정이 사라지며 느껴지는 건 오직 그의 따뜻한 온기, 그리고 숨이 막힐 듯 스며드는 그의 숨결뿐이었다.

그날 밤 박원종의 집에는 반정에 참여했던 성희안과 유순정이 앉아 있었다.

반정을 성공으로 이끈 핵심 인물 세 사람이 모여 공을 세운 자들의 녹공(錄功)을 의논하는 자리였다.

"신수린은 누군가?"

공신으로 책봉할 명부를 들여다보던 유순정이 물었다.

"내 매부일세."

성희안이 쑥스러운 얼굴로 대답했다.

"아니, 매부는 좀 그렇지 않소?"

"매부가 어때서요? 공들의 자제들은 모두가 공신으로 올라가지 않았소?"

유순정이 명부에서 신수린을 지우려 하자 성희안은 얼굴을 붉히며 언성을 높였다.

이들은 자신이 가까운 가족과 인척들을 하나라도 더 공신 명단에 올리기 위해 혈안이 되었던 것이다.

"자제들로 말하자면 공이 제일 많이 올렸소!"

성희안의 말에 격분한 유순정이 손바닥으로 탁자를 탁 내리쳤다.

"어찌들 이러는 게요?"

잠자코 앉아 생각에 잠겨 있던 박원종이 고개를 돌려 두 사람을 노려보았다.

"아니, 내 어머님이 말이오. 내 자식들을 다 공신에 올렸다고 했더니 매부도 올려달라고 몸져누우셨지 뭡니까."

"저런!"

성희안이 난처한 얼굴로 말하자 박원종도 짐짓 걱정스러운 표정을 지었다.

"매부를 공신으로 올려주지 않으면 다시는 나를 보지 않겠다고 하시니!"

"하나, 너무 젊지 않소?"

성희안의 말에 명부를 가만히 들여다보던 박원종이 미간을 찌푸렸다.

"그렇긴 한데, 어찌 안 되겠소, 대감?"

"그렇게 합시다!"

이리하여 정국공신(靖國功臣)으로 정해진 이들은 사등공신까지 나누어 전례 없이 백 열 일곱 명에 달하는 많은 숫자를 공신으로 올렸다.

"겸사복 최훈과 최익순 장군도 일등공신에 책봉해야겠지요?"

"그래야겠지요."

"겸사복과 부원군의 손녀가 혼인을 한다는 소문이 있습니다."

성희안의 말에 유순정도 고개를 끄덕였다.

그들은 모두가 최훈과 대비전의 세력이 커지는 것을 원치 않았다. 왕을 마음대로 조종하기가 힘들 것이라는 계산이었던 것이다.

"곧 일등공신 책봉까지 되면 최 장군의 위세가 너무 커지는 것 아닌지 모르겠소. 게다가 부원군의 집안과 혼인을 하고 최영섭까지 대제학에 제수되면 큰일이 아니오?"

머리를 맞대고 공신 책봉 문제에 몰두하던 두 사람의 관심이 갑자기 최익순의 집안으로 옮아갔다.

"그리 둘 수는 없지요."

"결국 대비와 부원군은 최영섭을 홍문관 대제학으로 불러 올릴 것이오."

성희안과 유순정은 분통 터지는 표정으로 박원종을 바라보았다. 박원종의 뒤에 그림자처럼 서 있는 류건은 무표정한 얼굴로 그들의 대화를 조용히 경청하고 있었다.

"하나 달리 마땅한 인물도 없으니……."

유순정이 탁자를 탁 내리치며 한숨을 내쉬었다.

"그러게 말입니다."

"있다고 한들 허락하시겠습니까?"

성희안이 그렇게 떠들어대며 박원종을 바라보았다.

"근심할 것 없습니다. 스스로 사양하도록 하면 될 것이오!"

그는 자신을 바라보는 눈빛들을 바라보다가 주저 없이 말했다.

"사양을 하다니요?"

"좋은 생각이라도 있으신 것인지?"

두 사람은 서로의 얼굴을 바라보았지만 모두가 얼떨떨한 표정이었다.

"왕의 오른팔을 잘라냅시다. 하면 다 자연스럽게 해결이 될 것 아니겠소."

박원종은 옆에 서 있는 류건의 허리춤에 있는 단검을 뽑아 탁자에 힘껏 내리쳤다. 박원종의 제안에 간담이 서늘해진 공신들은 탁자에 박혀 덜덜 떨고 있는 단검을 뚫어져라 바라보았다.

"들었는가?"

박원종은 탁자 위에 깊이 박힌 단검을 뽑아주며 류건을 돌아보았다.

"예, 대감!"

박원종의 뒤에 조용히 서 있던 류건은 단검을 받아 칼집에 넣으며 예상했던 일이라는 얼굴로 차갑게 웃고 있었다.

깊은 밤, 검은 무복 차림의 류건이 은밀하게 흑월단을 찾았다.

"아니, 이게 뉘실까?"

문 앞을 지키던 작은놈이가 류건의 얼굴을 알아보고 깜짝 놀랐다.

함께 서 있던 작은놈이의 수하는 이미 류건을 알아보고 노도수에게 알리기 위해 안으로 득달같이 달려 들어갔다.

"잘 있었느냐?"

류건은 놀라는 작은놈이의 어깨를 툭 쳤다.

"성님! 뭣하러 왔소? 갔으면 잘 살 것이지!"

큰놈이의 아우인 작은놈이는 어려서부터 흑월단에서 함께 자란데다가 류건 형제와 비슷한 처지라 특별히 가깝게 지내던 사이였다.

"그러게, 또 볼 일이 생기는구나."

"참, 우리 성님 못 봤소?"

아래위로 훑어보며 류건의 형편을 살피던 작은놈이가 갑자기 생각난 듯 물었다.

"너도 보지 못했느냐?"

"근게 말이오. 나는 성님은 봤을 줄 알았는디, 도성을 돌아다니다가도 닷새에 한 번은 들르는데 벌써 며칠째 소식이 없소."

큰놈이에게 들어 류건의 소식을 알고 있었던 작은놈이는 한숨을 푹푹 내쉬었다.

류건과 작은놈이가 문 앞에 서서 이야기를 나누고 있을 때 수하들을 이끌고 노도수가 나왔다.

"딱쇠야! 종사관 나으리께서 이 누추한 곳까지 어인 일인지 여쭤 보거라!"

흑월의 수장 노도수는 류건에게 눈길 한 번 주지 않고 돌아서 말했다. 노도수의 곁에 서 있던 딱쇠는 난감한 얼굴로 류건을 바라보았다.

"일거리를 가져왔습니다!"

흑월단의 수하들이 험악한 얼굴로 빙 둘러쌌지만 류건은 눈한 번 깜짝하지 않고 빳빳이 서 있었다.

"일거리?"

"푸하하하!"

둘러싼 수하들의 입에서 가소롭다는 듯 웃음이 터져 나왔다.

"배신하고 떠난 놈이 일거리를 가져와? 지나가던 개가 웃겠다!"

"음!"

"주둥이를 찢어놓기 전에 속히 꺼져라!"

눈을 부라리던 노도수가 버럭 소리를 질렀다.

"지금이 한가하게 이러고 있을 땝니까! 요즘 큰놈이를 본 일이 있습니까?"

가만히 노려보고 서 있던 류건이 대뜸 큰소리를 내자 노도수의 얼굴이 살벌하게 굳어졌다.

그렇지 않아도 그들의 정보통인 큰놈이가 사라져 수하들을 풀어 찾는 중이었다. 류건 역시 큰놈이를 찾았지만 도성 안에서는 흔적도 찾을 수 없었다.

"들어오너라. 만약 허튼소리를 지껄이면 살아서는 가지 못할 것이니!"

결국 노도수는 길을 열고 류건을 안으로 들였다. 어려서부터 쭉 보아 온 류건이었다. 그가 아무 일 없이 이곳을 다시 찾았을 리는 없다는 것을 노도수 역시 잘 알고 있었다.

"그래, 말해!"

안으로 들어간 노도수는 의자에 털썩 주저앉으며 류건을 노려보았다. 울화가 치밀어 오르는 것인지 불그레하게 달아오른 얼굴은 당장이라도 터질 것 같았다.

"없애야 할 놈이 있습니다."

"없애야 할 놈?"

"그놈이 큰놈이를 잡고 있으니 곧 이곳을 공격할 것이오!"

"아, 그러니까 그놈이 누구냐고!"

빨리 듣고 싶은 말을 하지 않고 말을 빙빙 돌리자 가뜩이나 혈압이 올라 얼굴이 달아오른 노도수는 답답해 죽을 지경이었다.

"우리가 공격했던 왕의 그림자!"

"뭐?"

노도수는 무슨 뜻인지 잘 알아듣지 못한 것 같았다.

"겸사복 최훈이 이곳을 쓸어버릴 채비를 하고 있단 말입니다!"

류건의 말을 들은 노도수는 얼마간 벼락을 때려 맞은 얼굴로 굳어 있었다. 이역이 왕위에 오르자 후환이 두려웠던 것은 사실이었지만 막상 저쪽에서 군사들을 동원해 흑월단을 소탕하려고 든다 하니 그들로서도 별다른 방법이 없었다.

❀　　❀　　❀

제조상궁이 발 빠르게 움직인 덕분에 대비전의 허락을 받아 궁을 나갈 궁녀들이 결정되었다. 사인이 궁을 나가게 되자 제일 기뻐한 것은 물론 선비였지만 제조상궁 역시 한시름 놓게 되었다.

"아니, 겸사복의 본가로 가는데도 그 꼴로 가려는 것이야?"

사인을 밖으로 내보내기로 한 제조상궁은 그날부터 집을 알아보고 다녔지만 마음에 꼭 드는 집을 구하기가 어려웠다. 게다가 여종을 구한다고 해도 젊은 여인을 혼자 두는 것은 마음이 놓이지 않는 일이었다. 결국 제조상궁은 선비의 부친인 최영섭 대감이 아버지와 함께 명나라로 떠났던 절친한 벗이라는 사인의 설득으로 일단 집부터 살펴보기로 했다.

"겸사복 나으리께서 궁을 완전히 나오기 전까지는 이렇게 있으라고 하셔서……."

"그이가 그렇게 좋으냐?"

선비의 말만 나와도 얼굴을 붉히는 사인을 바라보던 제조상궁은 혀를 끌끌 찼다.

궁궐에 들어와서 여동생 하나만을 잘 키워보겠다고 그 꽃다운 나이를 홀로 보낸 제조상궁으로서는 단 한 번도 느껴보지 못했던 설레는 감정을 사인은 느끼고 있는 것이었다.

"예, 좋습니다."

아직은 손가락에 끼고 있을 수 없어 줄을 매어 목에 걸고 있는 가락지를 만지작거리며 사인은 꽃처럼 웃었다.

"가자!"

제조상궁은 사인의 손을 꼭 잡고 궁궐 문까지 걸었다.

"이모 손은 언제나 따뜻해요."

사인은 꼭 잡은 이모의 손을 들여다보다 입가에 행복한 미소를 지었다.

"그리 속이 훤히 다 보여서 어쩌누! 입이 찢어지는구나!"

"참 이상하지요, 이렇게 엄한 분이 어찌 이리 손이 따뜻할까?"

"고것 참 말도 많구나! 어찌 이리 좋알거려! 그래봤자 아주 잠시 집을 구할 때까지만 허락하는 것이다!"

손을 꼭 잡고 도란도란 이야기를 나누며 정겹게 걸어가는 두 사람은 마치 모녀처럼 보였다.

사인과 제조상궁이 탄 가마가 당도하자 오매불망 기다리고 있던 선비가 나와서 맞았다.

"오셨습니까?"

"겸사복께서는 입궐하지 않으셨습니까?"

아직도 냉랭한 제조상궁이었지만 언제나 깍듯하게 예의를 갖추는 선비가 싫지는 않았다.

"금일은 월차를 냈습니다."

"아, 그러셨습니까?"

제조상궁은 볼수록 마음에 드는 선비를 흐뭇하게 바라보았다.

사실 선비가 싫어서 냉대를 했던 것이 아니라 사인에게는 너무 넘치는 것이 마음에 걸렸던 것이었다. 어미의 일도 있고 아무래도 어려운 시집살이가 될 것 같아 사생결단으로 말려볼까도 생각했지만 사인이 저토록 좋아하니 져주고 말아야 할 것 같았다. 어쩌면 평생을 못난이로 변장하고 살라고 한 것은 바로 저런 신랑감을 만나라고 한 것이 아닐까 하는 생각도 들었다.

선비와 이모가 인사를 나눌 동안 사인은 장옷을 벗어들고 마당을 천천히 걸어 들어갔다. 안채로 들어가니 정갈한 마루와 열린 문으로 두꺼운 장판지에 노랗게 콩기름 먹인 반들거리는 온돌방이 보였다. 섬돌 위는 말끔하니 쓸려 반짝이고 있었고, 마당은 나무 잎사귀 한 장 굴러다니지 않도록 쓸어져 있었다.

사인은 넓은 마당을 바라보다가 중문 쪽으로 고개를 돌렸다. 중문 너머 흙담을 끼고 희미한 그림자가 어렴풋이 떠올라 보였다. 그 그림자는 담장을 따라서 계속 걸어 중문 너머 햇살 가득한 뜨락으로 들어왔다.

사인은 그 햇살 속에 서 있는 사내를 자세히 보려고 가까이 다가갔다.

노인임에도 불구하고 상대를 압도하는 풍채에 은빛의 풍성한 수염을 휘날리며 우뚝 서 있는 최익순의 눈매는 차고 맑았다. 얼핏 보기에도 선비가 늙으면 꼭 저런 모습이 될 것 같았다.

"처음 뵙겠습니다."

사인은 이 분이 선비의 할아버님이라는 사실을 깨닫고 얼른 달려가 다소곳이 허리를 숙였다.

"응?"

하지만 한참이 지나도 아무 기척이 없자 사인은 천천히 고개를 들었다.

최익순은 그 자리에 붙박인 듯 서있었다. 사인의 흉악한 몰골이 엄청난 충격이었는지 꽉 쥔 주먹이 부들부들 떨렸다.

"할아버님!"

제조상궁에게 집을 구경시켜 주며 저만치서 걸어오던 선비가 심상치 않은 기세의 최익순을 발견하고 달려왔다.

"허어! 고얀!"

하지만 최익순은 급하게 몸을 돌려 사랑채로 향했다. 너무 서두른 나머지 발이 엉켜 넘어질 듯 휘청거렸다.

"할아버님, 그런 것이 아닙니다!"

선비는 그제야 사인의 얼굴에 대해 최익순에게 설명하지 못했다는 사실을 깨닫고 서둘러 달려갔다.

"내 못나다 못나다 저리 못난 것은 처음이구나!"

"아니 그런 것이 아니라는데도 그러십니다!"

"내가 데리고 살 것도 아니고 네놈의 취향이 그러하다면 어찌 할 수 없다만, 참으로 실망이구나!"

최익순은 소맷자락을 잡고 늘어지는 선비를 뿌리치며 사랑채로 가버렸다.

"어머나, 이제 어찌합니까?"

노기 띤 최익순의 뒷모습을 멍하니 바라보다 돌아서던 선비와 눈이 마주친 사인은 킥킥거리며 웃었다.

"차차 아시게 되겠지요. 저런! 그때도 많이 놀라시겠습니다."

환하게 웃는 사인이 좋은지 선비도 따라서 웃었다.

"하이고! 그 나물에 그 밥이라더니, 이 판국에도 웃음이 나오니!"

어린아이 같은 두 사람을 보고 있던 제조상궁도 따라서 피식 웃고 말았다.

"날씨가 너무 좋습니다!"

체로 거른 듯 투명한 햇살이 뜨락 가득 쏟아져 내렸다.

사인은 청명한 하늘과 눈부신 그 햇살을 지치도록 바라보았다.

"전하, 나인 윤가 사인이 뵙기를 청합니다."

대전 상궁이 고하는 소리가 들려오자 이역은 자신의 귀를 의심했다.

"사인이? 내가 잘못 들은 것인가?"

이역은 자신의 귀를 의심했지만 이미 가슴이 먼저 알고 두근거리기 시작했다.

이상한 일이었다. 사인의 본 모습을 보고 온 뒤로 속이 울렁거리도록 그녀가 그리웠지만 부인 신씨를 생각하며 참고 또 참았다. 그토록 억눌렀던 가슴이 지금 사인이라는 소리만 듣고도 또다시 쿨렁거리는 것이었다.

"드, 들라 하라!"

이역의 명이 떨어지자 문이 열리며 미색 저고리에 진달래빛 치마로 갈아입은 사인이 두 권의 서책과 상소문을 들고 들어왔다.

"네 옷이 어찌?"

안으로 들어온 사인은 들고 있던 상소문과 서책을 내려놓고 네 번 절을 올린 뒤에 천천히 고개를 들었다.

"제가 오늘 궁을 나가게 되었습니다, 전하! 나가기 전에 전하께 올릴 것이 있어 뵙기를 청하였습니다."

사인은 온몸으로 쏟아지는 이역의 뜨거운 시선을 느꼈지만 그저 눈을 내리깔고 이 순간이 지나가기를 기다렸다.

"과인은 네가 궁을 나갈 것이라고는 생각지도 못했구나."

누군가에게 빠져드는 것이 이토록 순식간이 될 줄은 알지 못했다. 밤새도록 보고 싶은 마음을 누르고 또 누르며 쌓아올린 돌덩이가 일순에 와르르 무너지며 가슴이 미어질 듯 아파왔다. 이제껏 단 한 번도 맛보지 못했던 열병이 열아홉 이역의 젊은 피를 휩쓸고 있었다.

"전하, 이것은 저의 억울한 사정을 살펴주십사 올리는 상소문이옵니다."

"이리 가져오너라."

사인이 일어나 왕에게 가까이 다가가 서책과 상소문을 올렸다.

"저고리가 곱구나."

이역이 낮은 목소리로 속삭이자 사인은 눈을 내리깔며 눈인 사만을 나누었다.

"과인이 읽어보겠다."

사인의 긴 속눈썹을 보고 있던 이역의 가슴은 또다시 요동치고 있었다.

"황공하옵니다, 전하!"

"사인아!"

"예, 전하!"

"과인이 말이다, 너에게 흔들린다. 생각하지 않으려 아무리 애를 써도 네가 생각난다. 겸사복을 생각하면 이러면 아니 된다 수없이 마음을 다잡아 보아도 아니 되니 것을 어찌하면 좋겠느냐?"

이역의 눈빛이 뭔가를 말할 듯 멈칫거리더니 곧 용기를 내어 말했다.

"전하, 임금도 사람인지라 수 없이 의심할 것이고 흔들리게 될 것이지만 그래도 그 모든 것을 이기고 나아갈 수 있어야 진정한 왕이라 하지 않겠습니까."

사인의 얼굴에 이역을 위로하는 햇살 같은 엷은 웃음이 피어올랐다.

"평안하시옵소서!"

서둘러 뒤로 물러난 사인은 누가 잡기라도 하는 양 절을 올리고 빨리 나가버렸다.

"매정한 것, 나 같은 것은 안중에도 없는 것이로구나."

도망치듯 나가버리는 사인의 고운 태를 바라보며 이역은 미간을 찌푸렸다.

"상선!"

사인이 나가고 한참을 서성이던 이역이 무슨 연유인지 상선을 노려보았다. 어째서 사인이 출궁하는 것을 자신만 모르고 있었는지 이상했던 것이었다. 엄 상궁에게 물어보면 궁 밖에 다니러 나갔다고만 했지 출궁할 것이라는 말은 없었다.

"예, 전하!"

상선은 의심의 눈빛으로 자신을 노려보는 이역의 시선을 슬며시 피하며 대답했다.

"사인이 어디로 가는지 알아오게! 당장!"

"예? 그, 그것은 어찌?"

어젯밤 엄 상궁과 대령상궁이 나누는 이야기를 어깨너머로 슬쩍 얻어들은 상선은 이것을 말하여야 하나 말아야 하나 고민이었다.

"알고 있는 것인가?"

"집을 구할 동안 겸사복 댁에……."

이역이 다그치듯 묻자 상선은 가쁜 숨을 몰아쉬며 짧게 말을 꺼냈다.

"뭐, 뭐라?"

순간 이역의 안색이 납빛으로 변하더니 곧 싸늘하게 굳었다. 숨도 쉬지 않는 것처럼 경직된 채 꼼짝을 못하고 서 있었다.

"전하!"

한참 동안 아무런 말도 하지 않고 멍하니 자신의 얼굴을 응시하는 이역을 지켜보며 상선은 등줄기에 식은땀이 흘러내리는 것을 느꼈다.

"괜찮으십니까, 전하?"

상선이 자신을 몇 번이나 불렀다는 것을 이역은 한참이 지나서야 알아차렸다. 안타깝다는 듯 자신을 쳐다보는 상선의 시선을 애써 외면하며 이역은 천천히 보료로 걸어가 털썩 주저앉았다.

대전을 나온 사인이 꽃신을 신고 막 궁궐 마당으로 내려올 때였다.

"사인아!"

제조상궁이 바쁜 걸음으로 다가왔다.

"예, 이모님!"

이제는 궁녀가 아니니 궁궐 안이라고 마마님이라 부를 이유가 없어져 사인은 그 또한 좋았다.

"집이 나왔다는구나!"

"아니 벌써요?"

"우선 나와 집주름을 만나 한 바퀴 돌아보도록 하자. 마음에 드는 집이라도 나서면 굳이 겸사복의 집으로 들어갈 필요가 있겠니?"

제조상궁은 사인을 보고 기겁을 하던 최익순이 마음에 걸렸다. 가뜩이나 궁녀로만 살아와 반가의 법도에 대해 아는 것이 없는 사인이라 더 심려가 되었다.

"하지만!"

"노인네가 고집 세고 깐깐하니 시집살이가 보통이 아닐 것인데 굳이 서둘러 들어갈 것이 무엇이냐, 공연히 책만 잡히지!"

사인은 내심 서운한 표정을 지었지만 제조상궁은 외면해 버렸다.

"할아버님, 좋으신 분 같아 보였는데!"

"아이, 이것아! 규방 살이라도 배워 가야지!"

제조상궁의 손이 기어코 사인의 등짝을 찰싹 때리고 말았다.

"아야! 알았어요, 알았어!"

"반가의 법도를 가르치고 규방 규수들의 살림살이를 가르치실 분을 모셨다. 하니 너도 그리 알고 열심히 해!"

"예!"

이모의 마음 씀씀이에 감동한 사인은 얼른 그녀의 팔짱을 끼며 환하게 웃었다.

제조상궁의 등쌀에 사인과 정 상궁이 탄 가마는 집주름이 말해준 집을 둘러보기 위해 출발하였다.

선비는 집주름이 소개해 준 집으로 오라는 사인의 기별을 받고 그곳으로 갔다.

"집은 괜찮아 보입니다만."

사인이 자신의 집으로 올 줄 알았던 선비는 내심 섭섭한 표정이었다.

"저도 이 집이 마음에 듭니다."

사인은 깨끗하고 아담한 집이 마음에 들었다.

"겸사복의 마음은 잘 알겠지만 사실 이 아이가 아는 것이 없습니다. 이곳에서 규수들에게 필요한 것을 좀 가르쳐 보내고 싶은 것이 또 어미처럼 이 아이를 길러온 내 마음이니 이해해 주세요."

"예, 알겠습니다. 사인 낭자가 좋아하고 또 마마님께서도 그리 생각하신다면 저도 좋습니다."

제조상궁과 선비가 보기에도 그 집이 괜찮아 보이는데다가 무엇보다 사인이 좋아했다.

사인과 제조상궁은 그 집을 사기로 결정했고, 그래서 선비는 자신의 집안일을 하던 찬모와 하녀, 무사 몇 명을 불러다 사인의 집에 있게 하였다. 그네들이 집안을 청소하고 사인의 짐을 들여놓을 동안 세 사람은 가구와 집안의 살림살이들을 들여놓았다.

"물건은 너무 좋은데 좀 싸게 주시면 아니 될까요?"

유기전에 그릇을 사러 간 사인은 사발을 들고 이리저리 들여다보며 말했다.

"예쁜 아씨가 알뜰하시기도 하지! 아씨가 너무 예뻐서 내 이 그릇 두 개 더 드리리다!"

유기전 주인은 난생처음 보는 미녀를 보느라 가격 흥정에는 마음도 없는 것 같았다.

"이런 미인을 부인으로 얻으시다니 전생에 나라를 구하셨습니다요!"

"골라 놓은 것들을 다 싸주시오!"

"예, 예! 나으리! 나으리는 복이 넝쿨째 굴러 들어왔습니다요!"

선비가 엽전 뭉치를 내밀자 주인은 부러운 눈빛으로 바라보았다.

운종가를 돌며 살림살이를 흥정하는 사인의 밝고 어여쁜 모습을 지켜보는 선비는 더없이 행복했다.

"이제 더 필요한 것은 없소?"

"저, 나으리!"

시장을 다 보고 나란히 운종가를 걸어 나와 한적한 길에 들어서자 사인이 걸음을 멈추고 선비를 올려다보았다.

"내게 할 말이 있으시오?"

"혹, 아주 오래전 세자를 대신해서 화살을 맞으셨습니까?"

"폐주의 세자 시절 사건을 묻는 것이오?"

사인이 갑작스럽게 그때의 이야기를 꺼내는 것이 의아했지만 선비는 고개를 끄덕였다.

"제 생각이 맞았군요."

"한데 갑자기 그 일은 어찌 묻는 것이오?"

"그날 그 자리에 저와 류건이 같이 있었습니다."

"아니, 어찌 그런 일이!"

선비는 놀라서 그 일에 대해 물었고 사인은 그들의 이상하고 오래된 인연에 대해 들려주었다.

"나으리, 건이를 용서하시면 아니 되겠습니까?"

사인은 어떻게든 비극으로 치닫는 두 사람을 막고 싶어서 하는 말이었지만 선비는 그저 굳은 얼굴로 서 있었다.

"하면 류건에게 조금만 더 시간을 주도록 하겠소."

어찌 되었건 왕에게 위험한 인물들을 모두 제거한 뒤에 떠나는 것이 선비가 마지막으로 할 일이라고 생각했기에 그는 마지막까지 고민했다.

"고맙습니다, 나으리!"

사인은 진심으로 기뻐하며 다시 한 번 류건을 찾아가 설득해 봐야겠다고 생각했다.

하지만 세상일이라는 것은 언제나 내 마음과 같지 않은 것이었다.

"전하!"

선비가 입직을 서기 위해 궁궐에 들어왔을 때 이역은 경회루에 서 있었다.

"벌써 몇 식경을 저리 계십니다."

선비를 발견한 용호가 조용히 귀띔해 주었다.

마음을 달래기 위해 그곳에 서 있나 싶어 다가가 보니 이역이 보고 있는 것은 멀리 보이는 산의 너럭바위였다. 그런데 그 바위 위에 무언가 붉은 것이 걸려 휘날리고 있었다.

"오, 왔는가!"

처진 어깨로 너럭바위를 바라보고 있던 이역이 천천히 돌아보았다.

"저기 뭔가 걸려 있지 않습니까?"

"부인의 치마일세."

선비가 의아한 얼굴로 묻자 이역이 고개를 떨구었다.

"기억이 납니다. 언젠가 운종가에 나가셨다가!"

"둘이서 손잡고 비단전에 들어갔다가 붉은 빛깔이 너무 곱다기에 끊어 주었지."

고개를 숙이며 그렇게 중얼거리던 이역의 목소리는 떨리고 있었다.

열세 살 어린 나이에 시집와 오누이처럼 살았던 그녀를 나는 사랑했을까. 사인을 볼 때처럼 가슴이 떨린 적이 있었던가? 아무리 생각해도 없었다. 그저 함께 있는 것이 좋았을 뿐.

하지만 이제 그 마음마저도 변하고 말았는가?

"전하를 그리워하는 부인의 마음을 전하려는 것이군요."

너럭바위에 걸린 신씨의 붉은 치마를 바라보는 이역의 비통한 얼굴을 지켜보던 선비의 입에서도 한숨이 나왔다. 이역이 사인을 두고 마음이 흔들리는 것을 알고 미워했지만 지금 이 순간 신씨를 그리워하는 그를 보니 측은하고 딱한 마음이 들어 모든 것을 용서하고 싶어지는 것이었다.

"오늘 밤 부인을 만나러 가야겠네!"

"아니 됩니다, 전하!"

갑작스러운 왕의 말에 선비와 용호는 당황했다.

이역이 신씨를 만나려고 궁을 나가려면 또 선비로 변장해야 할 것이고, 선비 역시 그토록 싫어하는 왕으로 변장해야 할 것이다.

"이번이 마지막일세. 한 번만, 꼭 한 번일세!"

이역은 눈물까지 글썽거리며 선비에게 매달렸다.

"갑자기 그리 말씀하시면 곤란합니다. 호위 문제가 가장 크기 때문에!"

곁에 서서 듣고 있던 용호도 난색을 표하였다.

보통의 왕이 밖으로 미행을 나가는 것만으로도 호위는 바로 문제가 될 것인데, 왕이 공신들의 눈을 피하고자 최훈으로 변신하여 나가는 것이었다. 믿을 만한 자들에게 맡겨야 하고 더욱 은밀한 경호가 필요했다.

"사부님!"

"예!"

부득불 우겨대는 이역의 고집에 선비는 하는 수 없이 용호를 따로 불렀다.

"제 집을 지키는 사병 중 뛰어난 자로 데려가십시오."

"하지만!"

용호는 어쩐지 이 일이 꺼림칙하게 느껴져 반대하려 했지만, 선비 역시 내키지 않는 일을 어쩔 수 없이 하고 있는 것 같아 하는 수 없었다.

결국 그날 밤 이역은 또다시 최훈으로 변장하였고 선비는 왕으로 변장을 하였다.

"전하, 사부님과 함께 있으셔야 합니다."

선비는 서둘러 나가려는 기색이 역력한 이역이 못미더워 다시 한 번 다짐을 받아두고 싶었다.

"알아서 할 것이니 심려하지 말게!"

"조심해서 다녀오십시오."

선비는 이역을 내보내면서도 어쩐지 불안하였지만 어찌 되었거나 그는 언제나 신하일 수밖에 없으니 어쩔 수 없는 일이었다.

이상한 밤이었다. 가슴이 답답한 것이 체기가 느껴졌다.

"내가 어찌 이러는 것이지?"

왕의 야장의를 입고 희정당에 앉아 있던 선비는 좋지 않은 예감에 결국 자리에서 일어섰다.

"사인에게 무슨 일이 있는 것인가?"

아무래도 불안해서 그대로 앉아 있을 수가 없었다.

"전하, 필요한 것이 있으십니까? 자리끼라도 내어 올까요?"

대령상궁은 안절부절 못하는 왕을 보고 또 사인을 못 잊어 상사병이 도졌나 싶어 다과상을 들고 왔다.

"물은 되었으니, 도포를 주게!"

"예?"

"미행을 나갈 것이니 도포를 가져오라는 것일세!"

"예, 전하!"

갑자기 도포를 내오라는 말에 깜짝 놀란 대령상궁은 다과상을 내려놓고 민첩한 동작으로 나갔다.

"갑자기 어인 일로?"

엄 상궁이 도포를 가지러 가며 왕이 미행을 나간다는 소식을 전하자 깜짝 놀란 상선이 득달같이 들어왔다.

"마음이 답답하여 바람이나 쐬러 갈까 하는 것이네."

선비는 일단 마음에 걸리는 것이 있으면 확인을 해야지, 그대로 있지는 못하는 성격이었다.

"전하, 의관을 대령하였습니다."

"이리 주게!"

상선의 도움을 받아 엄 상궁이 가져온 옷으로 갈아입고 있는데 용호가 급히 들어오는 것이 보였다. 안색이 이상한 용호를 본 순간 선비는 가슴이 철렁했다.

"주위를 물리고 종사관을 들이게!"

선비는 침착하게 옷고름을 매며 주위를 물렸다.

이역을 호위하며 나간 용호가 홀로 돌아왔다는 것은 필시 문제가 생겼다는 것이었다.

"큰일 났습니다!"

주위를 살피며 들어온 용호는 다급한 목소리로 말했다.

"무슨 변고라도 있었습니까?"

침착하게 묻는 선비의 손가락이 떨리고 있었다.

"그것이, 전하께서 사라지셨습니다. 잠시 소피를 보시겠다고 하셔서 따라가려 했는데 전하의 곁에 있던 무사를 데려가겠다고 하시는 바람에 그만……."

"무사 하나만 데리고 사라지셨다는 것입니까?"

선비는 둔탁한 몽둥이로 머리를 얻어맞은 것처럼 멍해졌다.

"예!"

"잠시만, 혼자 있게 해주십시오."

이제야 왜 그처럼 이역이 밖으로 나가기를 고집했는지 알 것 같았다.

"서두르셔야 합니다."

선비의 말에 용호는 조용히 문을 닫고 나갔다.

용호가 나가고 나서야 자신의 손끝이 가느다랗게 떨리고 있다는 것을 알아차린 선비는 순간 분노가 치받쳐 꽉 틀어쥔 주먹으로 서안을 강하게 내려쳤다.

퍽! 둔탁한 소리를 내며 서안은 그대로 무너져 내렸다. 부서진 나무 조각들이 이리저리 튀어 올라 흩어졌다.

"괜찮으십니까?"

서안이 부서지는 소리에 용호가 달려 들어왔다.

"피가!"

선비의 주먹에서 흐르는 피를 보고 놀란 용호가 서둘러 상처를 수습했다.

"음!"

그러나 주먹에서 배어나오는 피와 함께 상처에서 느껴지는 예리한 고통이 오히려 선비를 침착하게 만들어주었다.

찢어진 상처는 전혀 아프지 않았다. 이역에게 또다시 배신

당했다고 느끼는 순간 심장에 박힌 예리한 고통이 이미 극에
달했기 때문이었다.

"가시지요!"

"괜찮으십니까?"

상처를 닦아내고 천을 찢어 묶어주던 용호가 물었다.

"참을 만합니다."

끓어오르는 속을 억누르며 담담하게 말하는 선비를 지켜보
는 용호의 마음은 기가 막혔다.

"속도 없으십니까?"

"그래서 저도 놀라고 있는 중입니다!"

이역의 행태에 화가 치민 용호가 결국 참지 못하고 지나치
다 싶을 정도로 격하게 말했지만 선비는 의외로 화도 내지 않
았다.

"어디로 가셨을지 짐작이 가십니까?"

선비가 자리에서 일어서자 용호가 물었다.

"제 집입니다. 가시지요!"

그날 새벽 이역이 무리해서 사인의 처소로 달려가 그녀의
얼굴을 확인하는 눈빛을 보는 순간 선비는 같은 남자의 직감
으로 분명이 알 수 있었다. 이역이 간절하게 원하는 것이 사인
임을. 분명 어디선가 듣고 사인이 잠시 그의 집에 머무는 것을
알았다면 이역은 질투로 정신이 나갔을 것이 틀림없었다. 두
번 생각할 것도 없이 이역이 향한 곳이 그의 집이라는 생각이
드는 것이었다.

선비는 분노와 슬픈 감정이 주체할 수 없이 뒤엉켜 끓어올랐지만 우선은 달려가 이역의 안위를 확인하는 것이 먼저였다.

머릿결을 풀어 헤쳐 놓은 듯 넘실거리는 안개가 자욱한 밤이었다.

이역은 선비의 집안에서 온 사병을 앞세워 선비의 집으로 가는 길이었다. 그는 이미 제정신이 아니었다. 어떤 이성적인 생각도 할 수 없었으며, 사인의 얼굴이 머릿속을 온통 점령하고 있었다.

"저 집입니다!"

무사가 손가락으로 저만치 보이는 가택을 가리켰다. 바로 그 순간 어디선가 나타난 검은 그림자들이 이역을 막아섰다.

"누구냐!"

앞서 걷고 있던 무사가 검을 빼어 드는 찰나, 시퍼렇게 날이 선 칼이 허공으로 떠오르더니 무사의 목을 향해 내려쳤다.

"토사구팽! 사냥이 끝나면 개는 잡아먹는다 하였지! 하하하!"

소름 끼치는 웃음소리를 흘리며 류건의 검이 이역을 향해 날아들었다.

"너, 너는 류 종사관!"

그제야 이역은 지금 최훈이 살수들의 공격을 받고 있다는 것을 알았다. 그리고 그것도 박원종의 수하로 있는 류건에게.

깜짝 놀란 이역은 그대로 돌아서 선비의 집을 향해 달리기 시작했다. 토사구팽이라는 류건의 말이 뇌리를 스쳤다.

"무슨 꿍꿍이지?"

당연히 검을 빼들고 맞설 줄 알았던 최훈이 등을 보이며 도망을 치자 당황한 것은 오히려 류건이었다.

선비의 집으로 달려간 이역은 목소리조차 나오지 않아 반쯤 열린 대문을 밀치고 그대로 안으로 들어갔다. 하지만 그보다 살수들이 더 빨랐다.

"웬놈들이냐!"

마당에 서서 하늘에 뜬 달을 올려다보고 있던 최익순은 갑자기 쏟아져 들어오는 복면의 살수들을 보고 소리쳤다. 그러나 대답 대신 검이 날아들었다.

"네 이놈들! 여봐라! 침입자를 막아라!"

날아드는 검을 피하며 최익순은 방 안으로 달려 들어가 검을 찾아들었고 살수들을 피해 달려왔던 이역도 허리춤에 차고 있는 선비의 검을 빼들었다.

"대감마님!"

최익순의 외침소리를 듣고 달려온 무사들이 최훈이라 생각한 이역의 앞을 막아섰고 한밤중 날카로운 쇳소리가 밤하늘을 가득 채웠다. 그러나 흑월의 모든 살수를 동원해 총공격을 해온 류건에 비해 왕의 호위를 위해 정예부대를 보내버린 최익순의 사병은 턱없이 적었다.

"형님, 내가 잘못했소!"

스스로 검을 들고 무수히 날아드는 칼날을 죽을 힘을 다해 막아내며 이역은 그동안 선비가 겪었을 그 수많은 죽음의 순간을 느꼈다. 사실 그는 그런 고통을 감내해야 할 이유가 없었다. 집으로 돌아가려던 최훈은 오로지 '형님, 나를 지켜주면 안 돼?'라고 매달리는 자신의 그 한마디에 그 수많은 죽음의 고통을 감내하며 살아온 것이었다.

쨍!

날카로운 쇳소리가 울리며 이역이 든 검이 하늘 높이 솟구치다 떨어져 내렸다.

푸른 달빛을 받아 살기로 가득한 류건의 눈이 번쩍인다고 느낀 순간 가슴을 찔러오는 뜨거운 통증이 느껴졌다.

"윽!"

이역은 작은 비명소리조차 내지르지 못하고 그대로 꼬꾸라졌다.

"네 이놈들!"

옆에서 싸우던 손자가 맥없이 검을 놓치고 쓰러지는 것을 보고서야 최익순은 저것이 최훈이 아님을 깨달았다.

"뭣들 하느냐! 오너라!"

환도를 든 최익순의 입에서 고함이 터져 나왔다.

흑월의 살수들은 일제히 최익순을 향해 달려들며 검과 도를 날리기 시작했다. 류건을 비롯한 일백 명의 살수들을 상대로 백발의 노장은 대도를 들고 홀로 싸우기 시작했다. 온몸에 검이 스쳐지나간 흔적들이 하나둘 늘어났지만 그는 작은 신음소리조차 흘리지 않았다. 얼마를 싸웠을까, 그의 검은 부러지고 온몸에는 넝마처럼 할퀴고 찢겨진 상처가 가득했지만 대장군 최익순은 무릎을 꿇지 않았다.

"그만!"

류건은 손을 들어 살수들을 제지했다. 멀리서 말을 달려오는 무리의 말발굽 소리가 들려왔다.

"역시 대장군 최익순이십니다!"

류건은 허리를 숙여 마지막 일전을 훌륭하게 치러낸 대장군 최익순을 향해 깍듯하게 예를 갖추고 물러났다.

선비가 도착했을 때는 한바탕 회오리가 휩쓸고 지나간 다음이었다.

푸른 달빛을 받아 적요한 마당, 여기저기 널려 있는 시체들 사이에 은빛 수염을 붉게 물들인 최익순이 부러진 검을 짚고 꼿꼿하게 서 있었다.

"할아버님!"

불안한 예감에 촌각을 다퉈 달려왔지만 눈으로 이 처참한 광경을 목격한 선비는 경악했다.

"훈아!"

최익순은 상처의 고통도, 코앞으로 다가온 죽음의 그림자도 느껴지지 않는 것인지, 안타까운 눈빛으로 또다시 왕으로 변장하고 만 손자를 바라보았다.

"할아버지!"

선비는 떨리는 손으로 최익순을 안았다. 쨍 소리를 내며 부러진 검이 바닥으로 떨어져 내리고 마치 거대한 나무가 쓰러지듯 피에 젖은 최익순의 몸이 선비의 품에 안겼다. 고통으로 저며 오는 그의 가슴에 늙은 대장군의 뜨거운 피가 스며들었다.

이제 눈앞이 뿌옇게 흐려지는 최익순은 더듬더듬 선비의 얼굴을 더듬어 자신의 손자임을 다시 한 번 확인했다.

"나는, 네가 이 지옥으로부터 도망치기를 바랐지만 도망치기에는 너무 늦었구나. 미안하구나, 훈아. 너를 지켜주고 싶었는데……."

들릴 듯 말 듯한 소리로 나직이 중얼거린 최익순의 손이 툭 떨어져 내렸다.

순간, 머리가 둔탁한 무언가에 맞은 것처럼 멍하더니 그것은 곧 엄청난 분노로 탈바꿈했다. 온몸에 흐르는 핏줄들이 터져 버릴 것만 같았다.

"할아버지!"

최익순을 부르는 선비의 목소리에 울음이 배어났다. 안으로 잦아드는 울음, 울수록 가슴이 뜨겁게 아파오는, 옹이가 박히듯 피가 맺히는 울음. 선비의 울음은 그런 것이었다.

뭔가 잘못 되어가고 있었다. 이렇게 살려고 했던 것이 아니었는데, 세상이 미쳐 돌아가고 있었다. 이 미쳐 버린 세상 속에 그가 잘못 뛰어든 것인지도 몰랐다. 그도 아니면, 미쳐 버린 세상에 잘못 던져진 것인지도.

시체들 속에서 이역을 발견한 용호가 급하게 달려왔다가 최익순의 죽음을 목격하고 그 자리에 우뚝 멈췄다. 용호가 가슴이 철렁 내려 앉아 보고 있는데, 선비는 최익순을 안고 일어나 사랑채에 눕히고 그대로 밖으로 나왔다.

"사부님!"

선비는 이제 완연히 냉정을 찾은 듯했다. 방금 전까지만 해도 비통해하던 그의 모습은 간데없고 엄격하고 빈틈없고 차가우리만치 냉정한, 평소처럼 찔러도 피 한 방울 나지 않을 것 같은 얼굴이었다. 용호는 두려운 눈빛으로 그를 보았다.

"예!"

용호의 등에 식은땀이 비 오듯 흘렀다.

"성담스님께 기별을 넣어 강릉 부모님을 지켜달라고 하세요."

"예!"

"류건을 잡습니다. 사인의 집 주위에 무사들을 배치시키세요."

"예!"

이제 용호의 이마에도 땀방울이 송골송골 맺혔다. 너무 긴장되어 그의 숨소리까지 들릴 지경이다.

"이역은⋯⋯ 어찌 되었습니까?"

"그것이, 상처가 너무 깊어서 절명한 것 같습니다."

용호는 떨리는 목소리로 고했다.

선비는 이제 스물이었다. 그는 순수한 이상을 꿈꾸는 청년이었다.

어른들은 어린 그에게 참말 뛰어난 신동이다, 제 할아버지를 닮아 훌륭한 장군감이다, 큰일을 할 아이다, 그렇게 입이 닳도록 칭찬해 주는 그 말을 사내아이는 믿었다. 그래서 꿈을 꾸었다. 나도 할아버지처럼 백성을 지키는 천하무적의 장군이 될 것이라고. 그러나 다 거짓이다. 모두가 그를 기만했다. 장군은 그저 장군일 뿐 아무것도 할 수 없다.

선비는 눈앞을 지나가는 푸른 비수를 보았다.

세상이 그러하다면…….

"죽은 것은 최훈입니다! 이제 세상에 최훈은 없습니다!"

선비는 나직이 말했지만 그 목소리는 지난 세월을 함께해 온 용호가 들어온 그 어느 때보다 힘이 있고 단호했다.

十九章 · 세상이 그러하다면……

"어리석은 놈!"

이역의 소식을 전해들은 대비의 충격은 컸다.

이용으로부터 보호하기 위해 최훈을 데려와 이역의 대리로 내세울 만큼 아들을 지키려 애써왔는데 그리 허무하게 당하다니. 대비가 느끼는 원통함과 슬픔은 컸다.

"지금은 자중하셔야 합니다."

"알겠다. 말하지 않았더냐, 너도 내 자식이라고."

지금은 최훈을 믿고 의지할 수밖에 다른 대안이 없었다. 자칫하다간 그 긴 인고의 세월이 한순간에 물거품이 되어버릴 수도 있었다. 자신을 위해, 그리고 그녀의 가문을 위해 대비는 있는 힘을 다해 자중하고 이겨내려 애를 썼다.

"하면 소자는 나가서 저들을 잡겠습니다."

"예, 그리해 주세요, 주상!"

선비가 자리에서 일어서자 이제 현실을 받아들인 대비는 가슴을 부여잡고 숨죽여 울었다.

모든 것이 제 탓 같았다. 아니 제 탓이었다. 아들을 위한다고 그리 애지중지 키우는 것이 아니었다. 남의 자식 내세워 지키는 게 아니었다는 생각에 가슴을 치며 대비는 아프게 울었다.

대비전을 나온 선비는 따르는 상선을 불렀다.

"이 사건은 일등공신 최익순과 왕의 겸사복을 살해한 사건이니 이는 왕을 시해하려는 사건과 다름없이 친국할 것이다!"

"도승지에게 기별을 하겠습니다."

그동안 선비는 이역보다도 오히려 더 오랫동안 진성대군으로 살아왔기 때문에 그 누구도 그가 왕이 아닐 것이라고 생각하는 이는 없었다. 심지어는 왕을 가까이에서 모시는 상선조차도 눈치를 채지 못하고 있었다.

"강용호로 하여금 최훈의 자리를 대신하게 할 것이라 전하게!"

"예, 전하!"

상선은 도승지에게 왕의 뜻을 전하기 위해 급하게 달려갔다.

"전하! 류건을 잡았습니다!"

선비가 내관들에게 이것저것 지시를 내리고 있을 때 용호가 달려왔다.

그는 오랫동안 선비의 사부였고 함께 수많은 위기를 넘겨왔던 저력을 발휘해 급박하게 돌아가는 상황을 수습하고 있었다.

"시신 수습은 어찌 되어 갑니까?"

선비는 따르는 내관들과 궁인들로부터 떨어져 은밀히 물었다.

"성담스님께서 직접 하고 계십니다."

"류건은 입을 열었습니까?"

"그것이, 워낙에 독한 놈이라!"

용호는 매복을 시켜둔 수하들이 사인을 납치하러 나타난 류건을 잡아와 문초를 시작했으나 입을 열지 않으니 달려온 것이었다.

"사인을 잡아들이세요, 은밀하게!"

"예?"

순간 용호는 자신이 잘못들은 것인가 제 귀를 의심했다.

"사인을 잡아들여 류건의 옥사와 붙어 있는 곳에 가두세요. 류건의 입을 열게 할 사람은 사인밖에 없을 것이니!"

선비는 그렇게 명하고 돌아섰다.

"그리하겠습니다."

"긴 밤이 될 것입니다. 하나 오늘 밤을 넘기지 말아야 할 것입니다!"

"예, 전하!"

용호는 설마 했으나 곧 사인을 잡아들이라는 그의 뜻을 알 것 같았다.

두 사람이 그처럼 서로를 아꼈다면 사인은 그의 죽음을 받아들이지 못할 것이었다. 자칫 따라 죽겠다고 자해를 한다면 곤란한 일이었다. 어쩌면 이렇게라도 사인을 더 가까이 두고 지키고 싶은 그의 마음일 수도 있을 것 같아 용호는 더 이상 묻지 않고 물러갔다.

"누구의 사주를 받았느냐! 사실대로 말하라!"

두 손이 묶여 허공에 매달린 채 고신을 받고 있던 류건이 고개를 들었다. 헝클어진 머리에 피로한 기색이 역력했지만 눈빛만은 여전히 살아 있었다.

"아무리 물어도 소용없을 것이라 하지 않았소?"

비릿한 웃음을 띠며 류건은 입을 열었다.

"고얀 놈! 이놈을 데려가 가두어라!"

용호가 금방이라도 죽여 버릴 듯한 목소리로 버럭 고함을 지르자 군졸들이 달려와 류건을 옥사로 데려갔다.

"아니!"

옥사로 들어가던 류건은 바로 곁에 붙어 있는 옥사에 사인이 서 있는 것을 보고 깜짝 놀라고 말았다.

"류 종사관이 어찌?"

사인 역시 처참한 몰골로 끌려 들어오는 류건을 보고 뭔가 좋지 않은 일이 생겼음을 직감했다.

"어젯밤 겸사복 최훈과 최익순 대감께서 그 집안을 공격한 살수들로 인해 목숨을 잃으셨소. 그 살수들을 지휘한 자를 잡아왔으니 아는 자인지 보시오!"

용호는 아무것도 모르고 새집에 앉아 살림살이를 정리하고 있던 사인을 잡아왔다. 영문도 모르고 끌려온 사인에게 알아듣도록 상황을 설명하였다.

"지금 무슨 말씀을 하고 계시는 것입니까?"

조용히 듣고 있던 사인은 용호의 설명이 끝나고도 이해가 되지 않는지 결국 미간을 찌푸렸다.

"아씨, 대감과 겸사복께서 돌아가셨습니다."

용호는 안쓰러운 마음에 주저하였으나 결국 말할 수밖에 없었다.

"건아, 설마 너?"

사인은 고신을 당해 상처 여기저기서 피가 흐르고 있는 류건을 바라보았다.

"어찌 대답을 못하는 것이야!"

끈질기게 류건을 바라보는 사인의 눈빛은 분명한 대답을 요구하고 있었다.

"네가 나를 버리면 이리 될 것이라 하였지."

"그럼 네가 참말?"

류건의 말을 듣고 있던 사인은 도저히 믿을 수 없다는 표정을 지었다.

"어찌하여 이 여인을 가두는 것이오!"

옥사에 갇힌 사인을 보자 당황한 류건은 고함을 질러댔다.

"네놈이 입을 열 때까지 가둬두라는 상감의 명이 계셨다!"

용호는 그렇게 대답하고 가버렸다.

"참말 네가 그분을 죽였어? 그런 것이야?"

용호가 가버리자 눈앞이 아득해지고 숨을 쉬기 어려워진 사인은 버럭 고함을 질렀다. 마치 벼락을 맞은 사람처럼 온몸이 부들부들 떨리고 있었다.

"사, 사인아! 사인아!"

정신이 나가버린 얼굴로 금방이라도 쓰러져 버릴 듯 경기를 하는 사인을 마주하고 있자니 류건은 두려움에 심장이 떨렸다.

"참말이니? 참말 그분이 죽었어?"

사인은 부들부들 떨리는 손으로 옥사의 문틀을 붙잡고 류건에게 소리쳤다.

"그래, 내가 그랬다."

후회하지 않을 줄 알았다, 절대로.

그러나 넋이 나가버린 듯 멍한 사인의 눈동자를 본 순간 살기에 가득 찬 류건의 눈동자가 흔들렸다.

"나 때문이야, 내가 그분께 너를 용서해 달라고 했어! 너를 설득하겠다고 조금만 여유를 달라고 애원했지. 내가 그분을! 대감마님을!"

사인은 그제야 모든 것을 깨달았다는 얼굴로 류건에게서 떨어져 비틀비틀 걸어가더니 털썩 주저앉았다.

"사인아!"

그 모습이 너무나 고통스러워 보여 류건의 마음을 착잡하게 만들었다.

"미우 항아님을 좋아하지 말았어야 했어! 그분을 도와주는 것이 아니었어. 그날 너를 도망치게 하는 것이 아니었어. 그분께 너를 살려달라 애원하는 것이 아니었어!"

사인은 일그러진 얼굴로 연신 고개를 저었다. 숨이 막히는지 제 가슴을 탁탁 때리던 사인은 문득 머리에 꽂혀 있는 나비잠을 뽑아서 들여다보았다.

"나 때문이야!"

살며시 미소를 짓는 입꼬리로, 눈물 한 방울이 뚝 떨어졌다.

"그것으로 무엇을 하려는 것이야!"

작은 머리꽂이의 날카로운 끝이 유난히 눈에 박혀 류건이 고함을 쳤다.

"이 생에서나 저 생에서나 어디서 무엇이 되어 있건 나는……."

사인은 가슴이 찢어지는 고통으로 정신이 아득해지는 가운데, 다정하게 웃고 있는 선비의 모습을 보았다.

나비잠을 들여다보던 사인의 눈에 눈물이 끊임없이 흘러내렸다.

"안 돼! 안 돼! 차라리 나를 찔러! 사인아, 나를 죽여! 아무도 없느냐!"

류건은 옥사에 매달려 발버둥을 치며 소리쳤다.

류건의 비명소리를 들은 용호와 군사들이 달려와 옥사의 문을 열고 뛰어 들어갔다. 그 순간 사인은 나비잠의 바늘로 제 가습을 찔러 버렸다. 용호가 조금만 늦었다면 나비잠의 날카로운 바늘은 사인의 가슴 깊숙이 박혀 버리고 말았을 것이었다.

"이 무슨 짓이오!"

용호가 빨리 쳐내는 덕분에 바늘이 가슴을 스치며 지나갔지만 고통을 이기지 못한 사인은 그대로 혼절해 버리고 말았다.

"네가 무슨 짓을 했는지 보아라! 이 여인은 이제 살아도 살아 있는 것이 아닐 것이다!"

용호는 쓰러져 있는 사인을 안고 일어나며 류건을 노려보았다.

"사인아! 사인아!"

그의 가슴에 미칠 것처럼 타오르던 복수의 불길은 결국 그가 가진 모든 것을 다 태우고야 힘을 잃었다. 새까맣게 타버린 잿더미에 흩날리는 것은 오로지 후회뿐이었다.

사인이 스스로 자진을 하는 것을 보고서야 그는 깨달았다. 결국 이 모든 불행의 시작은 바로 자신이었음을. 운명을 저주하고, 부모를 빼앗아간 세상을 원망하고, 누님을 잡고 있던 이율을 미워하고, 사인이 연모하는 최훈을 질투하며 모든 것을 그들의 탓으로 돌렸지만 결국 제일 많이 원망하고 저주해야 할 것은 바로 자신이었음을 모든 것을 잃은 지금에서야 알게 되었다.

류건의 비통한 절규가 옥사를 가득 채웠다.

"전하께서 화급한 일로 대감을 뵙자고 하십니다!"

새벽이 오기 전 박원종은 상감이 급히 찾으시니 속히 입궐하라는 기별을 받았다.

"이제 오른팔도 잃은 주상이니 믿을 곳이 나밖에 없을 테지!"

이미 최익순과 최훈의 죽음을 확인한 박원종은 이제 세상은 자신의 것이라 확신했다.

박원종은 사인교에 앉아 궁궐로 오는 동안 이제 모든 것이 자신의 뜻대로 되어가고 있으니 평생 동안 영화를 누리겠다고 기뻐했다.

"으흠!"

박원종은 웃음이 터져 나오려는 것을 간신히 참았다.

최훈이 없는 이역은 아무것도 아니니 그에게 매달려 살려달라 애원할 것이 틀림없었다. 뒷수습을 어찌해야 할지 논의하기 위해 불렀을 것이다.

새벽 일찍 임금과 독대를 하기로 하였으니 박원종은 말에서 내려 홀로 궁궐의 문을 들어섰다. 궁궐 문 앞에는 용호가 나와서 기다리고 있다가 박원종을 맞았다. 그가 들어온 뒤 바로 성문이 닫혔지만 박원종은 아무것도 눈치채지 못하고 있었다.

"전하께서는 어디 계신가?"

"작은 변고가 있어 직접 죄인을 추국하고 계십니다."

"전하께서 직접?"

아무것도 모르는 왕이 직접 추국을 한다는 말에 박원종은 의아한 눈빛으로 용호를 바라보았다.

"추국은 도승지에게 맡기시고 그저 보고 계시는 것이지요."

"그래, 그렇겠지."

용호는 왕이 추국 중인 곳으로 박원종을 데려갔다.

"어찌 이런 곳에서 추국을 하는 것인가?"

용호는 박원종을 궁궐 안 은밀한 옥사로 데려갔다.

"제가 이곳에서 하기를 청했습니다."

그러자 옥사 앞에서 기다리고 있던 도승지 이재학이 나와서 말했다. 이재학은 선비의 아버지인 최영섭의 제자였다.

"어째서 말입니까? 이리 큰일을."

"새로운 왕이 보위에 오르신 지 얼마 되지 않아 아직 민심이 흉흉한데 이 일이 크게 확대되는 것은 좋지 않을 것 같아서 말입니다."

"하긴 그것도 그렇습니다."

듣고 보니 도승지의 생각도 일리가 있었다. 최익순과 최훈은 일등공신이었다. 공신들 사이에서도 덕망이 높아 대부분 그들을 따랐으며 그들을 보고 반정에 참여한 자들도 많았다.

게다가 유림과 백성들에게도 존경 받는 가문이고 보니 조용히 처리하자는 도승지의 말을 따르는 것이 좋을 것 같았다.

"들어가 보시지요, 전하께서 기다리십니다."

"전하께서요?"

박원종은 별다른 의심 없이 문을 열고 들어갔다.

"전하!"

박원종이 정면으로 보이는 왕을 발견하고 고개를 숙이는 순간 둔탁한 몽둥이가 온몸으로 날아들었다.

"윽!"

박원종이 갑작스러운 공격에 무릎을 꿇자 군졸들이 멍석을
가져와 그를 둘둘 말았다.

"전하! 전하! 어찌 이러십니까!"

멍석에 둘둘 말린 박원종이 얼굴을 제외한 온몸을 두들겨
맞으며 비명을 지를 동안 왕은 평소와 다름없는 멍한 눈빛으
로 그를 내려다보고 있었다.

"전하, 대체 신에게 어찌 이러시는 것이옵니까?"

꽁꽁 묶인 박원종이 참으로 알 수 없다는 얼굴로 왕을 바라
보았다.

그러나 아무리 뜯어보아도 평소의 왕과 다를 바가 없는데
지금의 상황은 이해가 가지 않았다.

"도, 도승지! 대체 이게 무슨 짓인가?"

박원종은 한참만에야 나타난 도승지를 보자 다급하게 물었
지만 그는 엄한 얼굴로 자리에 앉았다.

"죄인은 들으시오! 이 사람이 누군지 아시겠소?"

"죄, 죄인?"

박원종이 기가 막혀 돌아보니 처참한 몰골의 류건과 큰놈이
가 들어오고 있었다. 그뿐이 아니었다. 그들의 뒤를 따라 자신
과 다름없이 처참한 몰골로 성희안과 유순정이 질질 끌려오고
있었다.

"너, 너는!"

"다 끝났소, 대감! 그만하시지요!"

류건은 모든 것을 체념한 듯 키득키득 웃고 있었다.

"저자는 대감이 추천하여 내금위에 들인 종사관이 아니오?"

기운 없는 얼굴로 조용하게 지켜보고 있던 왕이 입을 열었다.

"그, 그러하옵니다, 전하!"

"전하, 이미 성희안과 유순정이 자백을 하였으니 죄인들의 죄상은 만천하에 드러났습니다. 이 사건은 임금의 운검인 겸사복과 일등공신을 살해하였으니 상감을 시해코자 모역한 것이나 다름이 없는 것입니다."

"그러니 말입니다. 도승지, 이제 저들을 어찌하면 좋겠소?"

왕은 씁쓸하게 웃는 얼굴로 도승지를 보며 물었다.

"도성 한가운데 끌어내어 백성들이 보는 앞에서 능지처참을 하는 것이 옳은 줄 아뢰옵니다!"

"저, 전하! 살려주시옵소서! 신들은 아무것도 모릅니다. 그저 여기 있는 박원종이 그리하자고 해서 따른 것뿐이옵니다!"

"그러하옵니다, 다 박원종이 시킨 것입니다!"

성희안과 유순정은 혼이 빠져 살려달라고 외쳤다.

"그것 참! 밤도 깊은데 너무 시끄럽지 않소. 귀가 아파서 견딜 수가 없구료!"

왕은 모든 것이 시큰둥하다는 듯 나른한 목소리로 중얼거리며 의자에 기대앉았다.

"죄인들을 끌고 나가라!"

임금의 눈치를 살피던 도승지가 명하였다.

"죄인들을 끌고 나가라!"

용호가 명하자 군사들이 달려와 박원종만을 남기고 서둘러 죄인들을 끌고가 버렸다.

"저, 전하! 죽을죄를 졌습니다. 목숨만 살려주십시오."

박원종은 모두 나가고 왕과 단둘이 남자 목숨만 살려달라 애원하였다.

그러자 몽롱한 눈빛으로 기운 없이 앉아 있던 왕이 허리를 쭉 펴고 일어나 박원종에게로 천천히 다가왔다.

"대감, 공들이 나를 보위에 앉혀 주었는데 어찌 그리 간단하게 죽여 버릴 수가 있겠소. 나는 그대들을 죽이지는 않을 것이오. 살아 있는 동안 부귀영화를 누리게 해주겠소. 하나!"

왕은 천천히 걸어와 두 손으로 박원종의 어깨를 내리누르며 노려보았다.

분노로 이글거리는 왕의 눈빛을 보는 순간 박원종은 온몸에 식은땀이 흘러내리며 일이 잘못 되었다는 것을 깨달았다.

"하나, 너는 죽는 날까지! 매 순간 개처럼 기면서! 나에게 충성심을 보여야 할 것이다!"

푸른 비수처럼 날카롭게 빛나는 왕의 눈빛은 금방이라도 박원종의 목을 찌르고 들어올 것 같아서 숨조차 쉴 수 없었다.

"전하, 박원종 대감이 관군들을 동원해 최익순 대감과 겸사복 최훈을 살해한 살수단 흑월과 수장 노도수, 그리고 그에 관련된 모든 이들을 소탕하여 잡아들였다고 합니다!"

박원종을 풀어주고 이틀이 지나지 않아 선비가 건넨 살생부의 인물들은 처리되었다.

이미 칼을 빼어 들은 선비는 그동안 그가 해왔던 것처럼 마지막 복수의 순간에도 한 치의 망설임도 없었다. 자신도 복수를 끝냈다고 믿고 있는 류건은 충격으로 쓰러진 사인이 아직도 깨어나지 못하고 있다는 소식을 전해 듣고는 흑월의 살수들과 함께 처형되었다.

"도승지는 들으라!"

"예, 전하!"

"성희안과 유순정을 풀어주고 박원종에게는 그 공을 치하하는 뜻으로 아직도 남아 있는 운평 중 삼백을 보내주도록 하라!"

고향으로 돌려보내면 먹고 살길이 막막하다고 애원하여 남아 있는 운평들은 사실 골칫거리였다. 국고가 텅 비어 그들을 먹이고 입히는 데 낭비할 것이 없었기 때문이었다. 선비는 삼정승을 죽이는 대신에 우선은 나라의 안정을 위해 그들의 충성을 받기로 하였다. 사실 그들에게 죽음은 너무 가벼운 벌이었다.

"예, 전하!"

"폐주의 자식들에게 사약을 내리고 그 소식과 함께 이 서책을 폐주에게 전해주도록 하라!"

선비는 사인이 쓴 <왕세자의 첫사랑>의 이 권을 이용에게 보내주었다.

이용은 자신의 죄로 인해 자식들이 모두 사약을 받았다는 소식과 함께 사인의 서책을 읽으며 쓸쓸하게 세상을 떠났다.

선비 역시 홀로 있는 동안 사인이 쓴 <왕세자의 첫사랑>이라는 서책을 읽어보았다.

그는 오랫동안 왕이 되기 위해 교육을 받아왔던 이용이 어찌하여 한순간에 폭군으로 변하여 폭주하였을까를 두고두고 고민했다. 그는 자신이 보위에 있는 동안에 앞으로도 왕이 홀로 폭주하는 사태를 막을 수 있는 방법을 찾기 위해 고심하였다.

새벽 조강부터 밤까지 잠시도 쉬지 않고 정무를 마친 선비는 아직도 깨어나지 못하고 있는 사인이 누워 있는 제조상궁의 처소를 찾았다.

"주상전하 납시오!"

"전하께서?"

사인은 어린 시절 미우를 잃었을 때처럼 선비를 잃은 충격으로 혼수상태로 자리에 누워 있었다. 그런데 어찌 된 영문인지 이 상황에도 왕이 밤마다 사인을 찾아오는 것이었다. 사인이 왕을 피해 서둘러 궁을 나갔던 것을 알고 있는 제조상궁은 그의 방문이 달가울 리 없었다.

"사인은 좀 어떠한가?"

"전하께서 보내주신 어의의 말로는 조금씩 깨어나고 있다고 합니다."

눈물로 사인의 곁을 지키고 있던 제조상궁이 눈물을 훔치며 말했다.

제조상궁은 까딱하였으면 생목숨을 억울하게 빼앗길 뻔하였다고 생각하니 지금도 가슴이 벌렁거렸다. 혼인하려던 사내가 생각도 못한 흉악한 변을 당했으니 도대체 사인의 팔자가 어찌 이리 드센 것인가 원망도 많이 하였다.

"뭘 좀 먹였는가?"

"죽을 조금 떠 넣었으나 통 삼키지를 못하니!"

제조상궁은 매일 밤 지극정성으로 사인을 돌보는 왕의 정성이 딱해 더 이상 싫은 내색은 하지 못했다.

"잠시 이 아이와 단둘이 있고 싶으니 나가서 주위를 물리고 자네가 지켜주게!"

자신이 죽은 줄로만 알고 스스로 목숨을 끊으려 했던 사인의 창백한 얼굴을 내려다보던 선비는 가슴이 아파 힘겹게 말했다.

"예, 전하!"

제조상궁은 어째서 자신에게 나가서 주위에 사람들이 가까이 오지 못하도록 지켜 달라는 것인지 이상한 생각에 고개를 갸웃거렸지만 그 또한 어명이니 따를 수밖에 없었다.

"으음!"

잠들어 있던 사인이 몸을 뒤척이다가 입술을 움직여 작은 신음 소리를 뱉어냈다.

"정신이 드시오?"

힘겨운 듯 가늘게 눈을 뜨는 사인을 보고 있던 선비가 나직이 물었다.

"전하께서 어찌?"

간신히 눈을 뜬 사인은 자신을 내려다보고 있는 것이 왕이라는 것을 깨닫자 미간을 찌푸리며 고개를 돌렸다.

"정신을 차려보시오. 내가 왔소."

선비는 혹여 사인이 다시 또 정신을 잃을까 봐 대야 속에 있는 수건을 꺼내 그녀의 이마를 닦아주려 했다.

"나가 주십시오! 제발!"

잦아드는 목소리로 왕을 거부하는 사인의 목소리를 얼핏 들은 제조상궁이 문을 열고 달려 들어왔다.

"사인아, 정신이 드느냐?"

눈물로 범벅이 된 제조상궁은 왕의 손에 들려 있는 수건을 빼앗아 사인의 얼굴을 닦아 주었다.

"이모, 이모!"

사인은 의식을 잃고 며칠을 누워 있었던 사람이라고는 할 수 없을 정도로 큰소리로 이모를 불렀다.

"그래그래, 말해보거라!"

"혼자 있고 싶어요! 혼자!"

잠시라도 왕이 곁에 있는 것이 싫은 사인은 몸부림을 쳤다.

"그래, 알았다!"

그러자 제조상궁은 눈치도 없이 왜 그러고 앉아 있는 것이냐는 얼굴로 왕을 째려보았다.

나가라고 눈치를 주는 제조상궁 때문에 선비는 어쩔 수 없이 어깨를 축 늘어뜨리고 일어섰다.

"이 생에서나 저 생에서나 내가 어디서 무엇이 되어 있건 언제나 곁에 있겠다더니!"

겨우 깨어난 사인을 보고 얼마나 좋았는데 이리 나가라 야단을 치니 마음이 상한 선비의 입에서 무심결에 튀어나온 말이었다.

"잠깐만! 잠깐만 저 좀 보셔요!"

그 순간 사인은 몸을 반쯤 일으키며 간신히 손을 뻗어 왕의 바지 자락을 잡았다.

제조상궁은 이제 막 깨어난 사인이 제정신이 아니라고 생각해 눈이 휘둥그레졌지만 바지 자락이 잡힌 왕은 웃고 있었다.

"이모, 저 좀 일으켜 주세요!"

"누워 있어야 할 아이가 어찌 이러는 것이냐."

무슨 일인지 정신을 차릴 수 없는 제조상궁은 말은 그렇게 하면서도 사인을 일으켜 주었다.

제조상궁의 부축을 받아 자리에서 일어난 사인은 자신을 내려다보고 있는 왕을 한참동안 올려다보았다.

"잠시 나가 있게!"

선비는 무엇인가를 확인하고 말겠다는 눈빛으로 자신을 올려다보는 사인의 곁에 천천히 앉았다. 뭐가 뭔지 모르겠다는 얼굴로 두 사람을 바라보던 제조상궁은 서둘러 자리를 피해 주었다.

"나으리?"

사인은 손을 뻗어 선비의 얼굴을 더듬었다.

손끝에 사인의 가슴에 각인되어 있는 그리운 그의 형체가 만져졌다.

"나으리!"

눈앞에 앉아 있는 이가 자신이 사랑하는 그 사내임을 확인한 사인은 미친 듯 그에게 다가갔다. 얼굴이 닿을 듯 다가간 사인의 눈에 슬픔이 가득한 선비의 쓸쓸한 눈동자가 보였다.

"고맙습니다, 고맙습니다!"

사인의 눈에서 떨어지는 눈물이 선비의 손에 툭 떨어져 내렸다.

그에게 무슨 일이 일어났는지 묻지 않았지만 그가 이렇게 살아 있기까지 엄청난 일들이 있었을 것이라 짐작했다. 사인에게는 그저 그가 살아 있다는 사실만이 중요했다.

"사랑하오!"

눈물에 젖은 사인의 뺨을 닦아주며 선비는 마른 목소리로 고백했다.

"얼마나 아팠습니까?"

사인은 죽을힘을 다해 몸을 일으켜 선비를 와락 끌어안았다.

이 쓸쓸한 사내는 깊이 사랑하면 할수록 가슴을 파고드는 슬픔도 깊어진다. 하지만 그럼에도 불구하고 그에게로 향하는 이 사랑을 멈출 수가 없다. 기꺼이 몸도 마음도 송두리째 내주리라.

"얼마나 힘이 드셨습니까?"

그녀의 따뜻한 가슴에 얼굴을 묻은 선비는 자신을 대신해 울어주는 사인의 아픈 울음소리를 들었다.

선비는 울고 있는 사인의 얼굴을 두 손으로 감싸고 천천히 입술을 포갰다.

차갑고 메마른 그의 입술을 사인의 따뜻한 혀가 적셔 주었다. 은밀하고 서늘한 그의 입안으로 사인의 혀가 들어와 따뜻하게 데워 주었다. 꼭 껴안아 맞닿은 몸이 따뜻하게 데워지고 서로의 호흡이 가빠르게 느껴질 때까지도 두 사람은 떨어지지 않았다.

살짝 문을 열어본 제조상궁은 기겁을 했지만 이는 필시 무슨 곡절이 있을 것이라 생각했다.

두 사람은 아침이 올 때까지 그렇게 꼭 껴안고 있었다. 그 모습이 너무 애틋하고 아름다워 연유를 전혀 알 수 없는 제조상궁은 지켜보는 것만으로도 그냥 눈물이 흘렀다.

"내 부모님을 부탁하오."

"예, 어른들께는 제가 가볼 것입니다. 너무 심려하지 마세요."

아침이 오자 선비는 그렇게 당부하고 그 방을 떠났다.

기운을 차린 사인은 이모에게 대충의 상황을 설명하고 최익순과 최훈의 장례를 치르느라 정신이 없는 선비의 사가로 갔다. 최영섭과 안씨는 경황이 없는 중에도 사인이 옆에 있으니 위로가 되었다. 선비가 죽었다고 믿고 있던 윤서연도 그곳으로 쫓아와 통곡하였고 며칠 동안 곡기를 끊기도 하였지만 그래도 산 사람은 또 살아가기 마련이었다.

❀　　❀　　❀

궁궐의 밤이 깊었다.

석수라를 끝마친 선비는 더 이상 편전에 나가지 않고 침전으로 들었다가 미행을 준비하였다. 사인이 부모님과 함께 있는 사가로 나가보려는 것이었다.

여섯 살에 강릉 집을 떠나온 뒤로 단 한 번도 만나지 못하고 죽은 아들이 되어버렸으니 최영섭과 안씨 부인도 참으로 기구한 운명이었다.

"나으리!"

용호만을 데리고 집으로 온 선비를 제일 먼저 나와 맞은 것은 미리 기별을 받고 나와서 기다리고 있던 사인과 성담이었다.

"오셨습니까."

"어찌 되어 갑니까?"

"대감께서 나서서 유생들과 무관들을 안정시키셨습니다."

선비는 성담의 얼굴을 보자마자 최익순과 최훈의 죽음으로 어수선해진 민심에 대해 물었다. 사실 이 혼란스러운 정국을 수습하고 공신들을 휘어잡을 수 있었던 것은 오래전부터 키워왔던 성담스님의 세력과 대제학인 부친이 없었다면 어려운 일이었다.

"어찌 나와 있소."

"들어가세요, 기다리고 계십니다."

사인은 이제 이곳이 제 집인 양 앞장서서 걸었다.

큰 슬픔을 겪으며 슬퍼하는 최영섭과 안씨 부인의 곁을 지키며 사인은 혈육 이상으로 가까워졌다.

"이 집에 쭉 살아온 사람 같소."

"어른들께서 그러시는데 어린 저를 양녀로 들일까 생각하셨답니다."

어쩐지 선비가 너무 오랜만에 만나는 어머니와의 해후를 불안해하는 것 같아 사인은 일부러 밝게 말했다.

"하마터면 내 누이가 될 뻔했구려."

선비와 사인은 조용한 마당을 지나 안채에 들어갈 때까지 도란도란 이야기를 나눴다.

그러나 선비는 막상 안방 문 앞에 서자 심호흡을 했다.

"음!"

선비는 떨리는 발걸음으로 앞으로 나가 절을 올렸다.

이제는 나이가 들고 장례를 치르느라 많이 야위고 부쩍 늙은 안씨 부인의 눈가에 굵은 눈물이 흘러내렸다.

"훈아!"

꿈에도 잊지 못하던 아들을 눈앞에 두고도 선뜻 달려와 안아보지 못하는 것은 그동안 아들이 겪었을 크나큰 고통이 두려워서였다. 어머니라고 자식을 지켜주지 못했는데 무슨 염치로 아들을 안아보겠다고 하겠는가 싶었다.

언제나 그려보던 어머니였지만 목에서 뜨거운 것이 치밀어 선뜻 어머니라는 말이 나오지 않자 선비는 가만히 일어나 안 씨를 안아주었다.

"미안하다, 어미가 너를 지켜주지 못하고!"

살아 있어도 산 사람으로 살 수 없는 아들을 안고 안씨는 목 놓아 울었다.

"어머니!"

"내 아들아!"

두 모자는 그렇게 서로를 끌어안고 한참을 울었다.

"어디 보자, 내 아들!"

눈물을 흘리던 안씨는 아들의 얼굴을 자세히 보기 위해 손 을 뻗었다.

"어머니!"

선비는 안씨의 주름진 손을 잡아 자신의 뺨에 가져다 대었 다.

"이제 그만하시오, 부인! 그러다 닳겠소."

보고 있던 최영섭이 담담하게 말했다. 그는 이제 최익순의 무덤가에 초막을 짓고 삼년상을 치르기 위해 강릉으로 내려갈 예정이었다. 그러나 어떤 의미로는 자유롭게 유림들을 만날 수 있는 기회가 될 것이었다.

"아버님의 제자들을 추천해 주십시오!"

"그리하마!"

최영섭은 이미 자신의 운명을 받아들이고 충실하게 그 길을 가고 있는 아들을 위해, 그리고 비통하게 죽음을 맞이한 부친을 위해 그를 돕기로 결심했다.

"신중섭에게 어명을 내려 사인을 호적에 올리도록 하였습니다. 조만간 숙용의 첩지를 내려 궁으로 데려갈 생각입니다. 하니 어머니께서 필요한 것들을 준비해 주세요."

"참으로 잘 되었구나! 하면 이제 이 아이는 사인이 아니라 신소희로구나."

최영섭과 안씨는 제 자식의 일처럼 기뻐하였고, 사인 역시 이제야 제자리를 찾고 제 이름을 찾았다는 생각에 행복해 했다.

"내가 여식처럼 채비해서 들여보내마. 이제는 이곳이 네 친정이다."

안씨는 소희를 당겨 안고 축복했다.

"소희, 좋은 이름이요. 한데 어찌하오. 궁 밖으로 나오려고 그처럼 애를 썼는데 다시 궁으로 데려가게 되었으니!"

선비는 미안한 마음이 들어 이제는 소희라는 이름을 찾은 여인을 바라보았다.

"당신 곁이면 어디라도 괜찮습니다."

안씨의 곁에 붙어 앉아 있던, 소희가 된 사인은 그저 조용히 웃었다.

"대신 친정에 자주자주 보내주겠소."

"그러면 나야 얼마나 좋겠느냐?"

안씨는 아들의 말에 모처럼 환하게 웃었다.

얼마 뒤 소희는 왕의 후궁들 중 제일 낮은 품계인 숙용의 첩지를 받고 입궐하였다.

그러나 그 누구도 숙용 신씨를 후궁으로 생각하는 사람은 없었다. 숙용 신씨는 위로는 대비와 왕의 총애를 한 몸에 받았고 아래로는 제조상궁이 이모였으니 내명부를 완전히 장악하였다. 이후로 중전을 간택할 때에도 후궁들을 들일 때에도 언제나 먼저 들어와 왕을 모신 후궁으로 대접을 받았다. 숙용 신씨는 말만 교태전의 주인인 중전을 제쳐두고 실질적인 주인이었다.

선비는 필요에 따라 공신들의 여식들 중에서 후궁을 뽑아 들였다. 겉으로는 공신들의 요구를 모두 들어주는 듯 보이는 왕이었지만 일단 세 공신들의 목숨 줄을 휘어잡은 선비는 피폐한 정국을 안정시키기 위해 강력한 개혁의 칼을 빼들었다. 우선은 죄인들을 빠르게 처벌하고 이융 때의 여러 가지 폐정을 개혁하기 위해 최영섭과 그의 제자들의 도움을 받아 홍문관을 강화하였다. 그리고 문신의 월과(月課), 춘추과시(春秋課試), 사가독서(賜暇讀書), 전경(專經) 등을 엄중히 시행하였다. 그는 공신들에게 내줄 것은 내주고 백성들을 위해 챙겨야 할 실리는 챙겨가며 문벌세가와 공신들을 누르고 그가 꿈꾸던 새로운 왕도정치의 이상을 실현하려고 노력하였다.

二十章 · 비밀

"아, 아파! 살살하거라! 살살!"

박원종의 수양딸로 위세가 당당한 후궁 박씨를 모시는 임 상궁은 그녀의 이마에 난 상처에 약을 발라주고 있었다.

"어휴! 성질머리 하고는! 전하의 어심은 도무지 종잡을 수가 없다는 말이지!"

박씨는 어젯밤도 침소에 들어 늘 하던 대로 왕의 버선을 벗기고 발을 주물러 준다, 다리를 주물러 준다고 호들갑을 떨었지만 그의 마음을 온전히 얻는 것은 실패한 것 같았다. 왕은 어젯밤도 그녀에게 단 한마디의 말도 해주지 않았다.

이상한 일이었다. 낮에 편전으로 찾아가 뵙기를 청하면 거절하는 것이 대부분이었지만 중요한 문제는 독대를 하고 대화를 할 수도 있었다. 하지만 어찌 된 일인지 침전에만 들면 말이 없는 것이었다. 어쩌다 하는 말이라고는 욕정을 참지 못하는 신음소리가 전부였다.

어젯밤에도 공연히 이리저리 말을 시켜보려다가 화가 난 왕이 내던진 찻잔에 정통으로 맞아 이마에 흐르는 피도 훔치지 못하고 허겁지겁 도망치듯 제 처소로 돌아왔던 것이다.

"피를 흘리신 곳이니 괜찮으실지 모르겠습니다. 어의를 부르시지요."

박씨의 눈치를 살피던 임 상궁이 한마디 하였다.

"무어! 전하께서 저러시는 것이 하루 이틀이야! 다소 격하고 심하였다 하지만, 어쩔 수 있겠니! 게다가 창피하게 어찌 어의를 불러! 내가 전하께 맞았소, 소문 낼 일이 있느냐!"

"아무리 그러셔도 그렇지요, 마마의 이마가 이렇게 깨졌는데…… 전하께서 심하셨습니다."

"전하의 마음이 예전 같지 않은 것이지. 게다가 이번에 내가 홍씨 고년 일로 따져 묻다가 그런 것이니."

박씨는 그리 말하며 입술을 깨물었다. 생각하면 속이 부글부글 끓었지만 어쩔 수 없는 일이었다. 이 모든 것은 왕의 마음을 차지하고 있는 숙용 신씨 때문이니. 아무리 후궁이 많으면 무엇하는가, 왕에게는 숙용 신씨와 자신들은 다른 세상의 사람이었다.

"큰일입니다. 아무리 쉬쉬해도 금세 소문이 돌 것인데."

잠시 주위를 살피던 임 상궁이 목소리를 낮춰 속삭였다.

"그깟 소문을 누가 무서워한다던가."

박씨는 소문을 듣고 기뻐할 다른 후궁들 생각에 속이 불편한지 서안 위에 올려놓은 주먹을 꽉 움켜쥐었다.

"그 몸으로 어디를 가십니까?"

"답답하니 바람이라도 쐬어야겠구나!"

잠시 그렇게 우두커니 앉아 있던 박씨는 자리에서 일어나 밖으로 나갔다.

햇살이 참으로 부드러운 봄날이었다.

박씨는 울적한 마음을 달래려고 왕이 즐겨 거니는 후원을 향해 가고 있었다.

그런데 저만치 따르려는 무리를 내치고 왕이 홀로 걷고 있었다.

박씨는 이는 왕과 좀 더 가까워 질 수 있는 하늘이 주신 기회라 생각하며 그 뒤를 따라갔다. 걸음을 옮기는 왕의 표정은 무겁게 가라앉아 있었다. 백여 명이 넘는 공신들을 누르고 새롭게 등용한 사림들의 치기 어린 패기를 조절하며 나라를 이끌어 가기란 결코 만만한 일이 아니었다.

"어리석은 자들 같으니!"

왕은 끓어오르는 울화를 누르며 누가 보아도 성난 발걸음으로 빠르게 걸어 나갔다.

"저, 전하!"

내관 두어 명이 그 뒤를 허둥지둥 따라가고 있었다.

그 빠른 걸음을 따라가는 박씨조차도 날을 잘못 잡은 것 같다고 생각하며 이대로 돌아설까 망설이는 중이었다.

바로 그 순간 왕이 걸음을 멈추고 손을 들어 따르는 내관들을 제지하였다.

박씨가 무슨 일인가 해서 살펴보니 왕이 바라보는 것은 만개한 꽃 속에 서서 꽃 한 송이 한 송이를 들여다보며 환하게 웃고 있는 숙용 신씨. 바로 이 궁궐의 안주인이었다.

그 순간 박씨는 깨달았다. 어찌하여 양부인 박원종이 숙용 신씨를 교태전의 주인이라 생각하라고 하였는지 알 것 같았다.

"전하께서는 낮에는 저리 늠름하시고 내게 눈길 한 번 주지 않으시는 모습까지도 너무 잘나셨는데, 밤만 되면 어찌 저리 다른 모습인지……. 변덕스럽고 의심 많고 뜨겁기만 하니 이거야 원, 마치 전하 속에 또 다른 전하가 살고 계시는 것 같다니까!"

숙용 신씨를 홀린 듯 바라보는 왕의 뒷모습을 물끄러미 바라보던 박씨는 처량한 마음에 긴 한숨을 내쉬며 돌아섰다.

"전하! 어찌 그곳에 서 계십니까?"

이제는 소희라는 제 이름을 찾은 숙용 신씨가 저만치에서 우뚝 서 자신을 바라보고 있는 태산 같은 선비를 바라보았다.

"산속에서 온갖 꽃들의 이름을 물으며 과인을 귀찮게 하던 여인이 생각나서 말이오!"

"귀찮으셨다는 그 말씀 참말이십니까?"

소희는 단아하고 따뜻한 표정으로 공손하게 물었다.

"어째서 그리 묻소?"

"분명 좋아하시는 것 같았는데."

얼버무리며 대답하는 소희의 두 볼이 붉게 상기되었다.

"과인이?"

아직도 선비를 보면 여전히 수줍어하는 소희의 그 모습에 그는 잊고 있던 그날의 일들이 기억났다. 사실 가슴이 떨렸었다. 첫 입맞춤은 또 얼마나 심장이 뛰었던가. 가슴이 떨려 무작정 쏟아내었던 사랑한다는 그 말. 도대체가 마음을 감출 줄 모르는 바보처럼 순수한 이 여인 때문에 얼마나 당황했던가.

"예, 저는 전하께서 떨고 있다고 생각했는데. 그래서 제가 용기를 내야겠다고……."

소희는 거기까지 말하고 쿡쿡 웃었다.

세상 풍파 한 점 묻지 않은 따스하고 맑은 눈동자가 선비를 향해 궁금하다고 묻고 있었다.

뜬금없는 소희의 말에 선비는 당황했다.

"나한테, 그러니까 내게 먼저 수작을 건 것이오?"

"그것을 여태껏 모르셨단 말입니까?"

붉게 물들인 뺨에 깊은 볼우물이 패이며 소희는 쌩긋 웃었다.

"하하! 금일도 과인을 웃게 하는 것은 당신이구려!"

"더 웃게 해드릴까요, 전하?"

소희는 웃고 있는 그의 모습이 보기 좋아 다시 한 번 애교 실린 목소리로 물었다.

"그러시오, 어디! 좀 웃어 봅시다!"

"어의의 말이 소첩이 전하의 아기를 가졌다고 합니다."

선비의 반응을 기다리듯이 소희는 그의 얼굴을 가만히 들여다보았다.

"그, 그것이 참말이오?"

처음에는 놀란 듯 보이던 선비는 곧 소희의 말뜻을 이해하고는 그녀를 꼭 안아주었다.

"전하를 기쁘게 해드렸으니 소첩의 청을 들어 주소서."

"무엇이오, 과인이 그대의 청을 거절하는 것을 보았소?"

선비는 자신의 품에 안겨 있는 소희를 내려다보며 속삭이듯 달콤하게 물었다.

"아기는 궁 밖에서 키우고 싶습니다. 저와 당신처럼 이 궁궐에 가둬두고 키우고 싶지 않습니다. 우리 아이는 그저 평범한 집안의 평범한 아이로 키우고 싶습니다."

"진심이오? 보고 싶지 않겠소?"

선비 역시 궁궐 안에서 자식을 기를 생각은 없었다. 궁궐에 갇혀 사는 것은 소희 하나만으로도 충분히 미안했다.

"방법을 생각해 두었습니다. 전하께서도 자식을 궁궐 안에 두지 않는다면 오로지 백성만을 생각하실 수 있지 않겠습니까. 전하의 아들이 살아갈 세상을 위해서 말입니다."

"그리합시다. 그대와 과인이 그 아이가 보고 싶은 것을 조금만 참는다면 가능한 일입니다."

두 사람은 언제나 마음이 맞았다. 그렇게 욕심 없이 뜻이 맞으니 크게 다툴 일도 없었고 마음이 상할 일도 없었다. 선비가 고통스럽거나 분노하는 일이 생기면 소희는 힘든 그를 위해 말없이 풀피리를 불어주었다. 중대한 결정을 놓고 고민할 때에는 친정으로 나가 최영섭과 학자들의 자문을 구해오기도 하고 그녀 스스로 조언을 하기도 하였다. 그렇게 소희는 그가 힘들거나 기쁘거나 고통스러울 때도 한시도 그 곁을 떠나지 않고 마음으로 믿고 그가 꿈을 펼쳐볼 수 있도록 해 주었다.

세상의 온갖 비밀을 품고 있는 구중궁궐의 밤이 되었다.

왕이 정사를 돌보는 강녕전의 바로 아래에는 특별한 이들만이 아는 은밀한 방이 있었다.

"몸은 좀 어떠시오?"

후궁 홍씨와의 합방을 위해 침소에 들기 위해 채비를 하는 이역에게 야장의를 입혀주던 대비는 근심스러운 얼굴로 물었다.

"몸이 좋지 않으면 오늘은 그만 물리시지요."

"괜찮습……."

아무런 반응이 없던 이역은 그제야 겨우 목소리를 내려고 애를 썼다.

"성담스님의 말씀이 내상이 심해 아직은 무리라고 합니다. 그래도 주상께서 세상에 좋다하는 약은 다 구해오고 있으니 머지않아 목소리를 찾으실 것입니다."

대비와 이역은 이제 최훈을 완전히 또 다른 왕으로 인정하고 있었다.

이미 몇 해가 흘러도 목소리를 찾지 못하였으니 앞으로 영영 이렇게 살아야 할 수도 있었다.

사실 그날 용호는 이역의 행동이 왕이라 하기에는 도저히 용납할 수 없어서 차라리 죽기를 바랐다. 그래서 선비에게는 절명했다고 보고했다. 살릴 마음조차도 없었다. 그러나 성담 스님이 시신을 수습하러 왔을 때 아직도 숨이 붙어 있는 이역을 발견했다. 그는 수많은 시신 중 하나를 최훈으로 가장하여 장례를 치르고 이역을 데려가 오랫동안 치료한 끝에 궁궐로 데려왔다. 그러나 이역은 아직도 여전히 목소리를 제대로 내지 못하고 그날의 고통으로 정신도 온전치 못했다.

"하면 가시지요."

이역과 대비가 강녕전으로 올라가는 계단을 오르자 선비가 기다리고 있다가 그들을 맞았다.

"몸은 어떠하십니까?"

선비의 물음에 이역은 웃는 낯으로 고개를 끄덕였다.

"점점 좋아지실 것입니다. 침소에 드실 동안 저는 금일의 일지를 기록해 둘 것이니 틈내서 읽어보십시오."

선비는 침소로 가는 이역을 바라보다 계단을 내려갔다.

그는 이용으로 인해 피폐해진 나라가 안정되고 이역이 목소리를 찾으면 떠날 생각이었다.

소희를 제외한 모든 후궁들과 침소로 드는 것은 밤의 왕인 이역의 일이었다. 낮의 왕인 선비는 낮의 왕이 해야 할 업무들을 처리하고 있었다. 그는 오늘 밤도 이 비밀의 방에서 또 밤을 꼬박 새워 금일의 일들을 기록해 둘 것이다. 후일 이역이 정사를 맡아야 할 때를 대비하여 그가 성군이 될 수 있도록 준비하려는 것이었다.

선비는 책상에 앉아 오늘 있었던 일들을 생각하며 천천히 먹을 갈았다. 그는 정사를 돌보는 일이 어느 한 곳으로 치우침이 있어서는 아니 된다고 생각하였기에 이렇게 먹을 갈 때마다 묵향에 정신을 맡기며 정중동을 찾아가려고 애를 썼다.

먹물의 농도가 적당하다 생각한 선비가 붓을 들고 일지를 펼쳤다.

"응?"

그는 일지 앞에 끼워져 있는 서찰을 발견하였다.

"이것은?"

붓을 내려놓고 접힌 종이를 펼쳐 보니 이제야 겨우 붓을 잡을 수 있게 된 이역이 쓴 서신이었다.

형님!

죽음에서 깨어나며 버버 불러보고 싶었으나 차마 그럴 염치조차 없었소.

오랫동안 자리에 누워 있으면서 나의 어디서부터 무엇이 잘못된 것인가 생각해 보았소.

돌이켜 생각해 보면 형님이 이용과 싸울 동안 나는 보이지 않는 내 안의 적과 싸우고 있었던 것 같소. 처음 우리가 만났을 때 어린 내가 보기에도 형님은 얼마나 커 보였던지. 그러나 시간이 흘러갈수록 외조부도 어머니도 내가 아는 어른들은 모두가 형님만을 바라보았소.

어머님은 형님이 아들이었으면 하고 바라는 눈치였고, 형님을 믿고 의지하는 주변 사람들에게 점점 지치면서 나는 나 자신을 잃어가는 듯했소. 진성대군 이역은 나인데 언제부터인가 사람들은 모두가 형님을 진성대군이라고 생각하는 것 같았소. 처음에 부러워하던 그 마음은 나도 잘 알지 못하는 사이에 자격지심과 두려움으로 변해가고 있었소.

그런 형님에게 좋아하는 여인이 생긴 것이오. 나는 형님이 좋아하는 여인은 얼마나 대단할까 하는 호기심이 생겼소. 물론 그 여인의 미모도 내 눈을 멀게 하였겠지만 아마도 왕이 된 내가 가지지 못할 사람이 누가 있겠느냐는 교만한 마음이 나를 미치게 만든 것 같소. 하나 이제 정신을 차리고 보니 결국 내 눈을 멀게 만든 것은 내 안에 있는 일그러진 나였소. 그럼에도 언제나 한결같은 형님에게 어떻게 이 통탄스러운 마음을 전해야 할지 알 수가 없소.

용서를 구하기도 염치가 없으나, 내가 잘못했소. 잘못했소, 형님.

이역의 긴 서신을 읽어가는 선비의 눈에 한줄기 굵은 눈물이 흘러내렸다.

"이것으로 되었다."

잘못했다. 미안했다. 그 한마디가 오랫동안 앙금으로 남아 그의 가슴을 짓누르던 원망과 미움의 큰 돌덩이를 치워준 것 같았다.

"자, 그러면 이제!"

서신을 곱게 접어 소맷자락에 넣은 선비는 다시 심호흡을 한 뒤에 붓을 잡고 금일의 일지를 써 내려가기 시작했다.

침전으로 가기 위해 밖으로 나온 이역은 밤하늘을 올려다보았다.

연못의 수면 위에 일그러지는 달그림자와는 달리 하늘의 달은 온전하게 빛난다.

이역은 연못의 수면 위에 일그러진 달을 들여다보다 그 달그림자가 제 모습과 닮아 있다는 생각을 했다. 저 하늘에 떠 있는 온전한 달, 최훈에게 부끄럽고 미안해서 깊은 후회와 통한의 눈물을 흘렸다.

❀　　❀　　❀

숙용 신씨의 산실청이 마련된 작은 뜨락, 응달진 곳에 하얗게 내려앉은 서리도 스며드는 돌을볕에 슬그머니 잦아들었다. 날이 밝아올 무렵인데도 작은 방 안은 여전히 어두웠다. 숙용의 곁을 지키는 유모 순녀도, 부엌에서 불을 지피는 이들도, 내관도, 그리고 무사들까지 피곤한 탓에 잠시 졸고 있던 참이었다.

"으으!"

잠시 일어나 앉아 있던 소희는 갑자기 엄습해 오는 진통에 이를 물고 이불 위로 쓰러져 누웠다. 첫새벽, 사방이 가라앉아 있는가 싶더니 산실청에 돌연 긴장의 빛이 감돌기 시작하였다.

"물을 끓이게!"

순녀는 궁녀들에게 물을 끓이라고 하였고, 의녀와 산파들은 저고리 소매를 둥둥 걷고 이것저것 채비를 했다.

"알겠습니다요."

졸고 있던 궁녀들이 불 위에 솥단지를 올려놓으며 부산하게 움직이자 상궁과 다른 궁인들까지도 바짝 긴장했다. 왕이 제일 아끼는 숙용 신씨의 몸에서 아기씨가 태어나려는 것이었다.

"제발 무사히 태어나거라, 아가! 어미는, 이 어미는 그것만을 바라고 있단다."

소희는 부른 배를 부둥켜안고 진통에 신음하면서도, 한시도 쉬지 않고 아기를 위해 빌고 있었다.

"힘을 주셔요, 마마!"

제조상궁이 옆에 앉아 소희를 격려하였다.

"으음······."

그러나 산기가 시작된 지 한참이 지나도 해산할 기운은 좀처럼 보이지 아니하였다. 고통스러운 진통만이 지루하게 계속될 뿐이었다.

"마마, 마마! 그리 이를 악무시면 이가 다 상합니다! 마마, 차라리 소리를 지르세요!"

소희가 아기를 낳으려고 진통을 시작하자 왕은 달려와 산실

청 밖을 지키고 있었다.

"아악!"

지독한 진통이었다. 허리가 금방 끊어질 듯, 창자가 단근질을 당하듯 후루룩 온몸을 훑어가는 듯한 고통이 이어졌다.

"으윽!"

그러나 소희는 그 도도한 성정만큼이나 고통의 순간에도 흐트러짐이 없었다.

허리를 때리며 들이치는 통증에 몸이 천 길 아래로 끝없이 떨어져 내리는 것만 같았다. 무사히 아기를 낳고 그 아기를 지켜내야 한다는 생각에 팔을 허우적거리다 아기의 유모로 들인 순녀의 손을 잡았으나 진통은 점점 더 심해져 갔다.

"아악! 악!"

"마마, 힘을 주셔요. 더! 한 번 더! 그렇지요! 잘하셨습니다!"

방 안에서는 순녀가 격려하는 소리와 소희의 신음이 몇 번을 더 씨름하더니 결국 우렁찬 아기의 울음소리가 터져 나왔다.

"응애! 응애!"

아기의 울음소리가 들리기 시작할 무렵, 거친 바람이 가라앉고 비가 잦아들었다. 맑고 푸른 기운이 방 안을 감싸고 돌았다.

"마마, 정신 차리고 아기씨 좀 보세요."

순녀는 아기를 안고 기진맥진한 채 가쁜 숨을 몰아쉬고 있는 소희에게 보였다.

"아기는?"

"건강한 사내 아기씨입니다!"

"사내 아기?"

소희는 정신을 모아 등불에 비친 아기의 얼굴을 찬찬히 들여다보았다. 우렁차게 울고 있는 아기는 이목구비가 뚜렷하고 어디 한 곳 모난 데 없이 동글동글하게 생겨 금방 태어났는데도 불구하고 백일은 된 아기처럼 보였다.

"전하를 모시세요."

잠시 뒤 겨우 몸을 수습한 소희는 방 안으로 들어온 선비를 맞았다.

"고생하였소!"

선비는 붉은 비단 강보에 싸여 바닥에 누워 있는 아기를 들여다보며 눈물을 글썽였다.

"안아보시겠습니까?"

순녀가 묻자 선비는 아기를 조심스럽게 받아 안았다. 선비는 설레는 마음으로 아기를 받아 안고 살펴보았다. 자신을 쏙 빼닮은 틀림없는 자신의 아들이었다.

"아가! 고맙고 미안하구나."

선비는 강보에 싸인 아기를 가만히 품어 안았다.

말랑한 아기의 따뜻하고 부드러운 온기가 그의 가슴을 따뜻하게 해주었다. 아직 아무것도 알 리 없는 아기는 세상에서 가장 평화로운 얼굴로 쌔근쌔근 잠들어 있었다.

"아가야, 할머니께 가 있거라. 네 어머니를 보내주마."

선비는 그렇게 속삭이며 아기를 꼭 껴안았고 그런 부자를 지켜보던 순녀는 눈물을 훔치며 한숨을 내쉬었다.

왕과 숙용 신씨 사이에 태어난 아기는 태어나자마자 죽은 것으로 알려졌고 궁궐은 몹시 애통해했다. 숙용 신씨는 몸조리를 하기 위해 일 년이 넘게 최영섭의 집으로 피접을 나갔다.

몇 해 뒤에 최영섭은 대가 끊어지는 것을 우려하여 양자를 들였는데 아들의 명자는 최현이라 하였다. 몸이 약한 숙용 신씨는 친정처럼 지내는 최영섭의 집으로 자주 피접을 나갔지만 그래도 늘 왕의 곁에 있으며 훌륭하게 내조하였다.

왕이 보위에 오르고 아홉 해가 되던 중종 구 년에 선비는 신진 사류인 조광조를 등용해 우익으로 삼고, 그가 주장하는 도학에 근거한 철인군주정치를 표방해 기성 사류인 훈구파를 견제하려 하였다. 또 유교주의적 도덕규범인 향약을 전국적으로 실시하였다. 현량과를 두어 친히 김식 등 유능한 신진 사류 스물여덟 명을 뽑아 언론, 문필의 중요직에 등용해 이들 사림파(士林派)를 중심으로 한 지치주의적(至治主義的) 이상정치를 행하였다. 선비가 보위에 있는 동안 그는 조선의 모든 세력을 규합하려 애썼고 또 그의 세력을 키워갔다. 왕이 보위에 오르고 십이 년이 지난 어느 날 숙용 신씨는 지병으로 세상을 떠났다. 그녀는 중종의 수많은 후궁 중 가장 낮은 숙용이었고 자식도 없었으므로 자연히 역사에서 쉽게 잊혀졌다.

終 · 호접지몽

사신단을 이끌고 명나라의 남경에 도착한 박수호는 잠시 홀로 나왔다.

　명나라에서도 큰 가문들만 살고 있는 저택가에 당도한 박수호는 비우당(庇雨堂)이라는 가호(家號)가 붙어 있는 곳으로 들어갔다.

　"나으리, 조선에서 사신단을 이끌고 박수호가 왔습니다."

　"오, 그래! 들라 하게!"

　선비는 그렇지 않아도 조선에서 보름에 한 번씩 당도하는 장계를 받고 박수호를 기다리고 있었다. 조선을 떠난 지는 오래 되었지만 아직도 이역은 어려운 일이 생길 때마다 남경으로 사람을 보내 선비의 의견을 물어왔다. 그러나 사실 박수호는 선비의 사람이었고 이역이 어떤 논의를 해왔건 박수호는 조선의 정세에 대해 선비에게 곧바로 보고했을 것이었다. 비록 선비는 명나라의 남경에 터를 잡고 있었지만 아직도 그의 세력은 조선의 구석구석 미치지 않는 곳이 없었다.

"나으리!"

"먼 길 오느라 고생이 많았소!"

박수호는 선비가 등용한 인재인데, 커다란 체구만큼이나 성격도 침착하고 우직하여 깊이 신뢰하는 자였다.

"평안하셨습니까?"

"그래 조정은 어찌 되어 가오?"

선비는 예를 올리는 박수호를 향해 조용히 물었다.

"전하께서는 공신들의 손을 들어주었습니다."

"그렇겠지요."

이미 짐작한 일이었다.

이역이 다시 정사를 돌보기 시작하자 그의 안일한 성정이 그대로 드러나기 시작했던 것이다. 신진 사림세력의 과격하고 지나친 개혁정치의 완급을 조절하지 못해 기성 훈구파의 반발을 불러일으켰던 것이다.

"이제 어찌하실 것입니까?"

박수호는 초조한 눈빛으로 선비를 바라보았다.

"나는 이제 조정의 일에는 관여하지 않소. 어차피 한 곳에 권력이 몰려 있는 것은 좋지 않으니 바꿔보는 것도 나쁘지는 않겠지요."

"하면 조광조는 이제 끝입니까?"

"그 또한 스스로 자초한 일인 것을 어찌하겠소. 먼 길 오느라 고생하였소. 그만 물러가 쉬도록 하시오."

박수호가 주저 없이 조광조는 끝이냐고 묻자 선비는 조용히 한숨을 내쉬었다.

박수호가 돌아가자 선비는 사람을 불러 그가 남경에 머무는 동안 부족함이 없도록 보살펴 주라고 당부하였다.

"어머니, 대체 어찌 가호를 비우당이라 한 것입니까?"

최현과 소희는 스승인 관명 선생의 학당에서 공부를 마치고 돌아오는 길이었다.

소희는 이제 열 살이 된 아들과 함께 뒤늦게 공부를 하느라 남장을 하고 서 있었다. 최현은 호기심이 많아 보는 것마다 질문이 쏟아내니 소희도 배우지 않고는 대답을 해줄 수가 없었다. 아직도 여전히 지나치게 아름다운 그녀는 이렇게 남장이라도 해야 거리를 다닐 수가 있었다. 남장을 한 지금은 여인들이 쫓아와 걷기가 힘이 들기는 했지만 아들인 최현이 곁에서 막아주어 그나마 다행이었다.

"비우당, 비를 가리는 집이 아닙니까? 이리 큰 집에 붙이기에는 민망한 가호가 아닐는지?"

"비우당은 세종조에 우의정을 지내신 유관 선생 가택의 가호였단다."

학당에서 돌아오던 길에 최현이 가택에 붙어 있는 재미있는 현판을 보고 고개를 갸웃거리자 소희가 가호에 대해 설명해주었다.

"유관 선생?"

바삐 와서 더웠던 것인지 최현의 통통한 볼은 분홍빛으로 물들었고 이마에는 땀방울이 맺혀 있었다.

"학문과 문장이 뛰어날 뿐 아니라 성품이 매우 청렴하고 청빈하였단다. 한 번은 장마로 집에 비가 줄줄 새자, 우산을 받쳐 들고서 부인에게 '허어, 우리야 우산이라도 있지만 우산도 없는 집은 어찌할 것인가?'라며 걱정하셨단다. 세종 임금께서 울타리조차 없는 선생의 초라한 집을 걱정하시어 담을 쳐 주셨더니 선생은 늘 문을 열어두고 누구나 쉬어갈 수 있도록 하셨다는구나. 해서 지금도 조선의 남산골에 있는 비우당의 문은 늘 열려 있단다. 그런 유관 선생의 인품을 아신 세종 임금께서는 청백리로 칭하시어 널리 알리셨고. 네 아버님은 그분의 정신을 기억하고자 이곳의 가호를 비우당이라 한 것이지."

"예, 비우당이라는 가호에 아버님의 깊은 뜻이 숨어 있었던 것이군요."

소희는 최현의 손을 잡고 대문이 활짝 열려 있는 집 안으로 들어갔다. 집 안팎은 가지런히 정리정돈이 되어 있었다.

정결한 마당을 가로질러 들어가 최현을 대청마루에 앉힌 뒤에 허리춤에 차고 있던 호리병을 내주고는 차를 가지러 잠시 자리를 비웠다.

"청백리, 유관 선생의 가택이라고?"

최현은 호리병을 받아 들고는 또랑또랑한 눈망울로 집안을 둘러보았다. 때마침 산꼭대기로부터 한줄기 서늘한 바람이 불어와 땀에 젖은 최현의 이마를 말려주었다.

물을 마시며 마루에 앉아 있던 최현은 머리를 두리기둥에 기대고는 하늘을 올려다보았다.

"학당에 다녀온 것이더냐?"

속세를 버린 듯 차고 맑은 선비의 눈길은 마루 위에 앉아서 자신을 바라보고 있는 최현에게로 향해 있었다.

"예, 아버님!"

섬돌 위에 벗어 놓은 신을 찾아 신은 최현이 급히 뛰어왔다.

어려서부터 할머니 할아버지의 정을 듬뿍 받고 금이야 옥이야 키워진 최현은 어머니와는 가까웠지만 아버지는 어려워했다.

어머니는 최현이 어려서부터 궁 밖으로 나와 자주 보았지만 아버지는 명나라로 오고 나서야 만났던 것이니 아직은 서먹할 수밖에 없었다.

"그래, 많이 배웠더냐?"

최현이 절을 하자 선비는 애틋한 미소를 지으며 바라보았다.

겉으로 표현하지 않았지만 당장에라도 아이를 안고 그 따뜻한 볼에 뺨을 부비고 싶은 심정이었다. 얼마나 그립고 보고 싶었던 아들이었던가, 아기를 보내고 단 하루도 그리워하지 않은 날이 있었던가. 그러나 무뚝뚝한 그는 다 자란 아들에게 그렇게 할 수는 없었다.

"어떻습니까, 이목구비가 또렷한 것이 영락없이 증조할아버님을 닮지 않았습니까?"

소희는 언제나 아들이 할아버지 최익순을 닮았다고 했다.

"오늘 보니 네가 참말 대장군이셨던 내 할아버님을 닮았구나!"

선비는 환하게 웃으며 최현을 향해 두 팔을 활짝 벌렸다. 아들은 수줍은 얼굴로 환하게 웃으며 그의 품안으로 날아들었다. 아버지의 품에 안겨보는 것은 처음이었다.

"아버지!"

"내 아들!"

제 아들을 십 년 만에 처음 안아보는 선비의 마음은 애틋했다.

"참말 제 아버님이 맞으십니까?"

아버지 품에 안겨 있는 최현은 아직도 꿈을 꾸고 있는 것만 같았다.

매일매일 잠이 들기 전이면 이런 날을 꿈꿨다. 내 아버님은 어떤 분이실까, 할아버지께서 어머니와 함께 명나라로 가서 공부를 하고 오라고 했을 때에도 아버지를 만날 것이라고는 생각도 하지 못했었다.

"아휴, 남들이 보면 엄청난 상봉을 하는 줄 알겠습니다. 그저 학당을 다녀온 아들을 가지고! 어서 마루로 올라가세요."

차를 들고 나오다 애틋한 부자를 지켜보던 소희 역시 치밀어 오르는 뜨거운 감동을 주체하지 못해 고개를 돌리고 눈물을 훔쳤다. 이렇게 평범한 삶을 그들은 얼마나 오랫동안 꿈꿔 왔던가. 누군가에게는 그저 일상이었을 날들이 이 세 사람에게는 목숨을 걸고 얻어야 할 수밖에 없는 것이었다.

소희는 그녀에게서 이름을 빼앗고 그 오랜 세월을 갇혀 살 수 밖에 없도록 만들었던 사람들과 세상에 복수하는 것은 어렵게 되찾은 오늘의 일상을 충분히 즐기며 살아가는 것이라 믿었다. 그들은 이제 그런 일상들을 소중하게 즐기고 있었다.

"네 어머님의 잔소리가 날마다 느는구나!"

선비는 아들의 손을 잡고 마루로 올라가 앉았다.

"오늘 스승님께서 아버님은 어떤 분이냐고 물으셨습니다."

선비를 닮아 최현의 어투와 표정에서는 아이답지 않은 진중함이 느껴졌다.

"그래, 뭐라 대답했느냐?"

"제 아버님의 함자는 최 선자, 비자입니다. 하고 조선에서 제일 대단한 선비시라 말씀드렸습니다."

"뭐라! 아하하하!"

아들의 말을 들은 선비는 큰 소리로 웃고 말았다.

맞는 말이었다. 누구라도 통성명을 하자고 하면 그는 자신을 최 선비라고 소개하는 것이었다.

"맞는 말이지 뭡니까!"

부자가 두런두런 이야기를 나누고 있는 동안 소희는 차를 끓이고 있었다.

봄볕 가득한 마당으로 흰 두루마기에 삿갓을 쓴 노인의 그림자가 어른거렸다. 먼 길을 오는 것인지 절룩이는 다리를 의지하기 위해 지팡이를 짚고 마당으로 들어서는 노인의 모습은 범상치 않아 보였다.

"뉘시오?"

막 찻잔에 차를 따르던 소희는 노인을 발견하고 깜짝 놀라 물었다.

"접니다."

마당을 들어서자 천천히 굽혔던 허리를 펴고 삿갓을 벗은 사내의 모습은 뜻밖에도 용호였다.

"아니 사부님이 아니십니까?"

소희는 찻잔을 내려놓고 반갑게 맞았다.

"그간 평안하셨습니까?"

"오셨습니까?"

삿갓을 벗고 인사를 건네는 용호를 보며 선비는 온화한 얼굴로 미소 지었다. 지난날 한시도 떠나지 않고 자신의 안위를 지켜주었던 무사를 맞이하기 위해 선비가 대청마루에서 천천히 일어섰다.

"어찌 이제야 부르십니까, 소인이 얼마나 기다렸는데."

용호는 대청마루에 서 있는 선비를 발견하자 눈앞이 뿌옇게 흐려졌다.

명나라에서 그를 모시러 온 사람들이 당도했을 때 용호는 늙은 자신을 다시 찾는 선비가 고마워 기뻐서 어쩔 줄을 몰랐다. 선비는 자신과 함께한 사람들이 원하면 모두를 이곳으로 이주시켰다. 그렇게라도 오랫동안 그들과 함께하고 싶었다.

"편히 쉬시라고 그랬지요. 이리 올라와 앉으세요. 소개할 사람이 있습니다."

용호가 대청마루 위로 올라가 앉자 소희도 따라 올라가 준비한 차를 내어놓았다.

"우선 차부터 드시지요."

소희는 아무 말 없이 잔에 우려낸 차를 부어 용호에게 내밀었다.

용호는 오랜만에 선비와 함께 앉아 만감이 교차하는 심정으로 찻잔을 들고 향을 음미하였다.

"마님의 차는 언제나 향이 깊습니다."

용호는 만족스러운 듯 웃으며 소희를 바라보았다.

소희는 조용하게 앉아 용호를 지켜보는 최현의 얼굴을 바라보다가 아직도 곱기만 한 아들의 손을 가만히 만져보았다.

"이 아이가?"

"제 아들입니다."

용호는 아이를 찬찬히 살펴보았다. 아이의 맑은 눈매와 또렷한 이목구비는 분명 돌아가신 최익순 대감을 닮아 있었다.

"이렇게 오시라고 청한 것은 이제부터 제 아들을 맡아달라 청하려는 것이었습니다."

"도련님, 손을 한번 잡아봐도 되겠습니까?"

선비가 자신의 아들을 부탁하자 용호는 감격에 찬 눈빛으로 최현을 바라보았다.

"현아, 이제 너의 사부님이시다."

선비가 고개를 끄덕이자 최현은 일어나 절을 하고 손을 내밀어 용호의 손을 잡았다.

"도련님!"

용호는 소희가 낳은 아이와 마주 있다는 것이 신기한 듯이 최현이 내미는 손을 잡고 거친 손으로 소중하게 쓰다듬어 보았다. 가슴이 먹먹해졌다.

"도련님! 오늘부터 소인의 목숨은 도련님의 것입니다. 무사 용호! 목숨이 다하는 날까지 도련님 곁을 지킬 것입니다."

용호는 그 자리에서 일어서 최현을 향해 무장으로서의 예를 갖추었다.

"고맙습니다, 사부님!"

최현은 자리에서 일어서 용호에게 예를 갖추며 빙그레 웃었다. 어쩐지 갑자기 검을 든 사내가 된 기분이었다.

"사부님, 제게 검을 쓰는 법을 가르쳐 주십시오!"

"그렇게 하겠습니다, 도련님."

용호의 시원한 대답에 최현은 너무 좋아 하얀 이를 드러내며 까르르 웃어버렸다.

용호는 첫 만남에서 너무도 간단하게 최현의 마음을 사로잡았다. 최현은 유학자인 할아버지 최영섭과는 달리 우직하고 강해 보이는 용호가 마음에 들었다.

선비와 소희는 행복해하는 두 사람을 즐거운 듯 지켜보고 있었다.

미친 폭군이 날뛰는 난세에는 누구나 살아남기 위해 저마다의 탈을 쓰고 한바탕 광대놀음에 뛰어든다. 그러나 가면을 써야만 하루를 버텨낼 수 있는 세상은 결코 행복할 수 없는 곳이다. 선비는 사람들이 더 이상 가면을 쓰지 않고도 살아갈 수 있는 세상을 만들고 싶었고 앞으로도 그런 세상을 위해 살아갈 것이다.

선비는 아들과 그의 사부가 목검을 들고 겨루는 모습을 지켜보다가 대청마루 위에 서서 먼 하늘을 바라보았다. 흘러가는 구름 저 너머 조선이 있을 것이다.

그처럼 파란만장했던 지난 세월이 꿈결처럼 느껴졌다. 잠시 거친 꿈을 꾼 것 같은데 그는 지금 이곳에 서 있었다.

문득 그의 머릿속에 장자의 <제물론>에 등장하는 장주(莊周)가 떠올랐다.

언젠가 장주는 나비가 된 꿈을 꾸었다. 훨훨 날아다니는 나비가 된 채 즐기면서도 자기가 장주라는 것을 깨닫지 못했다. 문득 깨어나 보니 자신은 틀림없는 장주가 아닌가. 도대체 장주가 꿈에 나비가 되었을까, 아니면 나비가 꿈에 장주가 된 것일까.

다섯 살 이후 진성대군 이역이 되어 이용을 피해 미친 듯 도망치던 그때 선비는 자신이 최훈이라는 것을 잊고 있었다. 그도 가끔은 자신이 최훈인지 이역인지 궁금했었다. 이역 또한 그러한 마음이었을 것이다.

하늘은 언제나처럼 맑고 푸르렀다.

저 멀리 보이는 조선의 하늘을 바라보니 선비 또한 한바탕 꿈을 꾼 것만 같았다.

〈궁녀의 외출 完〉